Barbara Noack

Barbara Noack

Ein gewisser Herr Ypsilon

Valentine heißt man nicht

Wissen-Verlag

Lizenzausgabe 1990 für
Wissen-Verlag GmbH, Herrsching

Printed in Germany
ISBN 3-8075-0017-0

Barbara Noack: Ich über mich

Ich bin am 28. 9. 24 als bemerkenswert ernsthafte Tochter humorvoller Eltern in Berlin geboren.
Bereits im Grundschulalter schuf ich meinen ersten, 16 Heftseiten starken Roman »Hulda fressen die Wölfe«, ein Dienstmädchendrama, in dem der Graf Joachim von Harenfeld in Liebe zu der schönen Magd entbrannte. Wie nicht anders zu erwarten, war seine Mutter, die Gräfin, gegen diese Verbindung. Darum flohen die beiden im tiefen Winter Richtung Braunschweig, wobei sie von Wölfen verfolgt wurden. Ansich sollten die Wölfe das brave Kutschpferd fressen. Weil mir aber das Roß zu leid tat, mußte Hulda dran glauben. Graf Joachim, der ihr zu Hilfe eilen wollte, brach dabei im Eise ein und versank tödlich, um das trostlose Ende der Geschichte nicht zu gefährden. Ich schenkte meinen Eltern das Werk zu Weihnachten, selbst illustriert. Meine Mutter las es meinem Vater mit tränenerstickter Stimme vor, auch mein Vater schluchzte. Ich war sehr stolz auf die Wirkung meines Dramas, bis ich begriff, daß meine Eltern nicht weinten, sondern Tränen wieherten. Das kränkte. Von Stund an kriegten diese unseriösen Menschen nichts mehr von mir zu lesen.
Im Laufe der Jahre kam ich immer mehr vom Schauerroman ab, das lag am Krieg. Ich schrieb mir eine fröhliche Welt ohne Bomben, in der junge Leute sorglos jung sein durften und nicht den Heldentod sterben mußten, ob sie wollten oder nicht. Meine Tagebuchaufzeichnungen über Kriegs- und Nachkriegszeit wurden später die Grundlage für meine Romane »Eine Handvoll Glück« und »Ein Stück vom Leben«.
Mein Sprachenstudium an der Universität endete sehr bald in der Munitionsfabrik. In den Nachkriegsjahren versuchte ich mich in etlichen Berufen auch im Malen von kubistischen Flaschen und verhungerten Akten an der Kunstakademie, illustrierte anderer Leute Geschichten, bloß mich selber ließ man nicht als Schriftsteller tätig wer-

den. »Meine Mutter mußte ihr Haus verkaufen, um sich diese erfolglose Tochter leisten zu können.

Ab und zu ließ mich der Berliner »Abend« ein Feuilleton schreiben mit der strengen Auflage, den Inhalt von fünf Sätzen in einem einzigen unterzubringen. Das war eine harte, meinen Schreibstil bildende Schule, die mich ein Leben lang daran gehindert hat, einen ausführlichen Wälzer zu verfassen.

Nach vielen Absagen interessierte sich 1955 endlich der Blanvalet-Verlag für meinen ersten Roman »Valentine heißt man nicht«. Meinen zweiten, die »Zürcher Verlobung«, nahm er nur ungern an. Ausgerechnet dieser Roman wurde ein großer Erfolg – als Buch und bald darauf auch als Film, von einem unserer größten Regisseure Helmut Käutner inszeniert.

1959 wurde mein Sohn Jan Philip geboren. Ich habe nur den einen, aber der trat meistens in Scharen auf und lieferte mir mit seinen Kumpanen die Ideen für viele Kindergeschichten in »Eines Knaben Phantasie hat meistens schwarze Knie«, »Ferien sind schöner« und vor allem: »...auf einmal sind sie keine Kinder mehr.« In diesem kleinen Buch habe ich sein Heranwachsen am Starnberger See und seine Freundschaft zum Jungen von nebenan nacherzählt. Eine Freundschaft, die inzwischen zwanzig Jahre alt ist. Die beiden haben heute eine gemeinsame Firma.

In dieser Kassette sind 16 meiner Romane und Erzählungen zusammengefaßt, u. a. auch solche wie z. B. »Der Bastian«, die ich fürs Fernsehen geschrieben habe.

Inhalt

Ein gewisser Herr Ypsilon

Die Geschichte
einer romantischen Liebe

Dein Terminkalender – und meine Phantasie

Ich werden ihn »Herr Ypsilon« nennen.
»Ypsilon« ist ein gutes Pseudonym für jemand, der nicht beim rechten Namen genannt zu werden braucht. Zudem hat das Ypsilon seinem in ähnlichen Fällen benutzten Zwillingsbruder, dem X, gegenüber den Vorteil, daß es durch seine Dreisilbigkeit aus der wesenlosen Klasse der Buchstaben in den Stand eines Beinahnamens erhoben wird. Hinter »Herr X« kann sich schließlich ein jeder verstecken. »Herr Ypsilon« hingegen hat schon beinah ein Gesicht.
Das Gesicht des Herrn Ypsilon war viel zu freundlich geraten. Der arme Mensch sah immer so aus, als ob er es gut meinte. Und so etwas kann leicht zu Mißverständnissen führen.
Er mochte zudem so nüchtern gucken wie er wollte, die tiefe Lage seiner Augen und lange Wimpern stempelten ihn auf den ersten Blick zu einem Träumer, und das ärgerte ihn ungemein. Denn er träumte wirklich gern.
Zudem gehörte der Herr Ypsilon zu jenem glücklichen Typ, der in allen Lebensaltern ab sechzehn Jahren wie ein Liebhaber ausschaut und niemals wie ein Beamter, Familienvater, Lebemann oder Großpapa. Selbst ein Zweitagebart verlieh ihm noch den rauhen Reiz eines Filmpartisanen.
Es war kein weibliches Kunststück, ihn zu lieben. Aber es fällt um so schwerer, ihn der Wahrheit entsprechend als wenig energisch, kultiviert und beinah schön zu schildern, ohne dabei wohlanständige Langeweile zu verbreiten.
Ich wünschte, ich könnte ihn mit waghalsigeren Attributen

ausrüsten, mit einer gern gelesenen Lasterhaftigkeit, saugrobem Benimm der Geliebten gegenüber – leidenschaftliche Hände, die Spitzenhemden zerreißen, sind in Romanen sehr beliebt (nur in Romanen). Ein draufgängerisches Biest ist überhaupt viel dankbarer zu beschreiben als ein sympathischer, ruhiger Mann von fünfunddreißig Jahren.
So alt war der Herr Ypsilon, als ich ihn kennenlernte. In den folgenden Jahren brachte er es auch ohne dichterische Zuschüsse meinerseits zu einiger Berühmtheit in seinem Beruf, so daß die Gazetten zuweilen über ihn berichteten, jedoch nie in den Klatschspalten.
Wir begegneten uns zum erstenmal vor – zehn Jahre ist es bestimmt her. Ausgerechnet auf dem grellärmenden, staubbrodelnden »Zinnober«, dem Berliner Akademiefest, fand diese Begegnung statt.

1

Anfangs hatte es meinen Freunden viel Spaß gemacht, den Bärenführer zu spielen. Ich war der Bär, der zum erstenmal und darum noch recht hilflos treppauf und treppab hinter ihnen her durch den hektischen Gähnkrampf der letzten Faschingsnacht tapste.
Später, so gegen Mitternacht, machte sie meine Anhänglichkeit merklich nervös. Sie stellten mir immer häufiger und immer dringlicher alleinstehende männliche Bekannte vor. Ich war jedoch nicht gewillt, mit einem dieser vom nächtelangen Feiern bis zur Hohläugigkeit strapazierten jungen Männer in verschwitzten Hemden – kariert war gerade große Mode, und der mehlige Schimmer darüber stammte von gepuderten Mädchenschultern – eine fast-

nächtliche Notgemeinschaft zu gründen; wozu auch. Ich war sehr gern das dritte Rad an einem Wagen, der sich verzweifelt bemühte, in die ungestörte Zweisamkeit zu rollen.
Meine Freunde Suse und Felix begannen ernsthaft und mit Recht zu fürchten, sie würden mich bis zum Morgen nicht mehr los. Darum zerschnitten sie im günstigen Moment das Band, an dem ich – arglos störend – hinter ihnen herschlenkerte.
Ich war plötzlich allein und hilflos wie ein Hund, der im Gedränge seinen Herrn verloren hat. Ein bärtiger Maler nutzte meine offensichtliche Verlassenheit auf seine Weise, das heißt er kniff mich in die Kehrseite, in der absolut irrigen Annahme, ich hätte Verständnis für solchen Spaß.
Ich rettete mich zu einem tomatenroten Wollhemd, das ich selbst gebügelt hatte: es gehörte meinem Bruder Peter, und ich tippte erleichtert an seine leuchtende Schulter.
Peter nahm sein Gesicht nur widerwillig aus einer frischgewaschenen, knisternden Mädchenmähne. »Ach, Maijie …«, sagte er, »du?« Und es wurde mir kränkend klar, daß er meine Freude über unser Zusammentreffen an diesem Orte keineswegs teilte. »Was willst du, Maijie?« fragte er nicht unfreundlich, aber auch nicht sehr geduldig.
Maijie ist nicht mein Taufname, der lautet bürgerlicher. Maijie ist ein Wortgebilde, das meine ungelenke Babyzunge für mich erfand und das mir seitdem anhängt. Andere heißen ihr Leben lang Brüdi, Püppi, Pützchen, Bubi und so fort.
»Ich bin verloren worden«, sagte ich. »Von Suse und Felix…« Peters Mädchen mit den knisternden Haaren sah mich böse an.
»Na, dann such sie«, schlug er vor und drehte mir den Rücken zu.
»Es nützt mir leider nicht viel, sie wiederzufinden. Sie wollen mich nicht.«
Peter rollte sich eine Haarsträhne des Mädchens um den

Zeigefinger. Für ihn war unser zufälliges Treffen auf dem Fasching erledigt.
Ich lahmte enttäuscht von dannen, ich lahmte, weil ich ein lädiertes Knie hatte. Aber ich war erst ein paar Schritte weit, da rief er mich zurück. »Maijie!«
»Ja?«
»Sie glaubt mir nicht, daß du meine Schwester bist. Sag ihr, daß du's wirklich bist.«
Ich nahm das Haar zurück. »Gucken Sie meine Ohren an und seine!«
»Bist du nun beruhigt?« fragte Peter sein Mädchen.
Es nickte ohne Überzeugung.
»Manchmal sehen Schwestern eben nicht wie Schwestern aus.«
Und damit war ich endgültig entlassen. Um eine Erfahrung bitterer, stieg ich die Treppe hinab: es nutzt einem im Fasching gar nichts, auf ein noch so verwandtschaftliches Verhältnis zu pochen. Jeder muß allein sehen, wie er sich amüsiert. Und wo er bleibt.
Als mich ein ältlicher Torero mit der Bemerkung: »Was hat das Puppchen bloß für niedliche Beißerchen!« in seinen Schnapsdunst zu hüllen versuchte, wußte ich, wo ich bleiben würde: auf keinen Fall länger hier. Mir fehlte damals noch jegliche Gelassenheit im Umgang mit öffentlichen Ärgernissen.
Ich war ein totaler Mißerfolg in dieser lärmenden Fastnacht, ich wollte nach Hause und mich schämen ob meiner hochgeschlossenen Prüderie.
Die Garderobenstudentin nahm wortlos meine Marke, wühlte eine Weile im großen Massenhängen nach meinem Mantel und stellte ein paar Gummistiefel auf den langen, hölzernen Tisch, der uns voneinander trennte. Ihr lustloses Gähnen verwandelte sich dabei plötzlich und unverhofft in ein weibliches Lächeln, das kaum der Anblick meiner Galoschen ausgelöst haben konnte.

Ich blickte mich um auf der flüchtigen Suche nach einem Grund für weibliches Entzücken und entdeckte einen Mann hinter mir, der sich gerade den Schal vom Nacken zog und diesen in den Mantelärmel stopfte. Das war der Herr Ypsilon.
Sein ungewöhnlich gutes Aussehen war wohl weniger entscheidend für die spontane Zuneigung des Garderobenmädchens als seine Ausstrahlung. Inmitten der Alkohol verdampfenden, heftig strapazierten Körper in schweißfeuchten Trikots wirkte er, als habe er sich gerade vom dichten, kurzen Haar bis zu den Füßen die Zähne geputzt. Mit Pfefferminzgeschmack.
Er war im Straßenanzug, und er war nicht allein hierhergekommen. Es gehörten einige Herren unterschiedlichen Alters zu ihm, die ihre Mäntel nur wenige Schritte von uns entfernt in die Garderobe reichten. Zu ihnen blickte er hilfesuchend hinüber, als er seinen Mangel an Kleingeld feststellte. »Ich habe nur fünfzig Mark.«
»Zahlen Sie, wenn Sie gehen«, sagte die Garderobiere, denn er sah nicht nur keimfrei und absolut vertrauenerweckend aus. Er war ganz einfach der Mann, bei dem eine Frau eine Ausnahme macht.
Ich weiß auch nicht, woran das lag. Nichts in seinem Auftreten verlangte danach, im Gegenteil. Hinter seinem höflichen Lächeln hockte der dringende Wunsch: »Wenn möglich, laßt mich zufrieden.« Ein Wunsch, den man auf dem Fasching an der Garderobe abgeben sollte. Ich hatte das auch versäumt.
»Warten Sie, vielleicht kann ich wechseln«, rief ich schnell und beinah besorgt, er könnte fortgehen. »Wo habe ich denn...« Im Mantel war das Portemonnaie nicht, in meiner Rocktasche auch nicht. »Gleich hab' ich's. Moment.«
»Vielen Dank«, wehrte er meine Bemühungen ab, »aber meine Kollegen...«
»In der Galosche!« erinnerte ich mich noch rechtzeitig. In

der linken Galosche steckte das Portemonnaie. Es war prallgefüllt mit Fünfzigern, Groschen, Sechsern und Pfennigen, kurz – mit allem, was ich nach ausführlichem Suchen aus Sommertaschen, Mänteln und Knopfschachteln zusammengesammelt hatte. Man will schließlich nicht unvermögend auf ein Fest gehen.
Durch die Vielzahl an Münzen nahm der Geldwechsel einige Zeit in Anspruch. Herrn Ypsilons Kollegen hatten inzwischen ihre Garderobenmarken erhalten. Einer tippte ihn kurz an die Schulter: »Wir gehen schon vor« und zwinkerte dabei anerkennend: kaum hier und schon ein Mädchen. Alle Achtung!
»So warten Sie doch!« rief er ihnen nach, aber sie hörten nicht mehr. Vier seriöse Rücken schoben sich unternehmungsgeladen in die dampfende, bunte Kulisse.
»Sieben Mark fünfzig, sechzig, fünfundsechzig«, zählte ich in Herrn Ypsilons Hand, die vor Münzen beinah überquoll.
»Jetzt sind sie glücklich fort«, ärgerte er sich.
»Sieben Mark achtzig, einundachtzig, dreiundachtzig, vierund ...«
»Wollen Sie mir etwa die restlichen zweiundvierzig Mark in Pfennigen auszahlen?« entsetzte er sich.
»Nein.« Ich gab ihm seinen knisternden Schein zurück und zeigte etwas kleinlaut mein Portemonnaie vor, in dem sich nur noch Schuppen vom letzten Silvesterkarpfen befanden. »Nicht einmal das kann ich mehr. Entschuldigen Sie.«
»Oh, es macht nichts.« Aber ich spürte deutlich, daß es ihm wohl etwas ausmachte. Er war ärgerlich, und er war keineswegs gewillt, unseren mißglückten Geldwechsel zum Anlaß zu nehmen, mich kennenzulernen.
Was für eine gelungene Nacht!
»Ich habe Ihnen ja gleich angeboten, nachher zu zahlen«, sagte das Garderobenmädchen und reichte ihm die Marke.

Herr Ypsilon nickte verabschiedend in mein bekümmertes Gesicht und ging seinen Kollegen nach. Dabei band er seinen schottischen Schlips zu einer nüchternen Schleife. Das war seine Konzession an den Fasching und lockerte etwas die zivilen Hemmungen.
Ich nahm einen Gummischuh vom Tisch und stellte ihn auf den Boden.
Mein angeschlagenes Knie unter dem dicken Verband, den ich mit ein paar aufgestickten Pailetten dem närrischen Treiben weit mehr angepaßt hatte als meine Stimmung, schmerzte heftig beim Bücken. Und die Galosche erinnerte mich plötzlich an leere, frostkalte Straßen, an trampelndes Warten auf einem zugigen Bahnsteig.
Fünfzehn kostbare Mark hatte die Eintrittskarte zu diesem Vergnügen gekostet. Davon hatte ich höchstens sieben Mark fünfzig abgeärgert. Warum sollte ich der Festleitung einen halben Eintrittspreis schenken? Zudem ist es feige, vor Unannehmlichkeiten zu kneifen. Wenn ich jetzt nach Hause ginge, würde niemals ein ordentlicher Massenmensch aus mir.
Ich zog die Galosche wieder aus und stellte sie auf den Tisch zu ihrem linken Pendant mit dem kraftlos umgekippten Gummischaft.
»Vielleicht bleibe ich doch noch ein bißchen hier«, sagte ich zu dem Garderobenmädchen.
Nach zehn Minuten angestrengten, vergeblichen Suchens in Sälen, Nischen und dämmrigen Bars wandte sich Herr Ypsilon einmal um – und sah mich.
Er lächelte verwundert! »Sie?«
»Es ist purer Zufall«, sagte ich errötend.
Herr Ypsilon hatte wohl schon die trostlose Einsamkeit eines Alleinstehenden auf einem Faschingsfest zu spüren bekommen, denn er wandte sich nicht sofort ab, sondern sah mich unschlüssig an.
Was er vor sich sah, war zwar nicht überwältigend, aber

immerhin schön bunt. Ein rotgepunktetes Kopftuch, leicht verrutscht. Eine hemdartige Bluse ohne Ärmel. Ein türkisfarbener Fransenrock. Ein glitzernd bestickter Knieverband. Verlegene Finger um ein nicht mehr ganz sauberes Taschentuch, in das der Lippenstift und zwanzig Pfennig für alle Fälle eingeknotet waren. Aus der blütenförmigen Halskette tropften Glasblätter und Knospen von gerissenen Fädchen.

Eine ein bißchen verhuschte, leicht erhitzte, ungemein verlegene Dreiundzwanzigjährigkeit stand vor ihm und wäre in diesem Augenblick so gerne eine aufregende, faszinierende Person gewesen, eins von diesen schrägäugigen, gazellenhaften Tierchen mit knisternder Mähne ...

»Gute Nacht«, sagte ich und wandte mich schicklich zum Gehen, um meiner Beteuerung, ihn nur durch Zufall verfolgt zu haben, glaubwürdigen Nachdruck zu verleihen.

»Hören Sie «, hielt mich seine unschlüssige Stimme auf.

»Ja?«

»Was haben Sie mit Ihrem Knie gemacht?«

»Ich bin vom Rad gestürzt. Aber es ist schon über eine Woche her, und – es stört überhaupt nicht beim Tanzen.«

»Na, wenn es nicht stört –«, er lachte plötzlich amüsiert, » – dann kommen Sie.«

Man stieß uns ins Kreuz und trat gegen unsere Schienbeine auf dem Schlachtfeld vor der lautstarken Dixieland-Band. Wir rangen stolpernd und lachend nach Atem. Und ich war glücklich in seinen unbeteiligten Armen.

Einmal schrie er mir etwas zu. Ich verstand »Tagung in Berlin ... Abendessen ... eingeladen, Berliner Fasching kennenzulernen ...«

»Ich mache das auch hier zum erstenmal mit!« schrie ich zurück.

»Wie«

»Ich auch – zum erstenmal – hier!«

»In Berlin?«

»Nein – hier. Zinnober!«
»Ah ja.« Danach verzichteten wir auf gebrüllte Konversation.
Beim nachfolgenden September-Song ging es etwas friedlicher zu. Die Pärchen schleuderten sich nicht länger um die eigene Achse, sondern preßten die verschwitzten Gesichter glitschfest aneinander und guckten tiefsinnig in eine nicht vorhandene Ferne, denn der September-Song ist ein melancholisches Lied.
Ihm folgte ein rascher Oldtimer, bei dem einem des öfteren anderer Leute Füße unterliefen. Und als auch dieser Nahkampf vorüber war, hinkten wir – leicht gerupft – aus der Arena.
Herrn Ypsilons Hosenbeine waren bis zu den Knien unter einer mehlartigen Staubschicht ergraut, an seinem Jackett fehlte ein Knopf. »Wahrlich, ein heftiges Fest«, sagte er, das vereinsamte Knopffädchen zwirbelnd, während seine Blicke über die von der Kampfstätte trödelnden Tänzer hinweg nach den verlorenen Kollegen ausschweiften.
»Also dann – vielen Dank.« Er gab mir die Hand. »Ihrem Knie hat es nicht geschadet? Nein?«
»Also dann –«, sagte auch ich. »Hoffentlich finden Sie Ihre Leute bald.«
»Ja, hoffentlich. – Gute Nacht.«
»Gute Nacht. Und viel Spaß noch.«
»Danke, gleichfalls.«
»Ich fahre jetzt nach Hause«, sagte ich.
Ich lahmte aus den lärm-brodelnden Regionen des Faschings zu den kühleren Garderobenräumen hinab, auf denen spürbare Müdigkeit lastete, und ließ mir zum zweitenmal in dieser Nacht Mantel und Galoschen herausgeben.
Wenn ich mich beeilte, würde ich noch die letzte U-Bahn am Bahnhof Zoo erreichen. In dem ausgekühlten Abteil saß gewiß ein Betrunkener auf der Bank schräg gegenüber,

das kannte ich schon. Dann war noch ein Pärchen da, eine eingedöste, auf ihrem ratternden Sitz kraftlos hin und her schwankende Toilettenfrau, die Feierabend hatte, und jener undefinierbare Mann, dem man alles zutrauen konnte. Zuerst stiegen die ungefährlichen Personen aus. Das war immer so. Übrig blieben der undefinierbare Mann und ich – zwei bange, endlose Stationen lang. Meistens war er harmlos, aber einmal war er's vielleicht nicht ... Und zu allem war strenger Februar.

Mein Leben gefiel mir zur Zeit nicht besonders gut. Dafür konnte ich leider nur mich selbst verantwortlich machen, denn zumindest sprichwörtlich ist jeder seines Glückes Schmied. Ich schmiedete sehr unvollkommen, ich war überhaupt nicht sehr talentiert und aus diesem Grunde wohl zur Zeitung gegangen, womit ich keineswegs behaupten will, daß die Gazetten der Sammelplatz für Existenzen sind, die zu einem anderen Beruf nicht taugen. Es gab sehr clevere, wendige, begabte Leute unter meinen Kollegen, die es zu etwas brachten. Ich hingegen würde immer zweite Garnitur bleiben, und diese Erkenntnis nagte tiefe Löcher in mein Selbstbewußtsein.

Das Blatt, dessen Feuilletonredaktion mich beschäftige, erfreute sich keines feinen Rufes, dafür aber einer um so höheren Auflage. Es war über die Boudoirgespräche eines Prinzenliebchens ebensogut orientiert wie über die letzten Gedanken der Flugpassagiere kurz vor dem Absturz, bei dem es keine Überlebenden gab. Wir wußten und schrieben einfach alles für den unausgeschlafenen Leser auf seinem morgendlichen Weg zum Büro.

Was mein Privatleben anbelangte: ein Bruder und ein Hund, die bekocht werden mußten. Ein paar Freunde. Aber eine Liebe, die den Alltag auf eine reizende Lämmerwolke gehoben hätte, besaß ich leider nicht. Zuweilen kam es zu einem Flirt, bei dem mich meine Phantasie anregend unterstützte. Eben – meine Phantasie. Davon besaß ich viel zu viel. Ein Mann, der mich einmal sehr gern mochte, bezeichnete sie als seinen ärgsten Rivalen, gegen den er in seiner irdischen Begrenzung nicht anglänzen konnte – und resignierte. Meine Phantasie hatte sich nicht etwa an den wundervollen Aschenbrödel-Einzelschicksalen und Starkarrieren infiziert, die in unserem vielgelesenen Kulturerzeugnis breitgewalzt wurden; sie trug ein Empirekleid und galoppierte im Damensitz über weiche, sonnige Herbstwiesen, ohne jemals vom Pferd zu plumpsen. Und der Mann, der dazugehörte – ja, der sah eigentlich genauso aus wie der Herr Ypsilon. Wir hatten hoffnungsvolle, leicht erziehbare Kinder und litten keine Not... in meiner Phantasie.

Sie hatte sich diese sanfte Traumwelt im Kriege zum Schutz gegen die furchtbare Wirklichkeit aufgebaut und konnte auch später nicht mehr von ihr lassen.

Wenn ich ohne anzuhalten bis zum Bahnhof Zoo rannte, würde ich den letzten Zug bestimmt noch erreichen.

An der Ausgangstür sah ich mich noch einmal um. Hinter mir stand Herr Ypsilon.

»Es ist purer Zufall«, lächelte er.

Er schaute wirklich aus wie Orpheus ohne trauriges Schicksal, trotz seiner fürwitzigen Jungennase. Aber meine paßt auch nicht zu meinem Charakter.

»Ich wollte gerade gehen.«

»Und Ihre Kollegen?«

»Eben deshalb«, sagte er. »Ich habe sie gefunden. Als ich sie sah, wurde mir plötzlich klar, wie wenig ich sie vermißt habe.«

Wir sahen uns an und lächelten und wußten nicht recht. Und dann sagte ich:

»Jetzt ist er weg.«

»Wer?«

»Mein letzter Zug.«

Herr Ypsilon überlegte einen Augenblick. »Dann bleibe

ich auch. Schließlich ist es meine Schuld, daß Sie ihn verpaßt haben« – und stützte mich, als ich die Galoschen abschüttelte und zum drittenmal in dieser Nacht zur Aufbewahrung gab.
Jetzt lächelte das Garderobenmädchen nicht mehr. »Sagen Sie mal, wollen Sie mich eigentlich...?«
»O nein«, beteuerte Herr Ypsilon. »Wir sind nur ein wenig unentschlossen heute nacht.«
Er legte seine Hand um meinen Ellbogen und schob mich in den Trubel zurück, der sich von Saal zu Saal steigerte.
Auf einem Barhocker entdeckte ich Suse und Felix, einen über dem anderen. Auch an meinem heftig beschäftigten Bruder stiegen wir auf eine rechts und links mit Liebespärchen gespickten Treppe vorbei. Ich trat versehentlich einem Romeo auf die Hand. Er schimpfte noch, als wir einen neuen Saal erreicht hatten und rauh in eine volkstümlich schunkelnde Kette eingehenkelt wurden. Herrn Ypsilons amüsiert-hilfloser Miene merkte ich an, daß er den Schunkelns unkundig war.
Man sang vom Kaiser Wilhelm, den wir wiederhaben wollen, aber den mit Bart, aber den mit Bart.
Dem monarchistischen Gebrüll folgte ein Berliner Gassenhauer.

»Wir versaufen unser' Oma ihr klein Häuschen
und die erste und die zweite Hypothek.«

Ypsilon guckte fasziniert auf meinen mitgrölenden Mund. »Daß Sie so schöne Stücke auswendig können!«
»Ich kann alles, was nicht unbedingt zur feineren Bildung gehört. Das Unnütze lernt sich so viel leichter, finden Sie nicht?« Darin gab er mir recht.
Wir lösten uns aus der Schunkelkette und schlenderten weiter, an zärtlich verhäkelten Pärchen vorbei.
»Es findet hier erstaunlich viel Liebe statt«, stellte Herr Ypsilon fest.

»Schließlich ist der Fasching die beste Gelegenheit, schnell und gründlich Bekanntschaften zu schließen. – Oh, danke.« Ich war über ein paar ins Halbdunkel gestreckte Beine gestolpert, aber er fing meinen Fall noch rechtzeitig ab. »Man sammelt hier Adressen und Telefonnummern, damit man nicht plötzlich allein dasteht, wenn der Frühling ausbricht, verstehen Sie?«

»Ah ja, das leuchtet mir ein«, sagte er amüsiert und stellte gleich darauf eine sehr berechtigte Frage: »Haben Sie Durst?«

»Gern«, sagte ich, »aber wenn Sie glauben, daß ich auch hierhergekommen sei, um jemanden kennenzulernen...«

»Was für ein absurder Gedanke!« widersprach er glatt.

Über uns zitterten stanniolblanke Ungeheuer an langen Drähten, die an die Prähistorie und den Surrealismus gleichermaßen erinnerten. Die Wände waren schwarz, mit tanzenden Skeletten bemalt.

Herr Ypsilon trank mir zu. »Probieren Sie. So einen schönen, warmen Sekt bekommt man nicht alle Tage«, lobte er, den hellen Kopf in den rechten Winkel seines Armes gestützt.

»Sie – Sie sind nur vorübergehend in Berlin?«

»Ja«, sagte er kurz.

Ich schüttete warmen Sekt in mich hinein und wagte mich noch einmal vor.

»Beruflich?«

»Ja.« Genauso freundlich-abweisend, während er die makabren Kulissen betrachtete.

Da gab ich es auf.

Der Student hinter der Bar schenkte Sekt nach und winkte einer Litfaßsäule zu, einer mit unendlich viel Mühe beklebten Säule, aus der oben ein schwitzender, trauriger Jungenkopf und unten sehr große Füße in Turnschuhen hervorguckten. Wir drehten sie im Kreise und lasen ihre Plakate. »Raubmord! 5000 Mark Belohnung. Der Täter ist eins

fünfundsiebzig groß, rothaarig. Besondere Kennzeichen: abstehende Ohren. Alter 19 Jahre.«
»Der Steckbrief paßt genau auf mich«, erklärte uns die Säule. »Das war Absicht.«
»Sehr ulkig.«
»Aber im nächsten Jahr denke ich mir was anderes aus. Das hier ist zu unpraktisch. Die Mädchen wollen mich bloß lesen, sonst nichts. – Oh, danke.« Die Säule nahm das Glas Sekt, das Herr Ypsilon ihr zuschob, und schüttete es in ihren mageren Hals, wobei der Adamsapfel auf und nieder tanzte.
»Was macht Ihr Knie?« fragte er. »Wie ist das überhaupt passiert?«
»Ich bin in eine alte Dame hineingeradelt, aber sie hatte schuld. – Gucken Sie mal!«
Ein ganzes Rudel Frohsinn wälzte sich lärmend in die düstere Bar. Es handelte sich dabei um Herrn Ypsilons Kollegen, ihre zufälligen Faschingsbräute und deren Anhang, der sich von den zugereisten Herren kostenloses Durstlöschen versprach.
Herr Ypsilon starrte sekundenlang zu ihnen hinüber. Dann riß er mich so heftig vom Barhocker, daß ich beinah lang hingeschlagen wäre. Im Schutze der Litfaßsäule, die er vor sich hertrieb, erreichten wir unerkannt den Ausgang und tauchten im tanzenden Hexenkessel des nächsten Saales unter.
»Das ist noch mal gutgegangen«, lachte er erleichtert und zog mich fester in seine Arme. Über meine Schulter hinweg schaute er auf die Uhr an seinem Handgelenk. »Vier Uhr früh. Ich glaube, es wird langsam Zeit.«
»Zeit wozu?« Ich kam vor Schreck aus dem Takt und hatte sogleich den trübseligen Geruch meiner Galoschen in der Nase.
»Fastnacht zu feiern«, sagte er. »Sonst ist sie endgültig vorbei.«

Und somit begannen wir in den frühen Stunden des Aschermittwochs, den Fasching nachzuholen.
Wenn ich heute daran zurückdenke, so sehe ich sein zärtliches Jungengesicht über mir in einem Wirbel von Farben, Lärm und Rauch. Unsere Füße berührten keinen staubbedeckten Boden, sie tanzten auf einer mit Luftballons gepflasterten Ebene, vielleicht waren es auch Wolken. Oder ein Regenbogen.
»...und dabei tanze ich gar nicht gern.«
»Ich auch nicht. Wollen wir aufhören?«
»Um Himmels willen, nein!«
Wir feierten mit Haut und Haaren bis über beide Ohren den Fasching aus – und unser Vergnügen waren sehr sichtbar.
Gegen Morgen steuerten wir eine leere Fensternische in einem halblauten, düsteren Raum an.
Der Weg dorthin führte über einen Clochard – oder Penner, wie man diese nicht ganz reinlichen Super-Individualisten hier zu nennen pflegt. Er lag zusammengerollt im Staub, den zerknitterten Lokalteil einer Abendzeitung über den Hüften, und schlief neben einer dreiviertelgeleerten Schnapsflasche. Aus seinen senkellosen, zerfetzten Stiefeln starrten magere, bläulichweiße Schienbeine blank hervor. Das Unterhemd war durchlöchert.
»Wahrscheinlich hat er seinen Sartre falsch verstanden«, überlegte ich. »Auf jeden Fall widert ihn unsere läppische Fröhlichkeit an. So ein Auswuchs bürgerlicher Einfalt!«
»Armes Luder. Mitten im harten Staub! Maijie, es ist gewiß nicht einfach, auf so trostlose Art originell sein zu müssen.«
»Nein, Herr Ypsilon.«
»Was halten Sie von der Fensternische da drüben? Ihr Knie braucht endlich Ruhe.«
Durch die Fensterritzen zog die Februarkälte in eisigen Fäden. Wir hockten einander gegenüber und schauten ausführlich aneinander vorbei.

»Haben Sie Schmerzen?« fragte der Herr Ypsilon.
»Nein. Ich spüre nichts. Komisch ist das mit so einem Knie. Es tut bloß weh, wenn man unglücklich ist.«
Herr Ypsilon spielte mit den Fransen meines Rockes.
»Nebenan scheint jemand Knieweh zu haben – hören Sie?«
In der Nische neben uns zupften müde Finger über die Saiten einer Gitarre. Sie zupften unendliche, geradezu spanische Mittagsmelodie in den Raum.
»Vielleicht ist ihm seine Freundin durchgebrannt«, sagte ich mit dem flüchtigen Mitleid der Besitzenden.
»Wir scheinen aus Versehen in den Abstellraum für die Enttäuschten geraten zu sein. Der Clochard, der Mann mit dr Gitarre, das alte Mädchen da drüben...«
Ich lehnte den Rücken gegen die kühle Nischenwand und wickelte den Lippenstift aus dem Taschentuch. Dabei rollten meine beiden Groschen-für-alle-Fälle zu Boden.
Herr Ypsilon bückte sich nach ihnen. »Da hat sie ja auch noch Wechselgeld versteckt«, lachte er. »Wie kamen Sie eigentlich dazu, mit Groschen und Pfennigen meinen Fünfzigmarkschein zerkleinern zu wollen?«
»Ja, wie kam ich... weiß auch nicht. Aber ich finde, es war eine gute Idee.«
»Eine wundervolle Idee.«
Ich zog mein Lippen ohne Spiegel nach und sah ihn dabei an. Die Zärtlichkeit für ihn machte meine Augen so schwer, daß ich ihr Gewicht am liebsten um seinen Hals gelegt hätte.
So hockten wir schweigend da und schauten uns an. Und atmeten wider den Atem. Und schauten uns an. In meinem Schoß lag die Hand mit dem aufgeschraubten Lippenstift. Es ging ganz still vor sich, ohne Leidenschaft, ohne jede Regung. Wir schauten uns nur an.
»Dabei wollten wir bloß Fasching miteinander feiern«, sagte er endlich, nahm mir den Lippenstift aus der Hand,

schraubte ihn zu und verknotete ihn zusammen mit den Groschen in meinem Taschentuch. Das kleine Bündel legte er in meinen Schoß.

Wir schauten uns an. Und hatten in diesem Augenblick bereits das beschwingte Stadium der Verliebtheit übersprungen und mit dem Liebhaben begonnen.

»Ich muß heute wieder fort«, sagte er. »Ich darf gar nicht daran denken.«

»Wann?«

»Irgendwann am späten Nachmittag geht die Maschine.«

»Kannst du's nicht verschieben?«

Er nahm meine Hand auf. »Komm mit.«

»Ja«, sagte ich, ohne zu wissen, wohin.

»Aber es hat ja keinen Sinn.«

»Nein. Ja...« Ich war so durcheinander.

Er legte seinen Mund in die Innenfläche meiner Hand – ich spürte seinen warmen Atem, seine Lippen... ich schloß die Augen...

Und als ich sie wieder öffnete, war alles vorbei. Herr Ypsilon richtete sich ernüchtert auf und starrte von mir fort auf eine Erscheinug, die plötzlich und unerwartet vor unserer Nische aufgetaucht war. Er machte ein Gesicht, als ob er unverhofft einem sechsbeinigen Hund begegnet sei.

Vor uns stand eine ziegelrote, taillenlange, völlig verhedderte Bastperücke, unter der sich ein giftgrünes Trikot um schwungvolle Wölbungen spannte.

»Was ist das?« raunte er staunend. »Ich glaube, das will was von dir.«

»Ach, das ist meine Freundin Suse.« Ich hatte nur ungute Gedanken in diesem Augenblick für sie. »Was willst du, Suse?« fuhr ich sie an.

»Hab' ich vielleicht nach dir gesucht!« Sie schob die roten Fransen von den Augen, um Herrn Ypsilon besser betrachten zu können.

»Was du willst!« bohrte ich ungeduldig.
»Unsere Garderobenmarke. Wir möchten gehen. Es ist schon sechs Uhr.«
»Ich habe sie nicht. Wieso soll ich eure Garderobenmarke...?«
»Im Schuh«, unterbrach sie mich beharrlich. »Du hebst doch alles im Schuh auf. Sieh mal nach.«
»Wenn ich dir sage, daß ich sie nicht habe!«
Und als sie noch immer nicht verschwinden wollte, griff ich zur blanken Unhöflichkeit. »Laß uns in Ruhe!«
Da hob sie achselzuckend die runden Schultern, strich ihr Trikot über den Schenkeln glatt, warf noch einen letzten, unentschlossenen Blick auf Herrn Ypsilon und trat endlich den Rückzug an – was blieb ihr anderes übrig!?
Wir sahen ihr nach, während sie bastraschelnd über den Clochard hinwegstieg. Ihr schiefgetanzter Absatz verhedderte sich in seinen Lumpen. Dadurch erwachte er aus seinem staubigen Brüten und staunte vorwurfsvoll an ihren prallen, giftgrünen Beinen in die Höhe: »He – Polyp, kannst du nicht aufpassen?«
»Ich bin kein Polyp, du Penner!« Sie hüpfte sekundenlang auf einem Bein, während sie ihren Absatz aus seinem zerrissenen Jackenfutter befreite. »Ich bin Undine«, warf ihre Perücke in den Nacken und stelzte, Verachtung aus den Hüften schwenkend, von hinnen.
»He, Polyp!« rief der Clochard, durch ihre Formen jäh dem Naturalismus wiedergewonnen. »Willst du was trinken?«
Aber sie hatte bereits den Ausgang dieses abseitige Jammertales erreicht, in dem sich außer Herrn Ypsilon und mir nur Enttäuschte oder solche, die es ihrer augenblicklich favorisierten Philosophie zuliebe sein wollten, befanden.
Herr Ypsilon sah auf seine Uhr. »Wirklich schon sechs.« Und legte seine Hände um mein Gesicht – sie waren kühl

und hatten ihren eigenen, sanften Duft gegen die Geruchsangriffe der Nacht erfolgreich verteidigt. »Mit roten Bastfransen ist der Aschermittwoch über uns hereingebrochen. Ich fürchte, es wird Zeit.« Er küßte mich leicht auf die Nasenspitze, dann stand er auf und hob mich zu sich auf. Ich legte meine Arme um seinen Hals, und er trug mich über den Pseudo-Clochard hinweg. Das betrunkene alte Mädchen schlief, und auch der Gitarrespieler war mit hängenden Fingern über den Saiten eingenickt.

Erst an der Tür zum Gang zeigte eine leichte Röte seiner Wangen an, daß Herr Ypsilon mein Gewicht zu spüren begann. Er stellte mich behutsam auf die Füße, aber er behielt mich in seinem Arm.

Wir bummelten noch einmal durch die bizarren, grauverstaubten Kulissen unseres Abenteuers »Fasching«.

Auf den Tanzflächen warfen unermüdliche junge Männer ihre Mädchen durch die Luft und fingen sie wieder auf, das heißt manchmal auch nicht. Das Ganze wurde mit verbissenem Ernst ausgeführt, den kein einziges Lächeln aufheiterte. Auseinander – Ruck! – Zusammen, Klatsch – kurzer Schwenk – Ruck! – Oben rüber... noch kindliche Schenkel in groben Netzstrümpfen zappelten sekundenlang durch die Luft – Ruck! Kehrtwendung. Ein Mädchen rutschte durch das Dreieck magerer Jungenbeine und stand beinach erschrocken wieder auf seinen Füßen.

»Es kann sein, daß du bereust, daß ich das nicht mit dir gemacht habe«, sagte Herr Ypsilon.

Wir sahen noch einen Augenblick diesem strengen Götzendienst zu. Gott Boogie-Woogie drehte sich leise klimpernd in der Maske eines Roboters über der Tanzfläche... am Nachmittag würde man ihn von seinem Draht schneiden und auskehren.

»Mußt du wirklich heute schon fort?«

»Ja, aber wir sehen uns vorher noch«, sagte Herr Ypsilon und zog mich weiter. »Wir müssen uns noch sehen...«

Ein Junge, der sich einen wackligen Leierkasten geliehen und einen Stoffaffen auf die Schulter gekettet hatte, karrte sein Instrument durch die Räume. Er kurbelte beinah vergessene Gassenhauer und Evergreens aus dem Kasten und mischte ein bißchen Rummelplatzromantik in das hektische Sterben des Faschings. Neben ihm her lief ein sehr verliebtes, sehr müdes Mädchen auf Strümpfen, an jedem seiner Zeigefinger baumelte ein Schuh.
Und beinah wären wir Herrn Ypsilons Kollegen in die Arme gelaufen. Sie hockten auf einer Treppe und sangen Weihnachtslieder und hatten sich allesamt ein billiges Andenken an ihre verschwundenen Faschingsbräute angesteckt: eine falsche Locke, zerdrückte Stoffblumen, ein Pompadour aus Glasperlen.
Auf die Melodie »Vom Himmel hoch, da komm' ich her« grölten sie einen eigenen Text: »Die Väter haben Sand gekarrt, bis daß der Marktplatz volle ward. Da schickt' der Herr von seinem Thron fünf Groschen jedem Arbeitslohn.«
»Fünf Groschen ist zu wenig. Hast du mal Sand gekarrt?«
»Das ist Ausbeutung der arbeitenden Klasse! Das muß vor die Gewerkschaft!« brüllten sie durcheinander.
»Aber meine Herren, meine Herren«, sagte Ypsilon leise, »es ist sechs Uhr. Um zehn erwartet uns der Herr Bausenator. Was wird er sich über Ihre Ölköpfe freuen!«
Wir kamen unbemerkt an ihnen vorbei zur Treppe, die nach unten führte. Ein Betrunkener grinste mich gutmütig an.
»Na, Määchen, glücklich? Laß ihm man nich so schnell wieder loofen.«
»Hast du gehört?«
»Ja«, sagte Ypsilon, »du sollst mir nicht so schnell wieder laufenlassen. Ich möchte auch gar nicht...«
Wir waren stehengeblieben. Eine Band spielte »I'm beginning to see the lights«. Von fern der Leierkasten behäbig

dazwischen: »Es war in Schöneberg, im Monat Mai...« Lautes Gelächter. »Leise rieselt der Schnee«, sangen Herrn Ypsilons Kollegen zweistimmig. Eine Frauenstimme zankte. Jemand rief: »Aua – Mensch, paß doch auf!« Lärm. Ringkampf der Melodien. Aufbruch. Und mittendrin standen der Herr Ypsilon und ich voreinander. Und schauten uns an.

»Ein Wahnsinn«, sagte er kopfschüttelnd. »Was haben wir uns bloß eingebrockt!«

»Ich find's wundervoll.«

Da öffnete er seine Arme – »Ach, Maijie!« – und schloß mich völlig in seine Zärtlichkeit ein.

Ausgerechnet hier, mitten im Weg der zerrupften, verschwitzten Heimstolperer, fiel es dem Herrn Ypsilon ein, mich zu küssen – er vertiefte sich sehr darein –, und als ich mich endlich aus seiner unerschöpflichen Umarmung beugte, öffnete er nur zögernd die Augen, blinzelte um sich und meinte: »Vielleicht ist das hier nicht ganz der passende Ort...«

»Ich möchte jetzt weit fort mit dir sein – irgendwo, wo Sommer ist und Wiesen und Stille...«

»Weißt du, Maijie, es müßte nicht unbedingt eine Wiese sein«, meinte er, und wir gingen langsam und ein bißchen schwindlig zur Garderobe.

»Schau, da sitzt deine Freundin Suse.«

Neben ihr dämmerte der dünne Felix mißmutig vor sich hin, den Rücken gegen den Garderobentisch gelehnt. Suse hatte ihm ihre Bastperücke aufgesetzt und die Fransen mit einer Haarklemme von seiner gefurchten Stirm gebannt.

»Erst, wenn alle Sachen abgeholt worden sind, kriegen wir unsere Mäntel heraus«, klagte sie weinerlich, als sie uns sah. »Hast du wirklich nicht unsere Marke?«

»Sie ist meistens ein netter Mensch«, sagte ich zu Herrn Ypsilon, der mir den Schal um den Hals legte, »aber manchmal geht sie mir auf die Nerven.«

Als wir die Akademie verließen, fiel der Wind mit Eiskrallen über uns her. Wir krochen fröstelnd aneinandner.
Zwei junge Männer, unter deren Wintermänteln der bunte, zerknitterte Fasching hervorschaute, bemühten sich am Rinnstein um das stöhnende Elend eines dritten. Autos rutschten vorsichtig über den vereisten Damm, und eine Zeitungsfrau kämpfte mühsam auf ihrem Fahrrad gegen den schneidenden Wind an. Es war endgültig Aschermittwochmorgen.
Am Eingang des U-Bahn-Schachtes nahmen wir Abschied. Ich schrieb meine Telefonnummer auf die Eintrittskarte zum »Zinnober«, und Herr Ypsilon legte sie in seine Brieftasche.
»Ich rufe dich nachher an«, sagte er und beugte sich über mein kläglich verfrorenes Gesicht.
An der Sperre sah ich mich noch einmal um. Er stand hell gegen den dunkelgrauen, kalten Schneehimmel; er stand den mit der Zeit um die Wette rennenden Menschen im Wege und hob die Hand ein wenig in einer winkenden Gebärde.
So sah ich ihn noch vor mir, als ich aus der U-Bahn in den Autobus umstieg und dem Schaffner, abwesend lächelnd, meine Monatskarte für die Stadtbahn reichte. »Die gilt bei uns leider nicht«, drang er mit möglichst behutsamer Stimme in meinen seligen Zustand ein.
»Ach so, ja. Entschuldigung.« Ich kramte mein Portemonnaie hervor.
»Macht nischt«, beruhigte er mich. »Vorhin hat einer mir sogar seinen Kamm angeboten.« Und während er meinen Fahrschein lochte, fragte er: »War's denn so schön, daß Se jetzt so schußlig sind?« Er war der erste Schaffner, dem ich die Hand gab und beim Aussteigen »Aufwiedersehen« sagte.
Ich spürte den Ostwind nicht und keine klammen Füße. Für mich sangen Amseln, und die Eisluft duftete nach

Flieder und Goldlack, denn ich war Herrn Ypsilon begegnet.

Vor dem Hause, in dem ich vor kurzem mit meinem Bruder ein Zwei-Zimmer-Appartement bezogen hatte, saßen drei überzählige Feierer auf einem Mauervorsprung: ein breitschultriger Mann in einem leichtfertig geöffneten Kamelhaarmantel zwischen einem ungemein blonden und einem flammendroten Wesen. Es mußte eine Menge Alkohol dazugehören, um die Kälte und das Ende des Faschings in so großzügiger Weise zu ignorieren, wie diese drei es taten.

Die Damen sangen: »Wir lassen uns, wir lassen uns fotografiiieren, am Asch- am Asch-, am Aschermittwoch früh.«

Aber es war kein Fotograf zur Stelle, und das war gut.

»Nun seid mal still!« gebot der Mann nicht ohne Pathos. »Ich muß mit der gnädigen Frau reden.« Womit er mich meinte. Anscheinend hielt er formvollendete Höflichkeit für ein untrügliches Zeichen von Nüchternheit und stand auf. »Guten Morgen. Bitte, könnten Sie uns vielleicht mit hereinnehmen, bitteschön? Mein Schlüssel ist mir abhanden – er ist jedenfalls weg. Bitteschön.» Und als ich die Haustür für mich selbst aufschloß: »Oh, danke vielmals, gnädige Frau, sehr liebenswürdig.«

Wie rührend blau er war!

Jetzt bedachte er seine grell-leuchtenden Begleiterinnen mit einem Blick, der darauf schließen ließ, daß es sich bei den beiden um keine ständigen Begleiterinnen, sondern eher um Blüten handelte, die er im Sektüberschwang an einer vorletzten Bar gepflückt, hierher verschleppt hatte und deren Da-sein er mit zunehmender Ernüchterung zunehmend bereute.

»Ihr fahrt jetzt nach Haus«, beschloß er und zog einen Geldschein aus der Manteltasche, den er nicht ohne Grazie im Blumenbeet des Faschingshutes seiner rothaarigen Eroberung einpflanzte. »Seid schön brav und verschwindet. Der Taxistand ist gleich um die Ecke.«

Ihre Proteste schwebten als Rauchwolken in der kalten Luft hinter uns her. Ich hielt die rettende Fahrstuhltür für den Mann auf.Im Nu roch der Lift wie eine Eckkneipe.
»Welchen Stock?« fragte ich und gab mir Mühe, nicht zu lachen. Er hörte gar nicht zu, sondern sinnierte angestrengt: » – In der Nacht sahen die beiden ganz lustig aus. Aber im Morgenlicht –! Entweder hielt das Morgenlicht ihnen nicht stand oder sie ihm nicht.« Er fuhr unsicher über sein raschelndes Kinn. »Ich auch nicht, wie?«
»Welchen Stock?« fragte ich noch einmal und wandte ihm den Rücken zu, um ihn durch mein Lachen nicht zu weiteren Meditationen zu ermuntern.
»Ist ganz egal«, meinte er großzügig.
»Also welchen?«
»Na, vielleicht den dritten. – Und Sie?«
Ich stieg im zweiten aus, nachdem er mir die Hand geküßt und schöne Träume gewünscht hatte. Durch die Liftscheibe winkte er »Tschüß – gnädige Frau!« und schwebte zu meiner und seiner Verwunderung wieder in die Tiefe. Er mußte sich wohl im Knopf vergriffen haben. Hanskarl, unser dicker Hund, begrüßte mich voll ausgeschlafener Freude. An den Dellen in meinem aufgeschlagenen Bett erkannte ich, wo er die Nacht verbracht hatte. Die Tür zum Zimmer meines Bruders stand offen, er war noch nicht heimgekehrt.
Ich setzte mich auf den Wannenrand, drehte beide Hähne auf und stierte glücklich auf meine ausgestreckten Beine. Unter dem paillettenbestickten Verband puckerte es im Knie, na und –? Gestern abend, als ich mich hier anzog, wußte ich noch nichts von Herrn Ypsilon. Ich ging beinah widerwillig auf das Akademiefest.
Und jetzt liebe ich ihn. Ein märchenhafter Zustand. Auf meinen Armen haftet noch immer der leichte Duft seiner Hände. Eigentlich ein Jammer, daß man sich waschen muß.
Er hat so ein zärtliches Gesicht... und meine Lippen sind

von seinen behutsamen Küssen geschwollen, ich sehe nicht hübsch aus im Spiegel, aber glücklich...und ich liebe ihn... das passiert einem wohl nur einmal im Leben. Wo ist bloß das Badesalz...

Das schrille Telefonklingeln rührt meinen Magen um wie Lampenfieber.

Hanskarl quietscht auf, als ich ihm vor Eile auf die Pfote trete.

»Habe ich dich etwa geweckt?« fragte Herr Ypsilon, und seine Stimme klingt dunkel und rauh vor Übermüdung.

»Nein, nein, ich bin eben erst nach Haus gekommen.«

»Ich habe eben gebadet«, sagte Herr Ypsilon, »und jetzt bin ich nicht mehr sicher: war ich auf dem Fasching oder im Kohlenpott. Da hält man sich an den Händen und schaut sich an und merkt gar nicht, wieviel Staub man inzwischen ansetzt. – Maijie, wann sehe ich dich? hast du überhaupt Zeit?«

»Wozu habe ich schließlich ein schlimmes Knie?«

Wir verabredeten uns für drei Uhr nachmittags im »Bristol«, und ich hatte noch nicht den Hörer aufgelegt, als die Wohnungstür aufgeschlossen wurde.

Gleich darauf gähnte sich mein Bruder Peter ins Zimmer.

»So, das wäre geschafft. Ein Jahr lang haben wir Ruhe vorm Fasching.«

Er stand breitbeinig vor mir, zog das Halstuch ab und stopfte es in die Hosentasche.

Mittelgroß, geschmeidig, mit schnellen, dunklen Augen und spitzer Nase war Peter ein Typ, den Mädchen sehr schätzten.

»Du bist ja auch erst nach Haus gekommen«, staunte er.

»Na, und? Dachtest du, ich wäre auf deinen Beistand beim Feiern angwiesen?«

Meine Antwort machte ihn mißtrauisch. Zu spät erwachte sein Aufpassergewissen. Brüder sind sehr streng mit ihren Schwestern – vor allem, wenn sie Elternstelle bei ihnen

vertreten müssen. »Mit wem warst du denn so lange –?« Aber dann wurde er durch eine neue Sorge von seinem Mißtrauen abgelenkt; er beobachtete – leicht eklig –, wie ich den Verband von meinem Knie löste. »Du«, sagte er, »das sieht aber nicht gut aus. Das eitert doch ganz schön.«
»Kannst du nicht für mich in der Redaktion anrufen und sagen, ich hätte dringend zum Arzt gemußt?«
»Aber geh auch wirklich hin. Versprich mir das!«
Ich versprach es ihm, während ich meine Schuhe abstreifte. Aus dem linken Pumps fiel etwas klatschend auf den Teppich. Peter bückte sich danach. »Das ist doch eine Garderobenmarke«, sagte er verwundert und legte sie auf den Tisch. »Kriegst du dafür noch irgendwo einen Mantel?«
»Ich nicht, aber Suse und Felix.«
»Was ist überhaupt mit deinem Knie, Maijie? Hast du schon was wegen der Schadensersatzansprüche unternommen? Nein?« Er stöhnte geplagt. »Wenn man sich nicht um alles bei dir kümmert –! Hast du den Heelms angerufen?«
Sein ungewöhnliches Interesse für meine Angelegenheiten nach drei verfeierten Nächten empfand ich als aufdringlich.
»Kannst du dich nicht später um mich kümmern? Ich möchte jetzt schlafen.«
»Der Heelms muß dir die Arztkosten ersetzen und deine Schuhe und Strümpfe. – Gib mir seine Visitenkarte, ich rufe ihn nachher an.«
»Ich glaube, sie liegt oben links im Sekretär.«
Die Visitenkarte des Herrn Ernst Ludwig Heelms aus Frankfurt, dessen Tante vor vier Tagen in mein Fahrrad gelaufen war, lag wirklich oben links im Sekretär. Mein Bruder nahm sie an sich und versprach: »Ich werde dir schon zu deinem Recht verhelfen. Darauf kannst du dich verlassen. – Was haben übrigens die Schuhe gekostet?«
»Die Schuhe?« Mir war plötzlich – zum erstenmal –

bewußt geworden, daß Herr Ypsilon heute wieder abreiste.
»Was für Schuhe?«
Peter betrachtete mich kopfschüttelnd, dann drehte er sich auf dem Hacken um und verließ wütend mein Zimmer.
»So um die dreißig Mark«, rief ich ihm nach. In meine Stimme schlug heftig die Zimmertür.
Nun ja – ich möchte mich auch nicht zur Schwester haben.

Wir kamen beinah zur gleichen Zeit vor dem »Bristol« an. Herr Ypsilon trug einen kurzen, englischen Dufflecoat, unter dem seine Beine besonders lang wirkten, und einen dunkelgrauen Flanellanzug. Über seinem Gesicht lag ein müdes, zärtliches Lächeln.
Wir standen einen Augenblick schweigend voreinander – zwei Fremde, die sich seit ein paar Stunden zu lieben glaubten und sich jetzt noch einmal trafen, um Abschied voneinander zu nehmen.
In der Garderobe des Cafés gaben wir unsere Mäntel und Koffer ab. »Galoschen?« fragte Herr Ypsilon, auf meine Füße blickend.
»Heut' nicht. Es sind schreckliche Dinger, nicht wahr?«
»Immerhin ist es ihnen gelungen, in mir gewisse Sentiments für derartige Bekleidungsstücke zu erwecken. Man kann auch Galoschen liebhaben, wenn sie dazugehören. – Du siehst übrigens wundervoll frisch aus«, fügte er hinzu.
»Danke.« Fieber verleiht mir immer eine blühende Hautfarbe. Aber das sagte ich ihm nicht, auch nichts von dem Pochen in meinem steifen Knie... ich war noch immer nicht zum Arzt gekommen.
In Anbetracht des Aschermittwochs war das Café nur spärlich besucht. Ein paar ältere Damen fütterten ihre mitgebrachten, bunt eingestrickten Pudel mit Torte und warteten auf etwas, das nicht kam – vielleicht auch nur darauf, daß der einsame Nachmittag zu Hause ohne sie

vorüberginge. An einem Tisch saßen weißhaarige Lebemänner mit ganz jungen Mädchen vor den Resten eines späten Mittagsessens.
Wir strebten einem Ecktisch zu, der zwei Wände im Rücken und Dämmerlicht gewährte. Sämtliche Blicke begleiteten uns voll abschätzender Neugier, es waren die ungenierten, routinierten Caféhausblicke der Großstädter. Ich gab mir Mühe, sowenig wie möglich zu hinken. Aber beim Setzen mußte ich das schlimme Bein zur Seite strekken, und das fiel Herrn Ypsilon auf.
»Wie geht's deinem Knie?«
»Mein Bruder trifft sich heute mit dem Mann, dessen Tante schuld hat. Wegen der Schadensersatzansprüche.«
»Einen Bruder hast du auch? – Ich weiß gar nichts von dir.«
»Mein Leben ist nicht sehr interessant«, sagte ich und nahm eine von seinen Zigaretten. »Ich möchte am liebsten einen Grog trinken.« Herr Ypsilon bestellte, dann legte er die Hände auf den Tisch und beugte sich zu mir herüber. »Erzähl mir, wie das mit dem Knie passiert ist.«
»Also, ich kam vormittags vom Uhrmacher und radelte sehr schnell nach Haus – um zwölf beginnt doch mein Dienst in der Redaktion. Die alte Dame tauchte ganz plötzlich hinter einem parkenden Auto auf und überschritt den Damm, ohne nach rechts oder links zu gucken. So passierte es eben. Ich fuhr mit unbremsbarem Schwung in sie hinein. Wir landeten alle beide auf dem Pflaster... interessiert dich das wirklich?«
»Ihr landetet alle beide auf dem Pflaster.«
»Ja. Zuerst war das Loch in meinem Knie ganz weiß vor Schreck, dann fing es an, fürchterlich zu bluten. Das Schlimmste waren für mich die kaputten Strümpfe. – Die alte Dame saß ein Stück ab von mir auf der Fahrbahn und sah mich unter ihrem verrutschten Hut vorwurfsvoll an. ›Sind Sie verletzt?‹ fragte ich sie und zerrte mein verboge-

nes Rad auf den Bürgersteig. Die Alte saß bloß da und guckte böse. Mein Knie fing jetzt an, sehr weh zu tun. Schmerz macht mich immer wütend, und so habe ich mit ihr geschimpft. ›Stellen Sie sich vor, ich wäre ein Auto gewesen!‹ schimpfte ich. Zur Antwort reichte sie mir ihre Hand, so daß ich dachte, ich solle sie drauf küssen, und sagte streng: ›Helfen Sie mir.‹ Es war gar nicht so einfach, sie auf die Beine zu bringen. Sie war groß und stark und gab sich keine Mühe, mich zu unterstützen. Dabei fehlte ihr überhaupt nichts. ›Meine Handtasche?‹ War ihr nächstes Kommando. Ich kroch mit meinem stark blutenden Knie unter das parkende Auto, unter das die Tasche gerutscht war, und zog sie hervor. Anstatt sich zu bedanken, sagte die Alte wütend: ›Völlig verschrammt.‹ Als ob das meine Schuld gewesen wäre! Und von meinem Knie sagte sie nichts. Das Blut floß auf meine Schuhe – hellbraunes Wildleder! Dreimal angehabt, stell dir vor!«
Der Grog kam, Herr Ypsilon machte ihn für mich zurecht.
»Zwei Stückchen Zucker?«
»Ja, bitte. – Die Alte ließ sich von mehreren Passanten umringen, vorwiegend alten Leuten, die an der nahen Haltestelle auf den Autobus gewartet hatten. Alle schmetterten bitterböse Blicke nach mir. Ich mußte eine Menge Gift schlucken, Bemerkungen wie ›Immer trifft's die armen, alten Rentner!‹ und ›Aber alte Leute sind ja bloß noch zum Totfahren da!‹ Meine Gegenpartei sah dabei weder nach Rentnerin aus, noch hatte ich sie totgefahren. Sie ließ sich zur nächsten Bank in der Anlage führen. Um mein Knie kümmerte sich niemand. Ich war die eindeutig Schuldige, weil unsere Zeugen alt wie die alte Dame waren und weil Fußgänger immer zu Fußgängern halten. – Auf einmal war ein Schupo da. Die Alte winkte ihn heran und zeigte auf mich: ›Die Person da hat mich angefahren.‹ Und alle ihre tuttligen Zeugen nickten eifrig dazu. ›Jawohl. Wir haben es deutlich gesehen.‹ Nichts hatten sie gesehen, denn

als es geschah, standen sie dreißig Meter entfernt an einer Haltestelle und blinzelten in das bißchen Sonne, das gerade für diese Straße zuständig war. – ›haben Sie die Dame angefahren – ja oder nein?‹ fragte mich der Schupo.›Ja‹, sagte ich, ›aber –‹ – ›Dann geben Sie mir Ihre Personalien.‹ Er schrieb meinen Namen auf und meine Adresse. ›Aber ich habe die Frau nur angefahren, weil ich nicht anders konnte.‹ – ›Womit?‹ wollte der Wachtmeister wissen. ›Mit meinem Fahrrad, womit denn sonst? Ich kam die Straße ganz vorschriftsmäßig heruntergeradelt, da tauchte sie so plötzlich hinter einem parkenden Auto auf, daß ich nicht mehr bremsen konnte.‹ – ›Beruf?‹ fragte der Polizist, und ich haßte ihn für seine Engstirnigkeit. ›Warum fragen Sie nach *meinen* Personalien, schließlich hat die Dame schuld!‹ Der Schupo ging auf mein Fahrrad zu und besichtigte es anfangs oberflächlich, dann handgreiflich und leider immmer interessierter. ›Sagen Sie mal, womit bremsen Sie eigentlich?‹ wollte er wissen. ›Na, mit der Fußsohle‹, sagte ich. ›Ach nee, wirklich? Der Rücktritt funktioniert auch nicht mehr, wie?‹ – ›Vorhin ging er noch‹, schwor ich auf gut Glück. ›Klingel und Katzenauge und die Hälfte der Speichen haben Sie auch eben erst verloren!?‹ – ›Trotzdem hat die Alte schuld!‹ schrie ich aufgebracht. ›Und überhaupt, was hat ein fehlendes Katzenauge am Hinterteil eines Fahrrades mit einem Zusammenstoß zu tun, der eindeutig vorn und am hellichten Vormittage passiert ist, eh – ?‹«

An dieser Stelle meiner Erzählung stolperte die Serviererin mit einem gefüllten Tablett über mein ausgestrecktes Bein. Es klirrte, und Sahne tropfte auf den Boden, aber sonst war nichts passiert. Ich selbst hatte mich am meisten erschreckt.

»Du baust laufend Verkehrsunfälle«, sagte Herr Ypsilon und nahm meine Hand und legte sein Gesicht hinein. »So heiß. Hast du etwa Fieber?«

»Es ist nicht schlimm.«
»Paß auf, du hast dich heute nach erkältet.«
Heute nach – da war die Erinnerung wieder ganz nah.
»Liebling –, sagte er, »oh, Liebling...«
»Wenn ich an dich denke, möchte ich die Arme öffnen und dich umschließen und den Schlüssel zu meinen Händen verlieren...wenn ich nur an dich denke! Es ist wirklich verrückt!«
Er küßte zur Antwort meine Fingerkuppen. »Du hast bestimmt Fieber, sagte er noch einmal. »Du gehörst ins Bett.«
»Ja, –« Und ich wußte genau, daß er jetzt sagen würde: »Ich bringe dich ins Bett.« Und ich wußte genau, daß er dabei weniger an die heiße Zitrone dachte, die er für mich bereiten wollte, als daran, sich an meiner vermeintlichen Erkältung anzustecken.
Sein Blick war schmerzhaft intensiv. Und die Frau am Nebentisch trank zum zweitenmal versehentlich aus der Tasse ihres zeitungslesenden Mannes, denn sie konnte die Augen nicht von uns wenden.
»Wenn du dich unbedingt anstecken willst, dann mußt du dir das Knie aufschlagen. Daher kommt mein Fieber.«
Herr Ypsilon wollte eine Menge Besorgnis auf mich loslassen, aber ich beruhigte ihn mit einer schnellen Lüge: »Der Arzt sagt, es sei ganz ungefährlich.«
»Die Unfallgeschichte war noch nicht zu Ende«, fiel ihm ein.
»Sie ist so uninteressant.«
»sIch möchte sie trotzdem hören.«
»Und ich möchte von ganz etwas anderem reden.«
»Komm –«, er küßte meine Hand, » – erzähle.«
»Also – der Polizist untersuchte mein Fahrrad und sagte: ›Wissen Sie, daß Sie sich schon allein dadurch strafbar gemacht haben, indem Sie ein unzweifelhaft verkehrswidriges Vehikel benutzten!?‹ Die alte Dame hörte ihm mit sichtlichem Wohlbehagen zu, dann winkte sie einem Sport-

wagen mit Frankfurter Nummer zu. Ein Mann stieg aus – so ein lauter Typ, den ich nicht mag. Mit kalter Pfeife im Mundwinkel und Schritten, die vor lauter Selbstbewußtsein Löcher ins Pflaster stampften. – Die alte Dame hatte ihren Hut geradegerückt und sah wieder vollkommen aus. Einzig die Anwesenheit des Schupos und die tutternden Greise verwunderten den Mann. Er ging auf sie zu und sagte so, als ob er manches von ihr gewohnt wäre: ›Was ist denn nun schon wieder los, Hermine?‹ Und sie antwortete mit viel Vorwurf in der Stimme: ›Wärst du püntklich gewesen, wäre es nicht passiert. Diese Person da,‹ sie vernichtete mich mit ihrem Zeigefinger, ›hat mich heimtückisch angefahren. Auf einem verkehrswidrigen Vehikel!‹ Ihr Neffe – oder wer immer er war, er heißt Heelms – guckte in meine Richtung und guckte rasch wieder fort, nachdem er mein blutüberströmtes Bein gesichtet hatte. ›Aber ich verzichte auf eine Bestrafung der Person!‹ sagte die schlimme alte Dame. Ihre Huld kannte wirklich keine Grenzen, wohl aber meine Erziehung. Ich schrie ihr meinen gerechten Zorn entgegen, doch all meine Anklagen kullerten an ihr ab wie – na, wie Regentropfen an einem imprägnierten Mantel, ohne ihr Gewissen auch nur zu befeuchten. Sie wollte in den Sportwagen ihres Neffen steigen; dieser war jedoch etwas nachdenklich geworden. ›Tante Hermine‹, fragte er, ›hast du wirklich schuld?‹ Da sah sie reizend lächelnd zu ihm auf und sagte: ›Natürlich, mein Junge, du hörst es ja. Laut genug!‹«
Herr Ypsilon bemühte sich, möglichst unauffällig auf seine Uhr zu schauen. »Wie spät ist es?« fragte ich besorgt.
»Leider gleich soweit. Es war schön, dich noch einmal zu sehen.«
Seine Finger spielten mit dem Aschenbecher, sie schoben ihn ziellos hin und her. Ein kleines Lastenboot auf dem Tisch, ohne bestimmten Kurs.
»Du kommst doch bald wieder her?« Auf einmal hatte ich Angst.

»Ja, bestimmt – irgendwann einmal. Maijie – « Er sah mich an, und in seinem Blick war ein entsetzlich schlechtes Gewissen in unendlich viel Zärtlichkeit eingebettet. »Ich bin sehr feige gewesen, Maijie. Ich hätte es dir gleich sagen sollen...«

Ich wußte plötzlich, was er mir gleich hätte sagen sollen. Meine Hände brauchten jetzt auch etwas, um beschäftigt zu sein. Sie fanden die Zuckerdose, sein Aschenboot fuhr klirrend dagegen.

»Komisch, ich bin gar nicht auf die Idee gekommen. Du trägst auch keinen Ring...es ist...«

»Ich habe dich sehr lieb«, sagte er. »Wenn du wüßtest, wie mir zumute ist.«

Wenn er wüßte, wie mir zumute war. Es brauchte dazu kein Fieber und keine mögliche Blutvergiftung. All das war gar nicht wichtig gewesen, solange ich mich im Schutz seiner Zärtlichkeit gewußt hatte. Sie umgab mich ein paar Stunden lang wie eine uneinnehmbare Burg mit dicken Mauern und Wassergräben. (In meinem Gefühl wie auch in meiner Phantasie hat die moderne Technik noch keinen Einzug gehalten.)

»Bis du wenigstens glücklich verheiratet?« gelang es mir, nach einer Weile zu fragen.

»Ja«, sagte er. Es tat ihm leid, mir weh zu tun, aber er war zu geschmackvoll und zu ehrlich, um mich mit der mitleiderregenden Geschichte von der Ehe zu rühren, in der er sich unverstanden fühlte und neben seiner Frau nur so herlebte und schon längst fortwollte, aber aus Anständigkeit noch immer geblieben war.

Seine Finger setzten das Aschenboot zu einer neuen Irrfahrt in Bewegung. »Weißt du, wir sind schon so lange zusammen und haben so viel miteinander durchgestanden. Und außerdem haben wir ein Kind.« Sein Foto zückte er Gott sei Dank nicht. »Ich hätte dir das gleich sagen sollen, aber anfangs bestand keine Veranlassung dazu – und später... du weißt ja, woran ich später gedacht habe. Dabei

wollten wir doch nur Fasching miteinander feiern.« Er sah mich an.
»Warum sagst du nichts?«
»Wir haben nichts anderes getan.«
»Doch, Maijie, wir haben von Herzen Fasching gefeiert.«
Er ließ sein Aschenboot im Stich und nahm meine Hand. Er war sehr bedrückt.
»Es ist nicht so schlimm«, versprach ich ihm. Aber das stimmte nicht. Es war ganz schlimm. »Wir werden schon nicht daran sterben, nicht wahr?«
»Maijie – « Es fiel ihm nichts anderes mehr ein als dieser Name, den ich mir selbst als Kind gegeben hatt.
Ich setzte mich aufrecht hin und lächelte, so gut es ging.
Er brachte mich zu einem Taxi und half mir beim Einsteigen. Mein vereitertes Knie war jetzt völlig steif.
»Versprich mir, daß du gleich zum Arzt fährst.«
Ich flatterte vor Schüttelfrost und war seltsam benommen.
»Versprich es mir!« sagte er noch einmal.
»Ja –« So verbrachten wir die letzte kostbare Minute mit Besorgnis und Zähneklappern.
Der Taxischofför wartete mit breitem, unbeweglichem Rücken, aber Ohren, die nach hinten gerichtet zu sein schienen.
»Wenn ich jetzt an Berlin denke, so werde ich an dich denken«, sagte Herr Ypsilon.
»Nie wieder in meinem Leben geh' ich auf den Fasching...«
»Bis zum nächsten ist es noch lang hin.«
»Trotzdem –« Ich streckte ihm meine Hand hin.
»Sei nicht traurig, Maijie.«
»Nur ein bißchen.«
»Ich bin es sehr – Irgendwann einmal ...«
»Hmhm.«
Der Schofför kratzte sich hinter dem Ohr, wir starrten beide wie gebannt auf seinen roten Finger.

Dann war die Wagentür zwischen uns. »Wohin?« fragte der Fahrer.
»Nach Haus, bitte.«
Herr Ypsilon klopfte an die scheppernde Scheibe des alten Autos. »Hast du überhaupt Geld fürs Taxi?«
Ich schüttelte den Kopf.
Er öffnete noch einmal die Tür und gab mir einen Schein, dann sagte ich meine Adresse, und wir fuhren schleudernd von der vereisten Bürgersteigkante ab.
Herr Ypsilon stand am Straßenrand und sah dem abfahrenden Wagen nach. Er wirkte sehr groß in seinem zu kurzen Mantel. Und ein bißchen einsam. Orpheus mit Handgepäck, mitten auf dem Kurfürstendamm allein gelassen.
Alles, was gut und zärtlich und ernsthaft und phantasievoll in mir war, nahm seinen Anblick noch einmal in die Arme. Ich würde ihn nie wiedersehen ...

Vor der Haustür fror mein Bruder Peter mit hochgezogenen Schultern und frostroter Nase. Er hatte mich sofort hinter den beschlagenen Scheiben des Taxis entdeckt und riß die Wagentür auf. Ich wußte, was jetzt kommen würde, und hätte am liebsten die Ohren geschlossen.
»Sag mal, bist du wahnsinnig?« fiel er über mich her, während er mich auf die Straße zerrte. »Steckst sämtliche Schlüssel ein, und ich kann nicht in die Wohnung. Habe beim Arzt angerufen, und er sagt, du wärst überhaupt noch nicht erschienen. Wie siehst du denn aus? Du hast ja Fieber. Wo warst du? Warum warst du nicht beim Arzt? Das kann dich dein Bein kosten?«
»Schrei mich nicht an!« Ich stand mehr tot als lebendig im eisigen Wind und konnte meine Glieder nicht halten, sie schüttelten hilflos an mir herum.
Zehn Minuten später landeten wir mit demselben Taxi beim Arzt. Im Wartezimmer hörte der Schüttelfrost plötzlich auf. Es war, als ob tausend Sonnen auf meinen Körper

schienen. Ich wurde angenehm müde und legt die Arme auf die Tischplatte und meinen schweren Kopf darauf.
Herr Ypsilon …
»Übrigens war ich heute nachmittag im Hotel bei dem Heelms. Du, das ist ein ganz interessanter Mann. Er hat in Frankfurt eine große Werbeagentur. Wir waren uns sofort sympathisch …« Peters Stimme kam von weit, weit her.
Ich würde Herrn Ypsilon nie wiedersehen …
»Als er hörte, daß ich Werbefachmann bin, wurde er ganz wach. Er sagte, er brauche immer junge, tatkräftige, begabte Leute mit eigenen Ideen. Na, und da sagte ich ihm, daß ich nicht besonders zufrieden mit meinem jetzigen Job bin … Heute abend treffen wir uns noch einmal. Ich soll ihm Arbeiten mitbringen. Hörst du überhaupt zu?«
»Nein.«
»Vielleicht bezeichnen wir es noch einmal als Glücksfall, daß du in seine Tante hineingeradelt bist. Er bleibt noch zwei Tage in Berlin …«
Ich hob mühsam den Kopf. »Und meine Schuhe und Strümpfe – wird er die ersetzen?«
»Ach, weißt du, Maijie, mit solchen Lappalien wollte ich ihm danach nicht mehr kommen.«
»Natürlich.«
Und dann wurde ich als dringender Fall vor den anderen wartenden Patienten ins Sprechzimmer gerufen.
Ich hatte eine schwere Sepsis, erhielt eine Penicillinspritze und wurde geschnitten. Mir war alles so egal, denn ich würde Herrn Ypsilon nie wiedersehen…

2

Als Herr Ypsilon vor fünfzehn Monaten das wehmütige Vergnügen hatte, meine hoffnungslose Liebe zu werden, wußten wir nicht mehr voneinander als Elsa und Lohengrin, was bekanntlich recht wenig ist. Das heißt, mein Vergleich hinkt etwas, denn Lohengrin war immerhin über Elsas Herkommen orientiert.

Herr Ypsilon wußte von mir nur den Kosenamen und meine Telefonnummer, flüchtig auf die Eintrittskarte zum Akademiefest gekritzelt.

Ich bin sicher, daß er sie bereits auf der Heimreise verloren hatte, vielleicht sogar bewußt verloren. Schließlich kehrte er zu Frau und Kind und Alltag zurück. Und der Fasching war vorüber.

Ich wußte nicht einmal, in welcher Stadt er lebte, sondern nur seinen Beruf: Herr Ypsilon war Architekt.

Manchmal versuchte ich, sein zärtliches, helles Gesicht zu rekonstruieren. Auf einem Notizblatt. Aber ich kann nicht sehr gut zeichnen. Herr Ypsilon wurde es nie, nicht einmal ein hübscher Mann. Das lag am zweiten Auge, das in meiner Zeichnung immer zu tief rutschte. »Unegale« Augen kommen zwar in der modernen Malerei häfig vor. Es handelt sich aber bei dieser leichten Abstraktion um einen Effekt, der ausschließlich den Geist anspricht, nicht das Gemüt. Das Herz braucht eine fotogetreue Darstellung des geliebten Menschen, am besten gleich gerahmt auf dem Nachtisch.

Im Laufe des vergangenen Jahres ließ meine Porträtierfreudigkeit mehr und mehr nach, auch Herr Ypsilon verblaßte in meinem Gedächtnis. Um einen Mann auf die Dauer unglücklich lieben zu können, muß er schon tot sein.

Eines Tages ereiferten sich die Zeitungen über das neu

erstandene Schauspielhaus einer westdeutschen Großstadt. Wir befanden uns damals ja noch in einer aufstrebenden Zeit, in der jeder neue, »revolutionäre« Bau länderweit diskutiert wurde. Heute findet ein solcher nur noch lokale Beachtung, und selbst die bleibt flüchtig.
Kunstkritisches Lob und volksmündlicher Spott fielen in konzentrierter Form über den Bau her. Die Phantasie der unverbildeten Beschauer erblühte an seinen eigenwilligen Glas-Betonmauern und schmückte ihn mit niederschmetternd gut getroffenen Spitznamen.
Ich glaube, ich wäre als Architekt unter so viel treffsicherem Hohn seelisch und künstlerisch zusammengebrochen. Und Schnapsvertreter geworden. Aber ich bin ja nur eine ängstliche, kleine Seele, die einen neuen Hut schon dann nicht mehr aufsetzt, wenn ein einziger über ihn gegrinst hat.
Anfangs nahm ich keinen Anteil an der Diskussion, die über den Fotos des neuen Schauspielhauses in unserer Redaktion entbrannte. Warum sollte ich mich über einen Bau erregen, der so weit fort von uns war?
Aber dann sah ich ein Foto des Architekten – und griff – für meine Verhältnisse geradezu ungewöhnlich aktiv – und laut dazu – in die Diskussion ein. »Gewiß, es ist revolutionär. Aber in einigen Jahren wird noch viel Verrückteres gebaut werden. Dann erscheint uns dieses Theater geradezu konventionell!«
Ich ereiferte mich so lange, bis mir das leichte Erstaunen in den Mienen meiner Kollegen auffiel. Einer fragte mich sanft: »Warum schreist du eigentlich so? Wir sind doch alle deiner Meinung.«
Das Foto des mit einem Schlage bekannt gewordenen Architekten verschwand noch zur gleichen Stunde aus der Redaktion und wurde – trotz heftigen Suchens – nie wiedergefunden.
Ich kaufte einen weißen Lederrahmen dafür und stellte es auf den Tisch neben meiner Couch – und ließ es nur

unter dieser verschwinden, wenn Besuch kam. Das Foto war nicht besonders gut von Herrn Ypsilon, aber besser immerhin als meine Porträtversuche nach dem Gedächtnis. Beide Augen saßen an der richtigen Stelle.
Das war vor etwa einem Monat.
Jetzt saß ich mit dem Fotografen in der Halle des Hotels Kempinski und wartete auf ihn. Man hatte ihn zu Besprechungen nach Berlin eingeladen – und es war mir in mühsamer Bohrarbeit gelungen, unsere Redaktion von der Dringlichkeit eines Interviews mit ihm zu überzeugen. Mein ungewöhnliches Interesse an moderner Architektur fiel allgemein auf.

Kurz vor dem Mittagessen war die Hotelhalle von aperitiftrinkenden Franzosen, abreisebereiten Amerikanerinnen, westdeutschen Geschäftsleuten und einer bedrückend jugendlichen, whiskyfreudigen Filmschauspielerin und ihrem gelangweilten, eleganten, nichtssagenden augenblicklichen Begleiter bevölkert, so daß Herr Ypsilon, als er den Lift verließ, nicht sofort überblicken konnte, an welchem Tisch Reporterin und Fotograf auf ihn warteten.
Er wandte sich an die Rezeption, der Empfangschef zeigte in unsere Richtung, und mit der schönen Selbstsicherheit, die ihm sein junger Ruhm verlieh, durchmaß er die Hotelhalle.
Ich gab ihm die Hand.
»Guten Tag, Herr Ypsilon.«
Noch immer schaute er sich keine Frau näher an. Er begrüßte unseren Fotografen, Herrn Klein, und setzte sich in den dritten Sessel.
»Kann ich etwas für Sie bestellen?« Er wandte sich natürlich mit dieser Frage zuerst an mich.
Ich schüttelte das schützende Haar aus dem Gesicht und sah ihn an. »Am liebsten warmen Sekt.«
»Nein«, sagte er; seine Fassungslosigkeit war wundervoll. »Aber nein, das ist doch nicht wahr!«

Warmer Sekt! Fritz Klein schämte sich im Namen der Redaktion für mich.
Herr Ypsilon riß sein ungläubiges Entzücken von mir los und strahlte ihn an, so an, daß es Klein ganz warm ums Herz wurde. Er schoß sein erstes Foto, und ich griff zu meinem Block.
»Sekt. Eine Hausmarke. Möglichst nicht vom Eis«, sagte Ypsilon zum Barmixer, der sich durch diese Bestellung etwas auf die Schippe genommen fühlte.
»Es könnte vielleicht auch ein Ginfizz sein«, lenkte ich ein.
Nach diesem kurzen Intermezzo stellte ich meine erste Frage. »Waren Sie nach dem Kriege schon einmal in Berlin?«
Er brauchte einen Augenblick, um nach der privaten Überraschung auf offizielles Interview umzuschalten. Dann lehnte er sich, die Arme verschränkend, zurück und grinste ein bißchen: »Ja. Vor über einem Jahr. Aber leider viel zu kurz ... während des Faschings, wissen Sie. Warmen Sekt gab's auch.«
Herr Klein, der ihn blitzend mit der Kamera umturnte, registrierte leicht verwundert unser erinnerungsträchtiges Lächeln.
»Finden Sie, daß sich Berlin inzwischen verändert hat?« lautete meine zweite Frage.
Herr Ypsilon hatte mich indessen glücklich angeschaut, zwischen seinen Fingern flackerte das Streichholz, mit dem er seine Zigarette entzünden wollte. »Wie bitte?«
»Ob sich Berlin verändert hat.«
»Ein wenig. Ich hatte es nicht so blond in Erinnerung.«
»Das Blonde macht die Sonne.«
»Möglich. Es steht Berlin gut.«
So ging es nicht weiter vor Herrn Kleins verblüfft gespitzten Ohren, wenn Ypsilon von diesem nicht in die Kategorie der Dorftrottel eingereiht werden wollte. Darum fügte er schnell hinzu: »Schaun Sie, ich bin erst gestern abend

angekommen und hatte noch wenig Gelegenheit, mich umzusehen. – Die Ruine der Gedächtniskirche steht jedenfalls immer noch …«

»Gott sei Dank«, sagte Klein aggressiv, und auch ich nahm Kampfstellung an. Bei aller Wiedersehensfreude – an seiner Gedächtnisruine verträgt kein Berliner auswärtige Kritik. Ypsilon sah sich zweifachem Lokalpatriotismus gegenüber, der warnend die Ärmel hochkrempelte.

»Was dem Römer sein Colosseum …«, begann ich.

»Sie ist sozusagen der Triumphbogen des Kudamms«, fiel mir Herr Klein ins Wort.

Herr Ypsilon hob abbittend die Hände, und der Ginfizz kam. Als ich nach meinem Glas greifen wollte, rollte der Kugelschreiber zu Boden. Herr Ypsilon und ich bückten uns gleichzeitig nach ihm. Unsere Gesichter kamen sich unter dem Tisch sehr nah.

»Versteckst du noch immer alles im Schuh?« raunte er.

»Das weißt du noch?«

»Ich habe ein gutes Gedächtnis, was dich anbelangt.« Er tauchte – hochrot im Gesicht – wieder auf und reichte mir den Stift.

»Oh, vielen Dank, sehr liebenswürdig.«

»Nehmen Sie mal die linke Schulter zurück?« bat der Fotograf.

Herr Ypsilon nahm die Schulter zurück und lächelte mich an. »Ich bin sehr glücklich, wieder hier zu sein.«

Über seinen Kopf hinweg schnitt Klein eine Grimasse, die ich sehr wohl verstand: ›Sie reden alle das gleiche Zeug, ob es sich nun um Politiker, Wissenschaftler, Filmstars oder sonstige Prominente handelt. In Anbetracht der prekären politischen Lage unserer Stadt fühlen sie sich zu der Seligkeit, wieder hier zu sein, geradezu verpflichtet – und finden sich dabei so furchtbar, furchtbar nett uns »armen« Berlinern gegenüber.‹

Herr Ypsilon schien wirklich beglückt über sein Hiersein,

nur hielt er es nicht für angebracht, Herrn Klein die näheren Gründe dafür mitzuteilen. Dieser hatte genug Fotos geschossen und nahm befriedigt im Sessel Platz.
Er zündete eine Zigarette an, trank seinen Ginfizz schlückchenweise, und ich fragte besorgt: »Wollen Sie etwa auf mich warten? Es wird bestimmt noch eine Weile dauern. Ich fahre sowieso nicht mehr in die Redaktion.
Das lauernde Schweigen am Tisch verwandelte sich in erleichtertes Schweigen, als er endlich seine Kamera verstaut, den letzten Schluck getrunken und einen Abschied genommen hatte, der unser beider Ungeduld endlos erschien.
»Und jetzt zu Ihrem Besuch, Herr Ypsilon. Sie sind zu Besprechungen mit dem Berliner Senat ...«
»Leg deinen Block fort«, sagte er. »Herr Klein kann uns nicht mehr hören.«
Und so saßen wir denn voreinander, beladen mit unserer Wiedersehensfreude, und waren plötzlich sehr befangen.
»Ich hab' auch Herzklopfen«, gestand er, leise lachend.
»Soll ich – soll ich den Klein zurückrufen? In seiner Gegenwart waren wir viel natürlicher.«
»Ach, Maijie –«
»Ja –«
»Ich habe viel an dich gedacht.«
»Hmhm. Ich hab's gespürt. So im Mai vorigen Jahres ließ es dann etwas nach und dann immer mehr ...«
Er lachte nur zu dieser Feststellung. »Aber jetzt erzähle: Wie kommst ausgerechnet du von allen Berlinern dazu, mich zu interviewen? Woher wußtest du überhaupt – oder war es etwa ein Zufall?«
»Wo denkst du hin? Es war höhere Strategie. Und es war vor allem ein Glück, daß du ein Schauspielhaus gebaut hast.«
»Findest du es auch schrecklich? Und dann, lebhaft: Wenn du wüßtest, was ich auf dem Flug hierher gegrübelt habe: ›Wie erfährst du ihre Adresse?‹ Aber ein Mädchen, dessen Telefon-

nummer man verloren hat und von dem man nur weiß, daß es Maijie heißt, in einer Millionenstadt zu finden – ! Ehrlich gestanden, ich hatte auch ein bißchen Angst davor.«
Das verstand ich wohl. So ein Wiedersehen ist schließlich immer ein Risiko. Das Original hat einen schweren Stand gegenüber der verklärenden Erinnerung. So charmant und hinreißend kann man gar nicht auf Kommando sein, um ein gemeinsames Erlebnis, bei dem man weder charmant noch hinreißend, aber sehr glücklich war, zu wiederholen oder gar zu übertrumpfen.
»Es war schön mit uns beiden damals ...«, sagte er.
»Hmhm.«
»Ich hatte nur ein furchtbar schlechtes Gewissen.«
»Du siehst, ich habe es überlebt«, lachte ich. Es war einer schweren Blutvergiftung zusammen mit einem gebrochenen Herzen nicht gelungen, mich umzubringen. Damals enttäuschte es mich etwas, daß ich so zäh war.
»Im vorigen Sommer war ich in München«, erinnerte er sich. »In der Theatinerstraße lief eine Frau vor mir her. Ihre Figur, ihr Haar und vor allem die Art, wie sie ging – dieses mutwillige Trödeln mit den Schuhspitzen nach innen –, erinnerte mich plötzlich so sehr an die Fastnacht in Berlin. Aber als ich sie einholte, warst es leider nicht du.«
»An dem obeinigen Gang hatte mein kaputtes Knie schuld.«
»Richtig, das Knie. Du warst in eine alte Dame geradelt.«
»Da ist die Narbe.« Ich hob ein wenig den Rocksaum.
Herr Ypsilon betrachtete sie ausführlich. »Was hast du bloß für rührende Jungsknie!«
Ein Hotelboy, der unbemerkt an unseren Tisch getreten war, schaute sie sich ebenfalls an. Er meldete zwei Herren, mit denen Ypsilon zum Essen verabredet war.
»Ich muß dich jetzt leider verlassen, Maijie.«
»Und mein Interview?«

»Richtig, das Interview.« Er erhob sich und rechnete rasch das Programm des heutigen Tages nach. Zwischen sechs und acht Uhr abends fand er eine Lücke. »Paßt es dir dann – oder hast du keine Zeit?«
Ich sah ihn an. So eine dumme Frage!

»Weißt du, was ich jetzt getan hätte, wenn ich dir nicht begegnet wäre?« frage Herr Ypsilon. Und das taten wir denn gemeinsam, das heißt, wir fuhren zur Glienicker Brücke zwischen Berlin und Potsdam hinaus.
Über sie ist soviel preußische und später deutsche Geschichte gerollt wie wohl über keine andere. Heute bildet sie eine schlagbaum- und postenbestückte Grenze zwischen Westberlin und Ostzone. Aber der blaßblau-dunkelgrünen Parklandschaft um den Jungfernsee konnte die Politik nichts anhaben. Sie erinnerte in der starren Vorabendstimmung, da die Sonne den Himmel über dem silhouettenschwarzen Pfingstberg goldgelb überschwemmt hatte, an einen alten, kräftig kolorierten Stich.
Wir setzten uns dort ans Ufer, wo kein Schilf die Sicht und keine Ameisenvölker die Stimmung beeinträchtigten. Mein Hund Hanskarl war auch mit.
»Es ist so nah, daß man hinüberschwimmen könnte«, sagte Herr Ypsilon und sehnte sich zum anderen Ufer hinüber. »Eins von den Dächern dort muß zu dem Haus gehören, in dem ich aufgewachsen bin. Möchte wissen, wer jetzt dort wohnt.«
Und dann erzählte er von seiner Tante Sophie, die ihn zusammen mit ihren sechs Söhnen in Potsdam aufgezogen hatte. Ihre Beschreibung hätte ebensogut zu einem General gepaßt. »...Auf ihrer preußischen Korrektheit wagte kein Busen zu erblühen«, erinnerte er sich. »Und keine ihrer dünnen, in einem Dutt gefangenen Haarsträhnen besaß jemals die Verwegenheit, sich zu locken. Sie war streng protestantisch und ignorierte das Hitlerregime bis zu ihrem Tod. Als ihre

Söhne einer nach dem anderen fielen, überließ sie das Weinen dem Personal. Sie ging überhaupt unmenschlich hart mit sich und ihrer Umgebung um. Es gab nur eine Schwäche in ihrem Leben: ihren Mann. Er war schön und leichtsinnig und treulos. Er brachte ihre Mitgift genial um die Ecke, aber er hatte zweifellos Respekt vor ihr. Und sie liebte ihn auf ihre steife, unerschütterliche, tapfere Art. Als er fiel, mochte sie auch nicht mehr leben.« Herr Ypsilon rupfte einen langen Grashalm aus und band ihn zu einer kleinen Schleife. »Die beiden waren wie das Glockenspiel der Garnisonkirche. Sie war der gestrenge Text ›Üb immer Treu und Redlichkeit‹. Er war die heiterverspielte Mozartmelodie dazu.«
So hockten wir am Ufer des Jungfernsees und sahen den Schwänen zu, die gelassen und wundervoll gleichgültig auf der perlmuttfarbenen Strömung dahinfuhren, und unterhielten uns, als ob wir unbegrenzt Zeit füreinander hätten. Es war ganz anders als auf dem Fasching. Damals waren wir vor allem verliebt. Heute lernten wir uns näher kennen. Ein Schleppzug tuckerte friedlich und unter Mißachtung neuzeitlichen Tempos an der basilikaartigen Sakrower Heilandskirche vorbei aus den westlichen Gewässern der Havel in die östlichen hinüber. Er hieß »Betty« und hatte Kohlen geladen. Um sein Kajüthaus trocknete karierte Wäsche. Ein kleiner weißer Bordhund kläffte grundlos in die Luft – Hanskarl bellte vom Ufer her zurück. Und die Geranien an den Kajütfenstern bildeten einen sich langsam entfernenden, geradezu pausbäckigen Farbklecks in der romantisch-exakten Parklandschaft.
Es war die Landschaft, in der ich meine Träume angesiedelt hatte.
»Meine Phantasie wohnt hier am See in einem Garten mit steinernen Urnen unter Trauerweiden, und sie hat ein Empirekleid an“, sagte ich zum Herrn Ypsilon. »Jetzt lach mich ruhig aus.«
Aber er lachte nicht, sondern legte die zierliche, aus ei-

nem Grashalm geformte Schleife auf meinen Handrükken.
»Danke«, sagte ich und gab ihr einen Kuß.
Er zog mich mit sich in die Höhe, denn es war höchste Zeit, in die Stadt zurückzufahren. Einen Augenblick standen wir voreinander, eingefangen in den Sonnenschein und eine tanzende Mückensäule, die uns zu attackieren vergaß.
»Jumpfer Maijie vom Jungfernsee«, lächelte er, seine Hände um mein Gesicht legend. »In deiner Nähe steht das zwanzigste Jahrhundert still.«

Der Kurfürstendamm duftete nach warmem Staub, auf seinen Trottoiren blühten bunte Sommerkleider. Man bummelte Korso an den dichtbesetzten Vorgärten der Cafés entlang und lästerte. Die Hunde an der Leine zerrten von Vitrine zu Vitrine, und aus den Kinos strömten die Besucher der Nachmittagsvorstellung. Kein Auto hatte es besonders eilig.
Herr Ypsilon machte gut, was er heute mittag Abfälliges über den Turm der Gedächtniskirchenruine gedacht hatte.
Er sagte: »Ich möchte eine langstielige Rose in das Maul seiner ausgebrannten Rosette hängen.«
Hanskarl und ich brachten ihn zum Hotel.
»Wann fährst du wieder?«
»Morgen mittag«, sagte er. »Es war so schön mit dir da draußen.
Wenn ich jetzt an dich denke, wirst du ein Empirekleid tragen in einer Parklandschaft.«
»Bei Potsdam«, ergänzte ich, und dann lachten wir ein bißchen über uns selbst.
»Leb wohl, Maijie, und danke, daß du wieder da warst.«
»Du auch – ich meine, leb wohl, Herr Ypsilon.«
Wir wollten beide schneller sein als das elende Abschiedsgefühl, das in uns aufstieg – und das gleich meine Augen erreichen würde. Ich nahm den havelfeuchten Hanskarl an

die Leine und überquerte mit ihm den Damm. Da hielt mich seine Stimme auf: »Maijie – «
»Ja?«
»Du hast noch immer kein Interview.«
»Ach, richtig«, sagte ich erleichtert und kehrte um. »Das hatte ich ganz vergessen.«
»Aber ich werde nicht vor elf, halb zwölf heute abend frei sein. Und das ist natürlich zu spät für dich.«
»Ach, weißt du, der Beruf verlangt zuweilen Opfer von mir.«

Am Nebentisch in der ungarisch verkleideten Bar saß eine Liebe im Anfangsstadium. Die beiden mochten höchstens zwei Kinobesuche, einmal Tanzen und einen sandstäubenden Spaziergang zwischen Kiefernschonungen im Grunewald hinter sich haben. Es plagte sie noch der heftige Mitteilungsdrang jedes neuen Verhältnisses, der nicht eher Ruhe gibt, als bis alles Dramatische und die hochanständigen und tapferen Taten aus dem eigenen Leben vor dem anderen ausgebreitet worden sind. Erst heute nacht auf dem Heimweg würden sie sich küssen und danach von wesentlicheren Dingen sprechen –
Der Mann nebenan blätterte sich hemmungslos auf den Tisch und das in einer Lautstärke, die unsere eigene Unterhaltung zuweilen übertönte. Nach Fronterlebnissen, bei denen die Weingläser bedenklich ins Schwanken gerieten, bestieg er nun in allen prekären Einzelheiten einen Zweitausender.
»So eine frisch verliebte Frau besitzt eine geradezu asiatische Geduld zum Zuhören«, stellte Herr Ypsilon fest. »Möchtest du tanzen?«
Als wir an unseren Tisch zurückkehrten, hing der Nebenmann noch immer lautstark am Seil, und wir begannen ernstlich zu fürchten, daß er den Gipfel in dieser Nacht nicht mehr erreichen würde.
»So eine Frau«, stellte Herr Ypsilon weiter fest, »muß sich

doch im Laufe der verschiedenen Freunde eine umfassende Allgemeinbildung zulegen. Sie friert sonntags auf Fußballplätzen oder wird zum Zuhören von Kammermusik verdonnert, die in ihren Ohren – bei aller Liebe – wie vertontes Zahnweh klingt. Durch einen Assistenzarzt kommt sie mit der Medizin in Kontakt, erfährt durch einen Elektrotechniker, wie man Sicherungen selber heilbastelt, und weiß, wie Frösche zu botanischen Studien zerlegt werden. Sie geht mit zu politischen Versammlungen, lernt den Adventismus kennen. Wird einem Mann zuliebe rothaarig. Und sogar Vegetarierin. Kurz – sie ist formfreudiges Wachs in den Händen ihrer eigenen Zielstrebigkeit.«
»Ja«, gab ich ihm recht. »Wer oder was immer der Jeweilige von ihr verlangt – sie steuert stets das gleich an: eine Ehe mit Südbalkon.«
Ich trank mein Glas aus, der Ober schien darauf nur gelauert zu haben. Er schenkte nach, und ich hatte schon wieder mein Glas in der Hand. Ich war ein bißchen blau und mir selbst überlegen, so, wie ich zu sein wünschte.
»Gesetzt den Fall, ich wäre fei. Würden wir dann auch so miteinander reden wie die da?«
Er schwenkte einen flüchtigen Blick über die Schulter an den Nebentisch, an dem gerade ein drohendes Gewitter über dem an der Steilwand zappelnden tapferen Mordskerl aufzog.
Ich nahm mir noch eine Zigarette und wurde endlich so ernst, wie Herr Ypsilon es wollte. »Wenn wir beide so könnten wie die beiden da, dann starrte ich jetzt auf deinen Bleistift. Als Architekt würdest du mir auf diese Serviette hier –«, sie war leicht zerknittert und voll Lippenstiftspuren, »– den Grundriß des Hospitals aufzeichnen, das du gerade baust. Und ich würde so tun, als ob es nichts Interessanteres auf der Welt gäbe als diesen Grundriß.«
Zur Antwort holte er das greisenhafte Ende eines ehemaligen Bleistiftes hervor und zeichnete mit schnellen Strichen ein Haus im klassizistischen Stil auf eine waldige Anhöhe.

»Da unten liegt der Jungfernsee. Das hier – «, er zeigte auf eine Lippenstiftspur, » – ist die untergehende Sonne. – Sieht das Haus, von dem du träumst, so aus?«
Wir schauten uns an, so lange und so unvernünftig, bis es beinah nicht mehr zu ertragen war.
Und dann erst bemerkten wir den Primas der Zigeunerkapelle. Er stand schon eine Weile an unserem Tisch und fragte, ob wir einen bestimmten Wunsch hätten, bittascheen.
»Hast du einen.«
»Ja.«
»Keinen musikalischen, ich weiß. – Aber sag irgend etwas, damit wir Ruhe haben.«
»Irgend etwas in Moll«, sagte ich.
Die Kapelle schleifte ihre Instrumente an unseren Tisch und setzte schmelzend ein.
Nichts stört die Stimmung mehr als ein spezielles Lied für diese Stimmung in einer Bar. Man zwingt sich eine elegische Miene ab und ist dabei immer auf der Hut vor dem leidenschaftlichen Fidelbogen des Primas, der es irgendwie auf die Nasenlöcher seiner Opfer abgesehen hat.
Herr Ypsilon bestellte etwas für die Kapelle, und der Mann am Nebentisch beendete eilig seine epische Bergbesteigung und rief nach dem Ober.
»Die Rechnung, bitte!«
»Aus Angst vor einer Lage für die Kapelle hat er doch wirklich noch heut nacht den Gipfel erreicht!« lachte ich.
»Es ist nicht mehr heute nacht. Es ist schon lange morgen früh«, sagte Herr Ypsilon, auf seine Uhr schauend.
Als wir die ungarische Bar als letzte Gäste verließen, war es bereits hell. Spatzen plusterten sich in den Baumkronen, und eine Amsel schleuderte ihr Erwachen in den blassen Himmel.
Wir schlenderten den Kurfürstendamm hinauf – Fußspitzen einwärts, Handtasche an zwei Fingern schlenkernd, Arm um Schulter, nicht ganz nüchtern... es war alles so leicht und hübsch...

Ein Taxi fuhr fragend langsam neben uns her.
»Guck mal, ein Taxi.«
»Ja.«
»In zehn Minuten könnten wir bei dir zu Haus sein,« überlegte Herr Ypsilon.
»Jaha – «
»In zehn klitzekleinen Minuten!«
»Nein.«
Er seufzte. »Deine Vernunft macht Überstunden.«
»Na, und? Sie hat sonst so wenig zu tun.«
Der Taxifahrer gab uns als Kunden auf und fuhr davon.
In der Ferne jagte eine Funkwagensirene in die Ferne. Es war alles so weit ab, was da geschehen sein mochte. Und berührte uns gar nicht. Irgendwo klappte eine Wagentür zu, ein Motor sprang an...
Vor einem Blumenschaufenster, das in dekorativer Schönheit vor sich hin dämmerte, blieb er stehen. »Nelken?«
»Lieber Rosen.«
»Rote?«
»Die gefüllten rosanen da drüben. Aber nur eine, bitte.«
»Soll ich die Scheibe einschlagen? Für eine einzige gestohlene Rose ginge ich vielleicht straffrei aus.«
»Es ist sehr ungewiß.«
An der nächsten Straßenecke standen zwei ältere Prostituierte und rauchten sich gelangweilt durch ein spärliches Gespräch.
»Das Schlimmste an diesem Beruf muß das umsonstene Warten sein«, überlegte Herr Ypsilon. »Und das auch noch auf hohen Hacken.«
Wir standen plötzlich vor einem Umleitungsschild, das eine Seitenstraße des Kurfürstendamms für den Verkehr sperrte. Nur Omnibusse und »Anlieger« durften sie passieren.
Dahinter erhoben sich sandige Straßenbauarbeiten. Und eine rot-weiße Barriere. Sie reizte uns zum Übersteigen. Auf einem taufeucht glitzernden, hölzernen Querbalken

richteten wir uns wohnlich ein. Ich schnatterte ein bißchen mit den Zähnen, denn um diese frühe Morgenstunde war es noch recht frisch.
»Ganz idyllisch hier...«
»O doch, auf unsere bescheidene Art.«
An den höchsten Ziegeln des gegenüberliegenden Hauses traf das erste Sonnenlicht ein.
»Bist du sehr müde?« fragte er.
»Sehr. Aber ich möchte trotzdem noch nicht nach Haus.«
Ein gelber Autobus mit nur einem Fahrgast, der auf der Querbank hin und her geschüttelt wurde, rumpelte vorsichtig über die schmale Fahrpassage.
Herr Ypsilon pfiff leise die kleine, heitere Mozartmeldodie vom Papgeno, der ein Mädchen sucht...
Und ich sagte bedauernd den strengen Zweittext dazu:
»Üb immer Treu und Redlichkeit bis an dein kühles Grab und weiche keinen Fingerbreit...«
»Keinen Fingerbreit!« stöhnte er. »Ach, Maijie...« eine Hand glitt über meinen Nacken in mein Haar hinein und stülpte es zärtlich um. »Seit Jahren schiebt man mir alle möglichen Verhältnisse in die Schuhe, weil man sich einfach nicht vorstellen kann, daß ich keine und gar keine Sehnsucht danach haben könnte. Und dann begegnet mir ein Geschöpf, das ich herzlich liebhabe. Und was tut dieses Geschöpf? Es läßt mich unwiederbringliche Augenblicke auf einer Baustelle verleben anstatt in seinen Armen. Üb immer Treu und Redlichkeit. Du machst mich sehr nervös, Maijie. Warum mußte ich dich jetzt überhaupt wiedertreffen, wenn...«
»Das war rein beruflich.«
»Ah ja, natürlich.« Ich hätte dem Herrn Ypsilon nicht soviel Beharrlichkeit zugetraut. Nach wenigen Augenblikken, in denen sich seine Hände sehr ausgiebig mit meinem Haar beschäftigten, fing er wieder an. »Wenn wir ein Taxi nähmen, wären wir in zwanzig Minuten am Jungfernsee.«
»Ja, und?«

»Badest du nicht gern morgens?«
»Schon. Aber es bliebe ja nicht beim Baden. Ach, Herr Ypsilon...«
Er seufzte bloß.
»Wir hätten eine große Liebe werden können.«
»Hmhm.«
»Aber weil's nicht sein kann, so hab' ich mich halt damit abgefunden. Du bist jetzt das schöne Bedauern für mich«, sagte ich.
»Schönes Bedauern?« Er nahm die Hand aus meinem Haar und sah mich an und wußte nicht, ob er lachen sollte oder kopfschütteln.
»Ist das nicht ein Gefühl für die Vitrine?«
»Wo soll ich es denn sonst unterbringen, Herr Ypsilon?«
Darauf wußte er keine Antwort. Nach einer Weile küßte er mich behutsam auf die Wange. »So geschehen im zwanzigsten Jahrhundert! Oh, meine Liebste, wenn ich eine Zeitlang mit dir im gleichen Gespann laufen würde, so baute ich keine Häuser mehr, sondern würde schnurstracks auf eine grüne Wiese traben und weißsternige Träume grasen.«
Er dehnte sich schmerzhaft, und ich litt unter der kräftigen, sehnsüchtigen Nähe seines Körpers.
»Wenn irgend jemand ahnte, was mir passiert ist, nachdem ich mich einmal verliebt habe...! Auf einer Baustelle!«
»Es wäre zweifellos ein Lacher«, nickte ich bedrückt.
Als die Sonne das ganze gegenüberliegende Hausdach überflutet hatte und zu den geöffneten Fenstern des oberen Stockwerks hinabkletterte, setzte er mich in ein Taxi.
Und ich hatte noch immer kein Interview.

Am nächsten Morgen beging eine Berlinerin ihren hundertsten Geburtstag, ein Ereignis, zu dem nicht nur ihre zahlreiche Nachkommenschaft, sondern auch der Bezirksbürgermeister und einige Lokalreporter erschienen waren. Mein Redakteur schickte mich mit einem Blumenstrauß

und dem Auftrag hin, eine »feuilletonistische Nachdenklichkeit« über dieses seltene Fest zu schreiben.
So stand ich denn übernächtigt und sehr nervös im überfüllten Tagesraum des Altersheimes, in dem die Feier stattfand. Auf dem Flugplatz wartete Herr Ypsilon auf mich, um mir zum viertenmal innerhalb von vierundzwanzig Stunden Adieu zu sagen. Dieses Mal würde es endgültig sein.
Ich fragte das letzte lebende Kind der Greisin – dieses Töchterchen war einundachtzig Jahre alt – über das Leben seiner Mutter aus und wollte gerade den Raum verlassen, als ich in der Tür mit dem Pfarrer und zwei Mädchen seiner Blockflötengruppe zusammenstieß. Er kam, um der Jubilarin den Glückwunsch der Gemeinde zu übermitteln.
Ein forschender Blick des nimmermüden Seelenhirten in meine übernächtigten Augen ermunterte ihn zu der mit gütiger Strenge vorgetragenen Aufforderung: »Ach, bleiben Sie ruhig noch, mein Fräulein.« Das klang, als ob er sagen wollte: »Auch Ihnen kann es nichts schaden, mir zuzuhören.«
Nachdem er alle Anwesenden mit Handschlag begrüßt und den feingemachten Ur-ur-urenkeln, die sich auf dem Boden um eine leere Konservendose balgten, über die Köpfe gestrichen hatte, ging er vor seinen mitgebrachten Mädchen in Dirigentenstellung und leitete schwungvoll ihr aufgeregtes Blockflötenspiel.
Ich habe diesem Instrument nie das rechte Verständnis entgegenbringen können, vor allem dann nicht, wenn kleine Mädchen hineinpusten. Heute ging es mir völlig ab.
Die Jubilarin saß in schwarzseidener, rührend ehrwürdiger Hilflosigkeit zwischen stützenden Kissen und lächelte voll sanfter Abwesenheit auf ihre Hände hinab. All ihre Gäste, außer den Jüngsten, standen schweigend um sie herum, und manchen sah man an, daß sie ihre Füße spürten.
Ich schaute verstohlen auf die Uhr. In dreißig Minuten

würde Herrn Ypsilons Maschine von Tempelhof aus starten... aber vor der Tür im Flur stand schwarz und unverrückbar der Herr Pfarrer.
Nach dem Blockflötenspiel folgte ein Gedicht, noch ein Blockflötenstück, und dann hub der fromme Mann mit seiner Rede an. So ein hundertjähriges Leben ist sehr lang, wenn es ausführlich referiert wird. Zu Regierungszeiten König Friedrich Wilhelms IV. begann es – und wenn man bedenkt, was inzwischen alles passiert ist!
Als wir beim Ersten Weltkrieg angelangt waren – der Pfarrer hatte selbst als junger Spund daran teilgenommen –, stieß sich ein Ururenkel den Kopf und mußte von einer Ururenkelin entfernt werden. Sein Gebrüll drang aus dem Nebenraum und schadete der allgemeinen Andacht. Ich stand wie auf glühenden Kohlen.
Nach seiner Rede erfaßte der Pfarrer all unsere Stimmen in einem Choral. Die erste Strophe beherrschten wir, bei der zweiten unterstützten seinen kräftigen Baß nur die hellen Stimmchen der Konfirmandinnen. Den übrigen Anwesenden war der Text entfallen.
Das Geburtstagskind hatte die Feierlichkeit mit einem freundlich-teilnahmslosen Lächeln über sich ergehen lassen. Jetzt wandte es sich an seine zunächststehende Enkeltochter: »Ja, Marie, sag einmal – wer hat denn eigentlich heute Geburtstag?«
Ich stürzte auf die Straße und warf mich mit ausgebreiteten Armen vor ein vorüberfahrendes Taxi.

Die Maschine rollte gerade zur Startbahn, als ich den Flugplatz erreichte.
Jeder Abschied ist schlimm. Aber das schlimmste ist ein verpaßter Abschied. Man steht da mit einer Last von ungesagten Worten und Gesten, die einem niemand abnimmt.
Adieu, Herr Ypsilon. Es war schön, dich wiederzusehen,

aber klug war es nicht. Jetzt hat alles wieder von vorn begonnen. Ich liebe dich, Herr Ypsilon. Vielleicht begegnen wir uns noch einmal. Das Leben ist ja so lang. Manche Menschen werden sogar hundert Jahre alt.

3

Sechs Wochen später reiste ich zur Hochzeit meiner Kusine in die Stadt, in der Herr Ypsilon lebte.
Aber ich rief ihn nicht an. Das wäre wider die Spielregeln gewesen. Schließlich war er in dieser Stadt zu Hause, in seinem festgefügten Rahmen, in dem es keinen Platz für »schönes Bedauern« gab.
Am Tage meiner Abfahrt ging ich einmal an dem Haus vorbei, das er für seine Familie gebaut hatte. Es handelte sich dabei um ein Halbrund voll unbeschwerter Heiterkeit – zumindest von außen. Auf dem Balkon im ersten Stock flatterte ein Kinderbadeanzug zum Trocknen in der Sonne. Ein roter Anzug mit weißen Punkten.
Sei Anblick half mir mehr über alles hinweg als die besten, vernünftigsten Absichten.
Auf der Heimreise nach Berlin zog ich entschlossen ein bockendes Gangfenster des D-Zuges auf und warf meine Träume in Empirekleidern und auch das schöne Bedauern hinaus. Sie flatterten auf eine grüne Pferdekoppel.
(»Oh, meine Liebste, wenn ich eine Zeitlang mit dir im gleichen Gespann laufen würde, so baute ich keine Wohnhäuser und Theater und Spitäler mehr, sondern würde schnurstracks auf eine grüne Wiese traben und weißsternige Träume grasen.«)
Diese Pferdekoppel schien mir ein geradezu idealer Abla-

deplatz für Seelenballast zu sein, den man nicht mehr gebrauchen konnte.

Und dann kam ich nach Haus.
Meine Wohnungstür war nicht abgeschlossen, in der winzigen Garderobe vernebelte süßer Pfeifenrauch eine heillose, männliche Unordnung. Und Hanskarl, mein Hund, den ich am Tage meiner Abreise bei der Nachbarin abgegeben hatte, hing faul über den Knien eines fremden Mannes. Er ließ sich hinter den Ohren kraulen und fand alles vollkommen in Ordnung. Ich nicht.
Der Mann war Ernst Ludwig Heelms oder »Billy Heelms«, wie er allgemein genannt wurde. Mein vernarbtes Knie erkannte ihn sofort wieder. Hanskarl rutschte von seinen Schenkeln und wedelte mir mit dem schlechten Gewissen einer ertappten Ehefrau entgegen.
»Tut mir leid«, sagte Billy Heelms, »wir hatten Sie nochnicht so schnell zurückerwartet. Ist denn die Hochzeit schon vorüber?«
Und dann umfaßte er mit einer nachlässigen Handbewegung den Zustand meines Wohnzimmers. »Es sieht ein bißchen wüst hier aus.«
»Ein bißchen«, sagte ich und sah ihn ausführlich an – damals auf der Straße war ich vor Empörung und Schmerz nicht dazu gekommen. Er wirkte wie ein Geschäftsmann, der sich übers Wochenende als Naturbursche versucht. Auch in abwartender Haltung empfand ich seine vitale Ausstrahlung als aufdringlich. Alles, was in mir vorsichtig war, lehnte ihn ab. Zudem trug er viel zu elegante Schweinslederpantoffeln an den nackten Füßen. Und ein grünes, grobgestricktes Hemd, das locker auf seinen Hüften aufsaß. Seine ganze Aufmachung ließ vermuten, daß er mein Berliner Wohnzimmer mit der Halle eines Rivierahotels verwechselte.
»Wo ist Peter?« fragte ich.

»Ihr Bruder sitzt zur Zeit in der Wanne.«
»Maijie!« schrie Peter aus dem Bad, »wieso bist du nicht mehr bei der westdeutschen Verwandtschaft?«
»Tut mir leid, daß ich euch störe!«
»Es ist nicht so schlimm.« Darauf folgte ein Plätschern und dann: »Gib Billy endlich die Hand und sei nett zu ihm.«
Woher wußte er, daß ich beides bisher versäumt hatte?
»Billy ist geschäftlich in Berlin. Aber wir hatten keine Lust auf ein Hotel, darum zogen wir bei dir ein.«
»Wir sind seit zwei Tagen hier«, sagte Billy. »Es war herrlich. Hanskarl fand's auch schön. Den ganzen Tag Schabefleisch und Schokolade. – Nun begrüßen Sie ihn endlich, er wartet doch darauf.«
Ich streichelte die dicken Pfoten, die sich an meinen Strümpfen heraufangelten.
»Komm rein!« rief Peter vom Bad.
Er saß mit gewellter Abendzeitung in einer türkisgrünen Woge und rauchte, meine Seifenschale als Aschenbecher benutzend. »Grüß dich, Liebes.« Seine Schaumarme legten sich um meinen leicht widerspenstigen Rücken. »Du bist doch nicht böse!?«
»Habt ihr Mädchen hier gehabt?«
Peter ließ mich los und lachte. »Das würde ich nie wagen. Wir haben hier gekocht und sämtliche niederen Küchenarbeiten geleistet.«
»...und bestimmt nicht herumgeschnüffelt?«
»Außer dem Foto eines gutaussehenden Mannes fanden wir nichts Interessantes.«
»Ich würde nie in deinen Sachen herumschnüffeln!«
»Du bist auch nicht verantwortlich für mich – so wie ich für dich. – Ist er dein Freund?«
»Wer?«
»Der Mann auf dem Foto unter deiner Couch.«
Wenn ich geahnt hätte, daß zwei Männer in meiner Abwesenheit bei mir saubermachen und dabei bis unter die

geblümten Volants der Couch vordringen würden, hätte ich Herrn Ypsilons Bild im Mottensack versteckt.
»Ach, das ist vorbei«, sagte ich. »Ich habe keinen Freund, das heißt, ich habe mehrere, mit denen ich ab und zu ausgehe. Das ist alles.« »Wirklich?« Peter blätterte die Zeitung auf den Badevorleger und legte die Hände um die angezogenen Knie. »Es ist doch schön, daß es imer noch Männer gibt, die mehrere Abendessen und Barbesuche in eine Frau investieren, obgleich diese nicht bereit ist, mehr als ihren guten Appetit beizusteuern.«
»Auf der Heimfahrt lassen sie mich zuweilen in den Kurven fühlen, wie wütend sie sind«, gab ich zu.
Peter sah mich an. Er konnte, wenn er wollte, so viel Verständnis, Sympathie und Verläßlichkeit in seinen schnellen, wachen Blick legen. Man hatte im Nu das Gefühl, dem nettesten Kerl von der Welt in die Augen zu schauen. Kein Wunder, daß Billy Heelms einen Narren an ihm gefressen hatte. Peter wirkte beruhigend, war ständig gut gelaunt, engelsgeduldig, sportlich, und ich, seine Schwester, wußte immer noch nicht: war er wirklich so oder entsprang sein Bestreben, »ein wundervoller Bursche« zu sein, einer sehr gesunden Berechnung.
»Ganz schön, dich wiederzusehen«, gab ich zu.
»Na, endlich sagst du etwas Nettes. – Wie war die Hochzeit? Hat die Familie vor Rührung geweint? Wie ist der Bräutigam von unserem Giselchen?«
»Es gab auch Hummer. Aber davon erzähle ich dir später.« Ich drehte den Warmwasserhahn auf, damit das Rauschen unsere Stimmen gegen Billy Heelms' Ohren abschirmte.
»Und wie geht's weiter?«
»Oh, gut, gut…« Er fand kein Holz in der Nähe, nur Kacheln und Fliesen, darum klopfte er dreimal gegen seine Stirn.
»Deine Briefe klingen unwahrscheinlich!«

»Zur Zeit bin ich Billys berufliches und privates Mädchen für alles. Und solange es mir so prächtig dabei geht...«
Peter bezeichnete das Zusammentreffen mit Heelms noch immer als die große Chance seines Lebens. Schließlich bot ihm dieser nicht nur einen beruflichen Aufstieg in seiner Werbeagentur, sondern durch seine Freundschaft auch ein Privatleben, das sich jeder junge Mann erträumte. Peter lebte in seinem Hause, durfte seinen schnellen Wagen fahren, Skilaufen in St. Anton, Wasserski an der Reviera und bei Boxkämpfen in der ersten Reihe sitzen. Er lernte viele Leute kennen.
»...und all das habe ich deinem Knie zu verdanken, Maijie«, sagte er herzlich und reichte mir den Frottierhandschuh. »Bist du so lieb?« Ich massierte damit seinen Rücken.
»Daß mir ausgerechnet meine kleine, weltfremde Schwester einmal zu einem solchen Job verhelfen würde!« Es war das letztemal, daß Peter so menschlich mit mir sprach. Er veränderte sich sehr in den folgenden Jahren.
Ich schrubbte nachdenklich seinen sehnigen, leberfleckigen Rücken. »Da du gerade in so dankbarer Stimmung bist: kannst du nicht etwas für mich tun? Schau mal, bei der Zeitung komme ich nicht weiter. Weißt du nicht einen Job für mich? Für irgend etwas muß ich doch taugen!«
»Störe ich die Geschwister?« Heelms, kam herein und setzte sich auf den Toilettendeckel. Hanskarl, der treulose, in seine doppelte Männerfreundschaft verliebte Hund, holte sich zuerst eine Portion Schaumbad von Peters Hand und nahm dann zwischen Billy Heelms' Pantoffeln Platz.
»Ist es nicht irrsinnig gemütlich bei Ihnen?« wandte er sich an mich. »Sie kommen von der Reise und finden anstatt staubiger Leere zwei reizende Männer in Ihrer Wohnung vor. Sogar die Blattpflanzen haben wir von der Nachbarin geholt und gegossen – das heißt heute noch nicht«, gestand er, zog einen Pantoffel aus und kraulte meinen abtrünnigen Hund mit dem nackten Zeh.

»Es ist wirklich fein, daß ihr da seid«, sagte ich.
Peter drückte seine Zigarette in der Seifenschale aus.
»Weißt du, Billy, das ist das Nette an Maijie. Sie ist zwar hoffnungslos spießig, aber kein Spielverderber.«
»Ich bin nicht spießig.«
Billy Heelms sah mich über den Rauch seiner Pfeife hinweg abschätzend an.
»Sie ist nicht spießig. – Möchten Sie einen Whisky?«
»Lieber Milch, ich habe Durst.«
»Keine mehr da«, strahlte Peter. »Von der haben wir Pudding gekocht. Mit Karamelgeschmack. Er ist nur ein bißchen bitter.«
»Das liegt am Anbrennen, das heißt an den heimtückischen Töpfen. Wo haben Sie eigentlich ihre Schürzen?«
»Ja, sag mal! Wir mußten uns welche von der Wirtschafterin deines Obermieters pumpen. Netter Kerl übrigens. Hat uns gestern abend zum Essen eingeladen.«
Ich staunte still vor mich hin. Die beiden sprachen von jenem Mann, den ich am Aschermittwochmorgen mit zwei sangesfreudigen Damen vor der Haustür kennengelernt und seitdem zuweilen im Lift getroffen hatte. Wir grüßten einander höflich, und wenn wir uns unterhielten, so nur über Hanskarl, den Hund. Ich hätte mir eher ein Laken umgebunden, als bei seiner Wirtschafterin eine Schürze zu borgen. Diesen beiden wohnten kaum zwei Tage hier und ließen sich bereits vom Herren von oben zum Essen einladen. So, als ob das ganz natürlich wäre. Männer sind doch bedeutend unkomplizierter!
Und dann gestanden sie mir ihr Hausmanns-Pech. Drei zerschlagene Teller, einen angebrannten Topflappen, einen verstopften Ausguß. Aber im Eisschrank fand ich Vorräte für zwei Wochen vor. Ich glaube, manche Männer pflegen soviel auf einmal einzukaufen, weil sie sich schämen, nach einem Viertel- oder halben Pfund im Laden zu fragen. Man könnte sie ja für pleite oder für knauserig halten.

Mein Bruder hatte inzwischen sein Bad beendet und betrat, blütenfrisch und gut durchblutet, das Wohnzimmer. Da klingelte das Telefon, ich wollte herangehen, aber er winkte ab. »Wenn sie jetzt eine Frauenstimme hört, wird sie vollends hysterisch.«
»Wer?«
»Gina.«
Billy Heelms erhob sich mit einem Seufzen und verschwand im Nebenzimmer. Und schloß die Tür fest hinter sich. Das Telefonklingeln verstummte, wir hörten undeutlich seine Stimme durch die dünne Wand.
»Wer ist Gina?« fragte ich.
»Billys neustes Problem. Sie will sich seinetwegen scheiden lassen, aber ihr Mann macht Schwiergikeiten. Furchtbar dramatische Angelegenheit.«
»Haben sie Kinder.«
»Zwei. Die sind sowieso im Internat. – Billy ist Ginas große Leidenschaft. Sag ihm bloß nicht, daß ich dir was gesagt habe. Wenn er nachher von selber anfängt...«
»Wenn sie füreinander ›die große Leidenschaft‹ sind, warum kocht er dann hier Karamelpudding, anstatt bei ihr zu sein?« fragte ich.
»Das kannst du nicht verstehen –«
»Doch, ich verstehe ganz gut. Er ist vor der Hysterie einer überreizten Frau und dem Zorn des betrogenen Ehemannes getürmt. Für die große Leidenschaft ist er zuständig, aber nicht für die Komplikationen, die daraus entstehen«, sagte ich, und mein Bruder knöpfte die Manschetten seines Hemdes zu und schüttelte den Kopf.
»Man spricht nicht alles aus, was man denkt, Maijie.«
»Trotzdem ist es Feigheit vor dem Feind«, beharrte ich.
»Heine hat gesagt: Lieber fünf Minuten feige als ein ganzes Leben tot.«
»Wieso – will ihr Ehemann den Billy erschießen?« Wie aufregend geht es im Leben anderer Leute zu!

»Nicht mich, aber sie«, sagte Billy, mißmutig zurückkehrend, warf sich gewaltig in die Sofaecke und starrte sekundenlang vor sich hin. Zwischen den Knien hatte er die Hände gefaltet, und ich wartete auf das dramatische Knakken seiner Fingerknöchel – da war es schon.
Er gehörte anscheinend zu den Menschen, die bedenkenlos vor Wildfremden ihr Privatleben besprechen, die höchstens darüber verwundert sind, wenn man nicht davon weiß.
»Es hat wieder fürchterliche Szenen zwischen den beiden gegeben. Gina war völlig außer sich, die arme Person. Das ganze Theater vor der Scheidung bringt noch die besten Gefühle um«, stöhnte er.
Aber bereits zehn Minuten später schaute er auf die Uhr.
»Stell mal's Radio an. Es müssen jetzt Sportnachrichten kommen. Bin gespannt, wie unsere Frankfurter abgeschnitten haben.«
Arme Gina, dachte ich. Läuft jetzt zu Hause, Nerven und Taschentücher zerfetzend, auf und ab, hat vielleicht eine zermürbende, nachtlange Szene mit ihrem Mann vor sich, ist bereit, um Billys willen auf ihre Kinder zu verzichten! Wenn sie ahnte, oh, wenn sie ahnen würde, daß der Erreger ihrer großen, familienvernichtenden Leidenschaft sich zehn Minuten nach ihren Anruf über einen Mittelstürmer ereiferte!
Ich betrachte ihn prüfend. Da war nichts Edles in seinem Gesicht und wenig Vertrauenerweckendes – nur Vielversprechendes für eine Frau, die in ihrer gepflegten, sensationslosen Ehe, in der der Mann hart arbeitete und sie gar nicht, von einem starken Kerl träumte, von rücksichtslosen Händen, von Hemmungslosigkeit und Einmal-alles-vergessen, ehe es für immer zu spät dazu war. Und ausgerechnet das bezeichnete sie dann als ihr Schicksal – und konnte nicht mehr vom wilden Billy lassen.
Gegen Mitternacht begann mein Bruder zu gähnen.
»Nun schau dir das an«, jammerte Billy. »Ist es nicht

schrecklich? Um diese Zeit wird er immer gern müde. – Sind Sie auch müde?« wandte er sich an mich.
»Ich habe gerade meinen toten Punkt überwunden.«
»Das ist gut.« Er betrachtete mich voll whiskyschwerer Sympathie. »Sie sind ein nettes Mädchen. Warum sagst du nicht Billy zu mir?«
»Mach dir nichts draus«, murmelte mein Bruder schläfrig. »Zuerst erscheint er einem immer ein bißchen ungewöhnlich, aber mit der Zeit gewöhnt man sich an ihn. Wenn er nur nicht alles so übertreiben wollte – seine Arbeit, den Sport, das Feiern und die Liebe. Hier in Berlin ist er ja ganz friedlich. Aber in Frankfurt mache ich Schlimmes mit ihm durch. Sitzen wir manchmal bis Mitternacht im Büro, und dann geht er immer nicht nach Hause. Dann sucht er in den Bars nach jemandem, mit der er Geschäfte machen kann. Und ich muß mit.«
»Sie sollten sehen, mit welcher Würde er auf einem Barhocker einzuschlafen versteht, ohne herunterzufallen«, lachte Billy mit liebevollem Blick auf die auf dem Sofa zusammengekrümmte Gestalt meines Bruders. Gerade kletterte der fette Hanskarl in die Bucht seiner angezogenen Beine und rollte sich dort zusammen.
»Kennen Sie diese Gina schon lange?« brachte ich endlich eine Frage an, die mich schon eine Weile beschäftigte.
»Oh, wahnsinnig lange. Seit dem letzten Münchener Fasching. Sie war mit Freunden dort, und ich war mit Freunden dort, und unsere Freunde kannten sich selbstverständlich. Die Welt ist ja so klein, wie Sie wissen.«
»Klitzeklein.« – »War es zufällig in der Fastnacht?« fragte ich.
»Fastnacht? Wieso? – Ach so, Fastnacht! Ah, da waren wir beide schon in Paris.«
Ich rollte mich in meinem Sessel zusammen. In Paris. So einfach war das alles. Man sah sich, verliebte sich und genoß sich – ohne Rücksicht auf die Familie. In Paris.

Unsereiner hingegen saß einmal mit übervollem Herzen in Anstand und Morgenfrische auf einer Berliner Baustelle und holte sich den Schnupfen. Nichts als den Schnupfen. Auch das hatte auf dem Fasching begonnen.
Ich fing an zu lachen. »Verzeihen Sie.«
»Sie sind ein schreckliches Kind«, sagte Billy, der mein Lachen auf sich bezog. »Sie müssen noch viel lernen.«
»Aber ich habe doch über mich selbst gelacht. – Ich dachte gerade daran, daß ich heute mittag im Zug das Gangfenster aufriß und all meine überflüssige Liebe auf eine Pferdekoppel warf.«
»Pferdekoppel?«
»So dumm bin ich.«
»Seien Sie mir nicht böse. Maijie, aber ich kapiere Sie nicht«, sagte er. Und goß sich einen neuen Whisky ein.
»Ich werde jetzt schlafen gehen«, beschloß ich. »Oder habt ihr mein Bett belegt?«
»Maijie«, sagte Billy jetzt. »Gehn Sie noch nicht schlafen.«
Hanskarl miefte heftig im Traum – wir schauten gebannt auf seine fliegenden Lefzen.
»Irgend etwas verfolgt er.«
»Aber er kriegt es nicht«, flüsterte ich.
»Wenn er will, kriegt er's«, sagte Billy und sah mich an.
»Hanskarl?«
»Der nicht. Dazu ist er viel zu fett und zu träge. – Was für eine überflüssige Liebe haben Sie aus dem Zugfenster geworfen?«
»Erzählen Sie mir lieber von Gina. Sie waren zusammen in Paris. Sie trafen sich in Frankfurt wieder. Sie trafen sich so lange wieder, bis ihr Mann dahinterkam. Bis dahin war alles wundervoll. Jetzt wurde es prekär.«
»Ja.«
»Lieben Sie sie?«
»Werden Sie sie heiraten, wenn sie geschieden ist?«
Billy, der Löwe, stellte in diesem Augenblick fest, daß er

auf den Hinterbeinen saß und Männchen machte. Das war zuviel. Er fuhr im Sessel herum und stieß meinen Bruder mit der Pantoffelspitze wach.
»Peter – he, Peter!« – Ein quälendes Grunzen.
»Auf, altes Haus! Wir fahren schwimmen.«
»Bist du wahnsinnig?« stöhnte der so herzlos Geweckte. »Wasser ist doch kalt.«
»Aber die Fragen deiner Schwester! Zuerst fand ich Maijie ganz komisch. Sie schmeißt Lieben aus dem Zugfenster wie unsereiner Bananenschalen. Aber jetzt wird sie unbequem.«
Peter rappelte sich hoch und sah uns beide mit verschlafenem Vorwurf an.
»Das ist kein Grund zum Badengehen! Du möchtest auch nicht, Maijie, nicht wahr?«
»Doch.«
»Ihr seid verrückt.«
Zu dritt zwängten wir uns auf die beiden schmalen Sitze von Billys Alfa Romeo. Ich klemmte in der Mitte, Peter fuhr. Billy hielt Hanskarl auf dem Schoß, amüsierte sich über seine flatternden Ohren und förderte noch durch aufmunternde Zurufe sein ohnehin nervtötendes Gebell, mit dem er die leeren Straßen aus ihrem blaßblauen Schlummer aufschreckte. »Ihr solltet ihn an einen Funkwagen vermieten, er ersetzt jedes Martinshorn.«
Der Fahrtwind knatterte in dem lose gebunden Kopftuch und massierte die Müdigkeit aus meinem Gesicht.
Wir rasten die Avus entlang nach Wannsee. Auf dem Mittelstreifen saß ein Fuchs so possierlich und unbeweglich wie ein Vorgartenzierstück.
Die Königstraße. Der Kilometerberg. Rechts dehnte sich der Glieniker Volkspark wiesenweit im glitzernden Tau. An der Mauer vor dem kleinen Aussichtstempel, der den Schloßpark gegen die Glienicker Brücke abschließt, hielten wir. Hanskarl, sprang als erster aus dem Wagen und trabte zum Seeufer, er kannte die Gegend ja so gut. Beim

vorletzten Male waren wir mit Herrn Ypsilon hier gewesen und dann noch einmal beide allein.

Aber der melancholische Zweck dieses letzten Besuches war durch einen korrekten Brustschwimmer gestört worden. Seine Annäherungsversuche hatten in der verwegenen Frage gegipfelt: »Baden Frollein auch so gerne nackicht?« – Und das mir, die eine gepreßte Empireschleife aus einem Grashalm in der Hand hielt und einer traurigen Erinnerung nachseufzen wollte.

Ich erzählte den beiden Männern mein Erlebnis.

Billy lachte darüber, nur mein Bruder sah mich besorgt von der Seite an. »Was war das für eine traurige Erinnerung? Seitdem ich in Frankfurt auf Billy aufpassen muß, komme ich gar nicht mehr dazu, dein Seelenheil zu überwachen.«

»Und vor allem kommt der arme Kerl nicht mehr zu eigenen Erlebnissen. Wir sollten ihm wirklich einmal Urlaub von seinen Verpflichtungen geben. Der steht schließlich jedem Zoowärter zu«, sagte Billy.

Aus den uralten Bäumen brach ein unbeschreiblich heiterer, vielkehliger Morgengesang, es war, als ob jedes Blatt zwitscherte. Im Schilf antworteten Taucher und Bleßhühner und Frösche. Der Geruch nach Wasser und taufrischem Grün, die duftigen Nebel über der perlmuttfarbenen, schwachen Strömung des Sees, die sich im ersten Sonnenschein tänzerisch lösten, ein träges Plätschern – all das animierte meinen Bruder wenig später zu der zufriedenen Feststellung: »Sommer ist doch schöner –« und brachte ihn ganz von meinen »traurigen Erinnerungen« ab.

Hanskarl lief vor uns her, einen Ast schleifend, an dem sich seine langen Ohren verfangen hatten. Er trabte zielsicher zu dem Uferplatz, an dem ich mit Herrn Ypsilon gesessen hatte. Und wir folgten ihm.

»Bleiben wir hier«, sagte Peter.

Ein vergessener bunter Ball und Picknickreste lagen im feuchten Gras. Wir zogen uns rasch aus. Während Billy

seine Uhr in den Schuhen verstaute, streifte er mich mit einem schnellen, abschätzenden Blick.
»Deine Schwester hat eine erstaunlich hübsche Figur, aber – was hat sie da für eine scheußliche Narbe über dem Knie. – Unfall?«
»Ihre Tante«, sagte ich.
»Nein, wirklich? Ist das noch von damals? Ich habe ja gar nicht gewußt, wie schlimm das war!«
»Es war auch schlimm.«
»Das lassen wir operieren«, sagte er, auf mein Knie zurückkommend.
»Aber nein. Ich hänge inzwischen an der Narbe.«
Für ihn war die Angelegenheit damit nicht abgetan. Er notierte auf dem Kalender seines Gedächtnisses, von dem Peter behauptete, daß es phänomenal sei: Maijies Knie. Dann plusterte er seinen durchtrainierten Oberkörper, stand sekundenlang da wie das kraftgeladene Männerdenkmal vor dem Sportstadion, nur ohne Sockel – und stürmte die friedliche Idylle des Sees an, als ob er es mit einem Ozean bei Windstärke acht zu tun hätte.
Soviel Aufwand für sowenig Wasser!
Es bespülte noch immer nicht mehr vom wild vorwärts stürmenden Billy als seine Waden.
»Er kann schließlich nicht aus seiner hundertprozentigen Haut«, entschuldigte ihn Peter mit einem geradzu mütterlich verstehenden Blick. »In ihm ist immer Sturmflut. Und das erwartet er auch von seiner Umgebung – und vom Jungfernsee.«
»Wie du das mit ihm aushälst! Es muß doch sehr anstrengend sein!«
»Mein liebes Kind«, sagte er, »ich meine es es nicht nur gut mit diesem Verrückten, ich habe es auch gut durch ihn.«
Und die kühle Berechnung, die aus seinen Worten sprach, erschreckte und beruhigte mich zugleich.
»Nun kommt schon endlich«, schrie Billy.

Hanskarl war der erste, der seinem Ruf folgte. Er stach plätschernd in See, wanderte eine Weile durch seine seichte Trübheit über dauergewellten, mit Steinen durchsetzten Sand und begann, Grund verlierend, Billy nachzuschwimmen, wobei sein kopierter Schwanzstummel über dem Wasserspiegel wedelte.

Und dann lag auch ich weit draußen im Glitzern des ersten sich spiegelnden Sonnenscheins auf dem See und sah einen Zug schnatternder Wildenten aus dem Schilf in den faden, wolkenlosen Himmel aufsteigen. Bei allen anarchistischen Gedanken auf dem Festland: dies mußte wahrhaft ein königliches Gefühl sein... so davonzuschweben und zu schnattern und den Sommer von oben anzuschauen...

...und mit dem Herrn Ypsilon habe ich statt dessen auf einer Baustelle gesessen! Ich muß ganz dumm gewesen sein. Ich bin sehr dumm, weil ich noch immer an ihn denke. Aber laß nur, Herr Ypsilon, auch die Gedanken werden eines Tages vergeßlich. Ein Glück, nicht wahr? Nebenbei – bist du eigentlich ein guter Schwimmer?

Billy tauchte sehr plötzlich und nah vor mir auf. Seine vom Wasser geröteten Augen bemühten sich um einen sinnlichen Ausdruck. »Baden Frollein auch so gerne nackicht?« Er schwamm einmal in korrekten Bruststößen um mich herum. »Ich habe Frollein schon die ganze Zeit bebührend beachtet. Immer so einsam!«

»Ach, wissen Sie«, ging ich auf seinen Ton ein, »ich bin sehr gern mit mir und der schönen Natur allein.«

»Ich ebenso«, nickte er ernsthaft. »Doch auf die Dauer ist keiner gerne allein. Ein süßes, kleines Frauchen –«, er sprach das Ch mit einem Rachenlaut. » – gehört nun mal dazu, um den Genuß vollkommen zu machen. Haben Frollein zufällig einen festen Herrn zur Zeit?«

»Ich schwimme zurück«, rief Peter uns zu.

»Wir bleiben noch«, antwortete Billy. »Wir bändeln gerade an.«

Obgleich abgetakelte Maste über trockenen Halmbüscheln auf Boote schließen ließen, die im Schilf ankerten, gehörte uns der See um diese frühe Stunde allein. Und dieses stolze Besitzergefühl forderte geradezu zu lautem Sprechen und Rufen heraus. Unsere Stimmen hallten weit zu dem waldigen Ufern hinüber.

»Jetzt ist Peter nervös«, lachte Billy begeistert. »Er glaubt, wir bändeln wirklich an. Das wäre ihm nicht recht.«

»Bestimmt nicht.«

“Er kennt mich zu gut – und was seine Schwester anbelangt...«

Billy, der neben mir hergetrieben war, das Gesicht in der Sonne, rollte sich jetzt auf den Bauch und verschränkte die Arme unter dem Kopf – er schien sich in einem Bett zu wähnen. Ich wäre bei einer solchen Sinnestäuschung glatt untergegangen.

»Eigentlich schade, neben einer Frau zu liegen, von der man weiß, daß sie von vornherein ausscheidet...aber für Ihr Knie darf ich doch etwas tun?«

Mein Knie. Mein schicksalhaftester Körperteil.

»Was, weiß ich noch nicht, aber es fällt mir schon noch etwas ein«, sagte er und war schon wieder bei einem anderen Thema. »Ist das hier eigentlich noch der Wannsee?«

»Der Jungfernsee«, klärte ich ihn auf, ein bißchen atemlos von seinen Gedankensprüngen.

Eine Libelle flirrte über uns hinweg – ein blauglitzerndes Feenwesen bei seinem Morgenspiel: wie tief kann ich fliegen, ohne ins Wasser zu stippen?

»Jumpfer Maijie im Jumpfernsee...«, fiel es mir plötzlich ein. Billy blinzelte der Libelle träge nach, dann sah er mich an. Und lachte.

»Hübsch. Ist das von Ihnen?«

»Das hat einmal ein Mann zu mir gesagt? Hier.«

»Schon lange her, der Mann?« fragte er.

»Sechs Wochen, nein – es sind schon beinah sieben.«

»Ist es aus?«
»Wissen Sie, Billy, es gibt Dinge, die können nie aus sein, weil sie gar nicht stattgefunden haben.«
»Au, das ist schlimm.« Er verstand mich sofort, was ich nicht von ihm erwartet hätte. »Aber Maijie«, fügte er hinzu, »man kommt über alles hinweg, über alles, Maijie, sofern man nur genügend zu tun hat.«
Das war ein sehr moderner Satz. Werther und all seine Nachahmer hätten sich bestimmt nicht aus Liebeskummer erschossen, wenn sie Chef einer großen Werbeagentur gewesen wären – wie Billy.
Er kraulte landwärts, ich folgte langsam.
Als ich das Ufer erreichte, war er bereits dabei, seinen Rücken zu frottieren, während Peter – schon angezogen – auf einem Baumstumpf saß und seine mageren Zehen entsandete. Hanskarl rollte sich eine dicke, graue Panierung auf den nassen Pelz. Er war der einzige, der von mir Notiz nahm, als ich an Land stieg.
Die beiden Männer unterhielten sich über die Entwürfe eines französischen Graphikers für eine neue Zigarettenmarke. Und so ganz nebenbei erfuhr ich aus ihrem Gespräch, daß sie während der letzten fünf Minuten beschlossen hatten, nach dem Frühstück nach Frankfurt zurückzufahren.
»Es war ja ganz lustig hier«, sagte Billy und suchte in seinen Hosentaschen nach Feuerzeug und Zigaretten. »Aber jetzt muß wieder was geschehen. – Außerdem kann ich Gina nicht noch länger allein lassen.«
Nach dem Frühstück packten die beiden Männer ihre Unordnung in zwei Koffer. Ich winkte ihnen vom Balkon aus nach, als sie abfuhren. Hanskarl, stand auf einem Stuhl neben mir, die Schnauze zwischen welken Geranien, und miefte leise. Es hatte ihm so gut mit den beiden gefallen.
Das Leben an meiner Seite war viel zu eintönig für einen kleinen Hund. Aber das sollte sich bald ändern.

Mein Terminkalender – und deine Phantasie

4

Der Herr neben mir in der vollbesetzten Mittagsmaschine von Frankfurt nach Berlin hatte es gar nicht gern, daß die geöffneten Aktendeckel und Geschäftsbücher nicht genügend Platz auf meinem Schoß fanden und ihn zuweilen am Bauch störten. Es tat mir sehr leid für ihn, ich hätte auch lieber Zeitung gelesen oder aus dem Fenster meditiert, aber gleich nach meiner Ankunft mußte ich zum halbjährigen Treffen der Geschäftsleiter fahren, auf dem nicht nur gut gegessen und geklatscht, sondern auch über Verbesserungsvorschläge gesprochen wurde. Und dazu wollte ich mein Gedächtnis anhand von Geschäftsbüchern, -berichten und Notizen vorbereiten.

Der geneigte Leser mag aus obigem, mit nachlässiger Wichtigkeit niedergeschriebenem Worte »Geschäftsleiter« ersehen haben, daß ich – nach Einsicht meines journalistischen Unvermögens und der damit nicht verbundenen Aufstiegsmöglichkeiten in diesem Metier, in die »Wirtschaft« umgestiegen war.

So wie mein aufgeschlagenes Knie meinem Bruder beruflich weitergeholfen hatte, so war bei mir ein Babyhemd der schicksalhafte Anlaß zu beruflichem Erfolg gewesen.

Das Hemdchen gehörte übrigens dem Säugling meiner inzwischen verehelichten und verbürgerlichten Freundin Suse. Suse machte von meinem ungenügenden Privatleben, das mir viel Freizeit ließ, heftigen Gebrauch: Sie ließ mich zum chronischen Babysitter ausarten. In dieser Zeit lernten der Säugling und ich alle Kleidungsstücke hassen, die mühsam und umständlich anzuziehen waren. Hemdchen vorn gebunden, Jäckchen hinten gebunden. Baby schrie, wenn ich ihm etwas über den Kopf würgte oder seinen Daumen in einem engen Ärmel beinah verlor. Beim Zuknöpfen schrien wir alle beide. Suse wiederum schrie, wenn sich Baby um den Bauch herum freistrampelte.

Also von Unwillen und Geschrei beflügelt, erfand ich eines Abends ein paar unverrutschbare, leicht anzuziehende Erstlingsmodelle. Dank meiner Unordnung lagen sie noch bei Peters nächstem Besuch auf meinem Schreibtisch. Er ließ sie sich von mir erklären und nahm sie mit – zu welchem Zweck, erfuhr ich erst zwei Wochen später aus seinem Brief.

»Billy hat deine Entwürfe an seine Tante weitergeleitet, die bereit ist sie anzukaufen. Du hast die Tante ja mal flüchtig kennengelernt...«, schrieb er.

Ich überlegte. Billys Tante? Und erschrak. Etwa die –?! Der Grund meines für immer gezeichneten Knies?

»Sie stellt Kindermoden her«, schrieb er weiter. Na, und? Ich wollte nichts mir ihr zu tun haben. »Deine Vorschläge gefallen ihr gut. Gestern telefonierte sie mit Billy. Er weiß von mir, wie unzufrieden Du bei der Zeitung bist, und fragte sie, ob sie Dich nicht in ihrer Firma unterbringen könne.

Eine Woche später stand ich der schlimmen, alten Billytante in ihrem mit erlesenem Ungeschmack boudoirhaft ausgestatteten Chefzimmer gegenüber. Es mag ihr als Plus angerechnet werden – und auch mir, daß wir uns bei dieser ersten Begegnung einander vorstellen ließen und so taten, als hätten wir niemals im gleichen Rinnstein gesessen und uns gegenseitig bepöbelt. Sie kaufte meine Modelle, und ich trat den Posten eines gehobenen Lehrlings mit

Entwicklungsmöglichkeiten in ihrer Firma »Schätzchen- und Rüpelmoden« an.
Ein verflixtes Jahr lang wanderte ich durch alle Abteilungen des großen Betriebes, lernte viel und knirschte unter den lächelnden Fußtritten, die sie mir zuweilen versetzte. Ich glaube, sie konnte mir meine Schuldlosigkeit an unserem ersten Rencontre nicht verzeihen, war aber Geschäftsfrau genug, um mich nur gerade so viel zu triezen, daß ich nicht kündigte. Denn – meine paar Fähigkeiten waren in ihrer Firma richtig und erfolgreich eingesetzt.
Und dann rief mich die schlimme, alte Frau eines Tages zu sich. Sie thronte hinter ihrem Schreibtisch aus knackfrischem Birnbaumrokoko mit rosé-gepolsterten Schubfächern, welche ein unerschöpfliches Gesprächsthema für ihre gesamte Belegschaft bildeten, und betrachtete bei meinem Eintritt ausführlich die mehrkarätigen Jugenderinnerungen an ihren sommersprossigen Händen.
Der Anblick ihres herrlichen Gesichtes mit den sentimental-verschlagenen Augen ließ mich plötzlich an den verstaubten Pomp eines Grandhotels denken, das vor dem Ersten Weltkrieg seine große Zeit hatte; und ich konnte nicht umhin, mir vorzustellen, wie imponierend sie damals gewesen sein mochten: das Hotel und die alte Dame. Es ist doch ein Jammer mit der Vergänglichkeit. Man ist viel zu kurze Zeit up to date und so lange überholt!
Die schlimme Billytante hatte endlich das Studium ihrer Ringe beendet und sah auf. »Was macht eigentlich Ihr Knie?« fragte sie lächelnd. Ich war bei ihr nur auf Bissigkeit eingestellt. Ihre unerwartete Liebenswürdigkeit und das verspätete Interesse an dem Weh, das sie mir einmal zugefügt hatte, stimmten mich völlig hilflos.
»Mein Knie?« stotterte ich.
»Ja! Wie geht es ihm?«
»Es – es hat eine dicke Narbe.«
»Zeigen Sie mal!«

Ich mußte um den Schreibtisch herumkommen und den Rock anheben. Madame Hermine setzte ihre schmetterlingshafte, violett-glitzernde, mit falschen Brillanten besetzte, ganz unmögliche Brille auf und betrachtete eingehend die Narbe.
»Hm. – Sie können Ihren Rock wieder herunterlassen. – Aber das Rad, auf dem Sie fuhren, war wirklich verkehrswidrig.«
Nun, was sollte ich mich mit ihr über Gewesenes, Vernarbtes streiten!
Ich nahm auf einem höchstens fünfjährigen Louis-Seize-Sessel Platz, noch immer in innerlicher Abwehrstellung: ihre Freundlichkeit war zu unerwartet und neu, als daß ich ihr zu trauen wagte.
Und da sagte sie auch schon bedauernd: »Eigentlich tut's mir leid, daß ich jetzt nett zu Ihnen sein muß. Unsere gegenseitige Abneigung hatte so etwas Erfrischendes, fanden Sie nicht?«
Ich nickte unsicher.
»Nun geben Sie es schon zu.«
»Ja. Sie wird mir direkt fehlen«, sagte ich herzhaft.
»Na also! – Jetzt hören Sie mal zu. Billy meint, wir wären Ihrem Knie noch etwas schuldig. Meint *er*. Ich hingegen meine, wir sollten Ihnen nicht so leichtfertig einen verantwortungsvollen Posten übertragen.«
Man wird verstehen, daß ich nicht sofort und vollkommen begriff, wovon sie eigentlich sprach. Er erfuhr es erst so nach und nach.
Die schlimme Hermine hatte mit Billy Heelms' finanzieller Hilfe zuerst in Düsseldorf, dann in Berlin und München Kindermodengeschäfte eröffnet und das gleiche jetzt in Frankfurt vor. Billys Idee war es, mich für den Frankfurter Laden als Geschäftsführerin einzusetzen. »Eine idiotische Idee«, fand Hermine. »Sie besitzen ja keinerlei kaufmännische Kenntnisse. Aber er meint, das sei nicht so wichtig.

Meint *er*. Wenn mann Ihnen eine perfekte Kraft zur Seite gibt, würden Sie sich schon einarbeiten. Wie kommt er eigentlich dazu, so viel von Ihnen zu halten? Haben Sie was miteinander?«

»O nein, kein Stück«, schwor ich erschrocken. »Aber er hat sehr gute Erfahrungen mit meinem Bruder gemacht. Vielleicht glaubt er...«

»Glaube versetzt Berge«, unterbrach mich die schlimme Hermine, das ganze Gesicht voller Skepsis.

Einen Monat später siedelte ich mit Hanskarl nach Frankfurt über. Aber unser Berliner Appartement behielten wir. Peter übernahm die Kosten: »Es ist so beruhigend, in Berlin noch eine Bleibe zu haben.« Ich gebe zu, daß mir der Start in Frankfurt sehr leicht gemacht wurde. Billy zwang seinen enormen Bekanntenkreis, in unserem Laden zu kaufen, und mein Bruder lieh mir ein paar hübsche Ideen für die Ausstattung.

Bereits nach einem Vierteljahr waren wir in Mode gekommen. Meiner Geduld im Umgang mit den Kunden und Angestellten und meinem Geschick beim Einkauf ist es endlich zu verdanken, daß wir in Mode blieben.

Bei uns kauft, wer Geld hat. Neulich fragte mich ein Mann, der leichtfertig eine Patenschaft übernommen hatte: »Was berechtigt Sie eigentlich zu so unverschämten Preisen! Etwa die Tatsache, daß die Kleinen sehr schnell aus den Sachen herauswachsen?«

Der Mann hatte ja so recht. Trotzdem kaufte er weiter bei uns, schon wegen der Tüte, auf der unser Name den Eltern des beschenkten Patenkindes zu verstehen gab, wo das Präsent erstanden worden war.

Das Geschäft florierte, aber es ärgerte mich, daß nur die verwöhnten Herzblättchen wohlhabender Leute unsere Modelle tragen durften. Mir fielen jene Mädchen in der Volksschule ein, die unter ihren fünfmal vererbten Kleidern litten, während ihre Platznachbarinnen ihre duftigen

Petticoats zählten, und ich legte mir eine Kartei von besonders bedürftigen Kindern an. Solche Adressen erhält man genug, wenn man sich darum bemüht.
Zu jedem Fest packte ich etliche Pakete, und Billy Heelms half mir mit einem Scheck dabei, denn die Kasse mußte schließlich stimmen. Leider sind auch die besten Absichten nicht vor Entrüstung gefeit. Vor kurzem strömte eine besonders gute Kundin in unser Geschäft: »Wie kommt es, daß die Tochter unseres neuen Aushilfsgärtners das gleiche Kostüm wie meine Manuela Daniela trägt? Sie behauptet, die Sachen von Ihnen geschenkt bekommen zu haben. Wenn Ihnen noch etwas an meiner Kundschaft liegt...«
Leider erfuhr Hermine durch meine Kassiererin von diesem Auftritt und machte mir eine üppige Szene am Telefon.
»Mit eurem sozialen Koller verjagt ihr meine besten Kunden«, schrie sie und: »Wir sprechen in Berlin darüber!«

Berlin. Unter uns schimmern die arabeskenhaften Pfützen der Havelseen zwischen waldigem Festland. Das da müßte der Jungfernsee sein. Ach ja, die Jumpfer Maijie vom Jumpfernsee...die gab es auch einmal. Was war das für ein liebes, weltfremdes Hascherl – und war ich selber! Unvorstellbar. Jetzt fliegen wir durch die leichte Dunstwolke über der Stadt. Ziehen eine Schleife über den Ostsektor.
Der Mann neben mir steckt die Finger in die Ohren und gähnt künstlich. »Bei mir pikt's immer im Trommelfell beim Runterkommen, wissen Sie?«
Hart an der Grenze des Galoppierens und im steten Kampf mit dem Pelz, der von meinem Arm rutschen will, trabe ich dem Ausgang zu, um die erste an der Kofferausgabe zu sein.
Und dann sagt jemand neben mir mit unbeschreiblicher Erleichterung und befangener Freude: »Jumpfer Maijie – daß ich dich wirklich noch erwischen würde!«

Vor mir steht der Herr Ypsilon. Herr Ypsilon nach fünf ereignisreichen Jahren, in denen ich kaum an ihn gedacht habe. Herr Ypsilon mit einem Veilchensträußchen in der Hand, dessen Stiele tropfen. Er legt es auf meine Handtasche, die so prall gefüllt ist, daß sie nicht mehr zugeht.
»Ich hab's aus dem Blumenladen dort drüben gerissen, als ich dich so plötzlich auf der Gangway sah«, lächelte er.
Ich weiß mit seiner herzlichen Wiedersehensfreude nichts anzufangen, und ich kann sie darum auch nicht erwidern. Gefühle spulen sich sehr langsam in mir ab.
Der Pelzmantel nutzt mein Erstaunen und gleitet jetzt endgültig von meinem Arm. Ich bemerke es erst, als ich beim nächsten Schritt über ihn stolpere. Herr Ypsilon hebt ihn auf. »Wie ist Maijie inzwischen elegant geworden!«
Was für eine seltsame, nicht mehr gewohnte Hastlosigkeit geht von seiner Stimme aus!
»Seit drei Tagen bin ich in Berlin. Aber die Stadt war für mich so verlassen ohne dich.«
Ich sehe ihn verwundert an. Wie kann er nur so reden nach fünf Jahren! Und genauso zärtlich auf mich herablachen wie damals...mein Gott, es ist so lange her. Und es war so viel dazwischen.
»Weißt du«, sagt er, »ich saß drüben im Restaurant. Ich sah die Frankfurter Maschine landen und dich herausklettern.« Er lacht. »Ich dachte, mich äfft eine Wunschvorstellung, aber du warst es wirklich. Schön, daß du es bist, Maijie.«
Die hinter uns an der Kofferausgabe wartenden Flugpassagiere haben seine Worte mitgehört und prüfen – jeder für sich –, ob mein Anblick auch ihrer Wunschvorstellung entspricht. Es ist sehr peinlich. Jetzt gucken sie Herrn Ypsilon an, der – obgleich bedeutend schwerer als damals – noch immer blendend aussieht.
»Da kommen die Koffer«, sage ich erleichtert, denn nun nimmt niemand mehr Notiz von uns, sondern ausschließlich vom einrollenden Gepäckkarren.

Herr Ypsilon begleitet mich aus dem Flughafengebäude. Es hat zu regnen begonnen. Der Wind weht unfreundlich kalt.
»Brauchst du ein Taxi?« Er hat wohl inzwischen begriffen, daß ich mich nicht nur äußerlich verändert habe. Auch mein Herz denkt inzwischen viel zu praktisch, um noch »ein schönes Bedauern« für eine Liebe aufbringen zu können, die keinen Sinn hat.
»Ja, ich brauche eins.«
»Sofort?« fragt er.
»Ich habe es sehr eilig, aber fünf Minuten...« Ich versuche, ein Tuch um meine Haare zu binden, doch der Wind ist stärker. Herr Ypsilon setzt mein Gepäck ab, um mir zu helfen. »Du lebst doch noch in Berlin?«
»Nein, in Frankfurt. Es ist wirklich purer Zufall, daß ich hier bin.«
Er lächelt. »Purer Zufall, das war es doch immer mit uns –«, und verknotet die Enden des Chiffontuches in meinem Nacken. »Fest genug?«
»Ja, danke.«
»Und es geht dir gut?«
»Ich bin schon lange nicht mehr bei der Zeitung. Ich leite ein Kindermodengeschäft in Frankfurt.«
»Maijie als vielbeschäftigte elegante Frau. Ich muß mich erst an diese Wandlung gewöhnen. Ich sehe dich noch immer als das verträumte Mädchen im blauen Leinenkleid, das neben mir im Gras am Jungfernsee saß. Deine Phantasie trug damals Empire...«
»Es ist so lange her.«
»Das merke ich.«
»Ich heule der armen, phantasievollen Zeit von damals keine Träne nach, denn ich leiste mir nicht die Sentimentalität der Wohlbestallten, die voll pathetischer Wehmut an ihre Geflickte-Hosen-Periode zurückdenken. Und vor nichts mehr zittern als vor einer Rückkehr derselben.«

»Natürlich«, sagte er ungewöhnlich sanft.
Ich sehe zu ihm auf und begegne traurig lächelnder Freundlichkeit. Nun ja, er hatte mich fünf Jahre lang in längst überholter Erinnerung, während ich fünf Jahre lebte und mich veränderte. Heute besitze ich ein schönes, lautes, elegantes Selbstbewußtsein. Es gerät unter seinem Blick ein bißchen ins Stolpern.
»Du träumst heute nicht mehr«, stellte er fest.
»Nein. Wozu? Postkutsche fährt man nur, wenn man sehr viel Zeit hat. – Und du, ich meine, was machst du so?«
»Nun, immer dasselbe: Bauen.«
»Deiner Familie geht es gut?«
»Ja.«
»Ich werde übrigens auch bald heiraten.«
Herr Ypsilon ist sehr überrascht. Was hat er eigentlich erwartet? Daß ich ewig eine späte »Jumpfer« bleibe?
Und dann steige ich in das nächste Taxi, das vorfährt. Er verharrt einen Augenblick vor der offenen Wagentür. Der Regen fällt heftig über ihn her. Auf einmal sehe ich, daß Herr Ypsilon in den vergangenen fünf Jahren grauhaarig geworden ist, beinah weiß. Das tut mir weh, ich weiß auch nicht, warum. Dabei steht es ihm ausgezeichnet.
»Kommst du mit in die Stadt?« fragte ich ihn. »Heute habe ich leider keine Zeit, aber vielleicht morgen vormittag – ?«
»Glaubst du, ich habe hier im Flughafen gesessen, um die ankommenden Maschinen zu beobachten?« fragt er dagegen.
»Ach so, natürlich. Du fliegst heute schon wieder. – Schade, wir hätten so viel zu klönen gehabt. – Also dann...« Ich gebe ihm die Hand, aber er nimmt sie nicht.
»Weiß du«, sagte er und ist auf einmal verlegen wie ein Schuljunge, der sich fürchtet, Gefühle preiszugeben. »Weißt du, ich bin in der letzten Nacht stundenlang durch die Straßen gebummelt. Es gibt jetzt noch viel mehr Umleitungen und Baustellen als damals in Berlin. Und du warst nicht da.«

Unsere Baustelle! Eine Amsel sang, vielleicht war es auch ein anderer Vogel, die Morgensonne kletterte über altmodische Hausdächer in die Straßen hinab und kitzelte sie aus ihrem schattigen Schlaf. Herr Ypsilon litt unter seinem verflixt reinen Gewissen auf dem Balken neben mir. Und ich war sicher, daß ich nie mehr einen Menschen so lieb haben würde wie ihn.

Jetzt richtet er sich auf, den Ärmel vom Handgelenk schiebend. Regentropfen platschen auf sein Uhrenglas. »Maijie, es wird Zeit für mich.«

Wir geben uns die Hand und scheiden mit herzlichen Zukunftswünschen voneinander.

Er geht rasch auf den Eingang des Flughafens zu. Das Taxi fährt an. Das war also das Wiedersehen mit Herrn Ypsilon nach fünf Jahren. Mein schönes Bedauern.

Als ich die Handschuhe aufnehme, die über meiner geöffneten Tasche auf dem Sitz neben mir liegen, entdecke ich das Sträußchen. Es ist viel Rührendes um so einen kleinen Veilchenstrauß, besonders dann, wenn Achtlosigkeit ihn zerdrückt hat.

Ich stecke die Nase in die Blüten. Etwas zerbricht in mir. Ich glaube, es ist die vielbeschäftigte, moderne Frau mit den angespannten Nerven, auf die sie sich selbst am meisten fällt.

Da sitze ich nun in meiner leicht verregneten Eleganz mit einem prallgefüllten Terminkalender und ebensolchem Privatleben. Beides verleiht mir das angenehme Gefühl gewisser Bedeutung. In wenigen Monaten werde ich heiraten... Es geht mir ja so wundervoll... aber die zerdrückten Veilchen!... Ich war nicht sehr nett zu Herrn Ypsilon, dabei liebte ich ihn einmal sehr... ich bin überhaupt keine reizende Person mehr. Gräßlich, diese Sentimentalität. Das machen bloß die Nerven. Ich habe zu wenig Schlaf. Man kann auch vor Übermüdung weinerlich sein. Aber der Herr Ypsilon...

»Halten! Bitte, halten Sie!« Ich hämmere auf den Rücken des Taxischofförs ein. »Ich hab' was vergessen.«
»Soll ich zurückfahren?«
Aber nein, das dauert zu lange. Ich springe aus dem Wagen und renne – Haken schlagend wie ein gehetzter Hase – zwischen abfahrenden Autors zum Flughafeneingang zurück.
Vor dem BEA-Schalter erwische ich Herrn Ypsilon an zwei erschrockenen Mantelaufschlägen, zu atemlos und durcheinander für einen vollständigen Satz.
»Die Veilchen –«, bei dem stürmischen Anprall haben sie in meiner Hand noch mehr gelitten, »– ich – ich hab' vergessen... noch gar nicht bedankt dafür.«
»Aber, aber – « Herr Ypsilon nimmt mich in seine Arme. »Deshalb brauchst du doch nicht zu weinen.«
»Die Nerven«, schluchze ich, »deshalb...« Und stecke mein Gesicht in den kühlen, feuchten Stoff seines Regenmantels. »Ich hatte plötzlich so Heimweh nach dir.«
Es war wohl Heimweh nach dem unwiderruflich Vergangenen.
Seine großen, ruhigen Hände trösteten mich. Ich bin nur noch Hände gewöhnt, die zupacken können und betören; jedoch für »außergewöhnliche Situationen« wie spontanes, jammerndes Elend mitten im Flughafengebäude wären sie nicht mehr geschaffen.
Stundenlang möchte ich im Schutze von Herrn Ypsilons Armen heulen – über alles und gar nichts – und hinterher einschlafen. Aber ich bin leider nicht mehr acht Jahre alt, und außerdem bilden wir die Zielscheibe der allgemeinen, blanken Neugier.
»Weißt du –«, beginnt er leicht verlegen.
»Ach, laß doch die Leute. Was gehen sie mich an.«
»Die Leute sind mir egal«, verspricht er, »aber die BEA wird unseretwegen nicht den Abflug verzögern.«
»Mußt du denn schon fort? Kannst du nicht umbuchen?«

»Ja, hast du denn überhaupt Zeit?« fragt er.
»Das ist eben der Unterschied zwischen uns. Du hättest niemals meinetwegen eine geschäftliche Verabredung abgesagt. Ich tu's einfach. Ich sage...ach, es fällt mir schon was ein.«
»Gut«, beschließt er nach kurzem Überlegen, »ich will's versuchen.«
Mir ist gleich viel wohler zumute.
Das Taxi fällt mir ein. Es wartet draußen mit meinem Gepäck. Und die schlimme, alte Dame! Und die Geschäftsleiterkonferenz! Ich werde sagen, die Maschine konnte wegen Nebel nicht starten.
»Herr Ypsilon!«
»Ja?«
»Es ist sehr schön, dich wiederzusehen«, und dann laufe ich zum Ausgang.
»Maijie«, hält er mich auf.
»Ja?«
»Was ich dich noch fragen wollte: Wann willst du heiraten?«
»In zwei, drei Monaten voraussichtlich.«
»Liebst du ihn?«
Wir stehen voreinander.
»Es ist ganz anders als mit uns... weißt du.«
»Es ist wirklicher, nicht wahr?«
»Hmhm.«
»Ich freu' mich für dich«, sagt er und streichelt meinen Arm.
»Was wird, wenn du nicht umbuchen kannst? Dann komme ich zurück, und du bist nicht mehr da!«
»Ich bin da, Maijie.«
Er will gehen, aber ich halte ihn noch einmal auf.
»Herr Ypsilon...«
Ein leicht nervöses »Ja?« wegen der fortgeschrittenen Zeit.
»Ich habe schon einmal hier auf dem Flugplatz gestanden und dir nachschauen müssen... bitte, bitte, heute nicht.«

Es gelingt ihm, auf eine Maschine umzubuchen, die eine Stunde später fliegt. Wir sitzen im Flughafenrestaurant und schauen uns an. Und schauen uns an. Soviel unbeschreibliche Zärtlichkeit ist in seinem Gesicht.
»Weiß du eigentlich, wann ich anfing, dich zu vergessen?«
»Als du dich neu verliebtest, nehme ich an.«
»O nein, viel früher. Ich ging einmal an deinem Haus vorbei...«
»Du warst da und hast mich nicht angerufen?«
»Hättest du es sehr geschmackvoll von mir gefunden?«
»Maijie«, sagt er und küßt meine Fingerspitzen. »Du gingst also an meinem Haus vorbei.«
»Auf eurem Balkon hing ein Kinderbadeanzug zum Trocknen.«
»Deshalb?« fragt er.
»Ja. Ich wußte zwar, daß ihr eine Tochter habt. Aber erst dieses Beweisstück ernüchterte mich vollkommen.«
Nach einer Weile möchte er wissen: »Was war's denn für ein Anzug?«
»Ein Roter mit weißen Punkten.«
»Der paßt Anette heute nicht mehr«, und die Zärtlichkeit in seiner Stimme gehört jetzt ausschließlich seiner Tochter. »Stell dir vor, sie kriegt schon Busen.«
Der Ober stellt den Tee zwischen uns.
»Als wir uns kennenlernten, war sie noch ein Kind. Und jetzt kriegt sie Busen. Wir werden alt, Ypsilon.«
»Es ist nicht aufzuhalten.« Er nickt betrübt.
»Ich bin schon siebenundzwanzig.«
Da lächelt Herr Ypsilon. Lächelt herrlich amüsiert und tätschelt meine Hand. Nun ja, beim letzenmal hatte ich vierundzwanzig zugegeben – und das ist jetzt fünf Jahre her. Ich werde ein bißchen unsicher. Schließlich hat er auch das Rechnen in der Schule erlernt.
»Hast du kein Bild von Anette bei dir?«
»Kann sein –« Er holt seine Brieftasche hervor und legt

nach kurzem Suchen ein unterbelichtetes Foto vor mich hin. Ich sehe ein schlaksiges Mädchen an einer Mauer. Aus einem spitzen Gesicht springt die fürwitzige Nase seines Vaters. Unter schwarzen, ungekämmten Ponys blinzeln mürrische Augen in die Kamera. »Reizend«, sage ich und gebe das Foto zurück.

»Ja.« Er läßt seine Tochter nicht ohne Stolz zwischen Flugticket und Hotelrechnung in der Brieftasche verschwinden. »Sie ist mir gut gelungen. Aber jetzt erzähle endlich von dir. Wen willst du heiraten?«

»Er heißt Billy Heelms.«

»Von der Heelms-Werbeagentur?«

»Ja. Erinnerst du dich noch an mein Knie?«

»Gerne. Und mit dem Knie hast du Billy kennengelernt?«

»Durch das Knie. Seine Tante ... aber das führt zu weit. Zuerst war ich ziemlich entsetzt von ihm. Als ich nach Frankfurt zog, wurde ich seine gute Freundin – ich wollte es gar nicht, er machte mich einfach dazu. Er kam mit all seinen Frauengeschichten und Hobbys zu mir. Wenn mein Bruder und er in die Ferien fuhren, nahmen sie mich mit und paßten beide höllisch auf mich auf. Besonders Billy. Er war ganz verliebt in die Idee, ein braves Mädchen zu kennen. Das war manchmal ziemlich anstrengend für mich. Billy ist überhaupt der anstrengendste, unruhigste, launischste Mann, den ich kenne. Aber – so grundverschieden wir auch sind – er braucht mich irgendwie.«

»... Und eine Frau braucht vor allem das Gefühl, gebraucht zu werden. Damit fängt man sie und hält sie manchmal über Gebühr fest«, nickte Herr Ypsilon.

»Na ja, und so kam es eben. Vor anderthalb Jahren. Billy, mein Bruder und ich waren an der Riviera. Billy hatte einen neuen Fimmel: ein Rennboot. Das führte er mir eines Abends vor. Mitten auf dem Meer ging uns das Benzin aus. Es dauerte einige Stunden, bis man im Hafen begriff, daß wir nicht absichtlich so lange fortblieben. In diesen Stun-

den ohne Whisky und ohne seine vielen, lauten Freunde war er ein ganz anderer Kerl. So ruhig und behutsam, so besonders nett. Da muß ich mich wohl in ihn verliebt haben. – Seitdem ist ihm leider nie mehr das Benzin ausgegangen. Und nie der Whisky.«
Ich habe dem Herrn Ypsilon mehr erzählt als beabsichtigt. Er schweigt dazu, lächelt nur, als er meinem Blick begegnet. Ich weiß nicht, was er denkt.
»Wenn Billy nur nicht so einen enormen Menschenverbrauch hätte. Er kann nie mit mir allein zu Haus sitzen, immer müssen viele Leute um uns sein. Zu viele Leute. Und immer neue. Das Wort Party ist bei mir zum Alptraum geworden. Und dann seine Raserei. Billy ist geschwindigkeitssüchtig – und ich bin es so gar nicht. Aber seitdem er seinen ersten bedenklichen Herzanfall hinter sich hat, keimt in mir so ein schüchterner Sprößling Hoffnung, daß er eines Tages doch noch ein bedingt friedlicher Mensch werden wird.

Billys Herzattacke ereignete sich am Abend, bevor wir an die Cornich d'or fahren wollten, und ich hatte mich bereits seelisch auf ebenso sportive wie amüsante Strapazen vorbereitet, kurz, auf das, was Billy unter Ferien verstand. Das Leben dort war nicht weniger anstrengend als unser Leben in Frankfurt, aber wenigstens fand es in frischer Luft statt, und das war immerhin schon ein Vorteil.
Jedoch um sieben Uhr abends rief mich Billy mit merklich blasser Stimme aus dem Büro an.
»Packe Riviera aus und Volkstümliches ein. Wir fahren in ein Kneippbad.« Es folgte eine Reihe von Flüchen. »Mir war vorhin nicht besonders gut, so ein komisches Gefühl wie'n Krampf in der Brust, weißt du. Es ging bald wieder vorüber. Aber dein Bruder war leider bei mir. Und weißt du, was dieser Idiot gemacht hat? Holt er doch den Professor Neuheiß. Der hat mich unter-

sucht – und er mußte ja auch was finden. Schon wegen des Honorars.«

»Was hat er gesagt, Billy?« fragte ich streng.

»Es wäre das Herz. Ein Anfall von Coronar ..., Coronar... und dann kam noch etwas mit ›suff‹ hintenan.«

»Was sollst du dagegen tun?«

»Nicht an die Riviera fahren, sondern viel Ruhe haben. Wie denkt sich der Kerl das?«

»Was hat er vom Whisky und vom Rauchen gesagt?«

»Jetzt fängst du auch noch damit an. Ihr fallt mir alle in den Rücken!« tobte er.

Seine Bärennatur, auf die er so stolz war, und seine maßlose Betriebsamkeit wehrten sich gegen den erhobenen Zeigefinger des Arztes. Trotzdem mußte ihm nicht recht wohl zumute sein, denn er kam sehr bald nach Haus und legte sich bereits um zehn Uhr zu Bett; das war seit etlichen Jahren nicht mehr vorgekommen.

Am nächsten Morgen – Billy war noch immer nicht bereit, mit sich geschehen zu lassen, was nicht er selbst bestimmte –, am nächsten Morgen baute er ein Gesundheitsprogramm wie ein neues Unternehmen auf und betrieb es mit der gleichen Energie, was zur Folge hatte, daß es sich schon wieder gesundheitsschädigend auswirkte, zumindest auf mich, die ich alles mitzumachen gezwungen war. Allein war es für Billy ja viel zu langweilig.

Von ärztlich verordneter Ruhe hielt er überhaupt nichts. Wir fuhren in ein Kneippbad, wo bereits um sechs Uhr früh triefnasse Tücher in meinen schönen, ahnungslosen Morgenschlaf hineinklatschten. Wir traten Tau auf grüner Wiese, turnten zwischen kurzatmigem Wirtschaftswunderspeck, brüteten in der Sauna, ließen uns massieren, nahmen Heilbäder und lasches Mitagessen ein und rannten stundenlang über Stock und Stein.

Ich fiel vom Fleisch und vom Humor, und die Kurkapelle spielte dazu die »Diebische Elster«. Aber während sich in

meinem Herzen eine leichte Verbitterung über diese mir aufgezwungene Gesundheitsprozedur ansiedelte, fühlte sich Billy glücklich und rein wie ein Büßer nach vollendeter, mühsamer Wallfahrt.
Am Tage nach unserer Rückkehr aus dem Kneippbad beunruhigte er seine vierhundert Angestellten durch das Tragen von Gesundheitslatschen. Das waren sie am stutzerhaft gekleideten Billy nicht gewohnt; und jeder Kunde, der ihm nicht rechtzeitig aus dem Wege ging, erhielt einen flammenden Vortrag über den Wert einer Kneippkur.
Mein Gesundheitsapostel trieb Bruder Peter und mich um sechs Uhr früh zum Tautreten in den spätherbstlichen Garten hinaus, bis mich ein schmerzhafter Ischias von diesem Unfug befreite. Peter floh in Geschäften nach Köln und Amsterdam.
Kurz, Billy Heelms war auf dem besten Wege, mir unsympathisch zu werden, denn selbst in unseren durch Mineralwasser feurig angeregten Stunden zu zweit wurde ich den Verdacht nicht los, daß er dabei noch immer sein Gesundheitsprogramm im Kopfe hatte. Und das beeinträchtigte ungemein die natürliche Leidenschaft.
Ich begann, mich beinah nach dem Saulus Billy zurückzusehnen, denn der Paulus Billy war unerträglich. Die Bekehrten sind ja meistens die heftigsten Eiferer.
Als er mich heute mittag zum Flughafen brachte, trug er wenigstens keine Sandalen mehr. Diese Beobachtung läßt mich wieder hoffen ... worauf, weiß ich allerdings nicht, denn Billy lebt nur in Extremen.

»Gratuliere«, sagte Herr Ypsilon, der nichts von meinem urgesunden Dilemma ahnt. »Ich gratuliere ihm zu dir. Er ist zu beneiden ...«
»Glaubst du?« zweifle ich. »Du kennst mich doch kaum.«
Wir hatten ja nie Zeit, voneinander enttäuscht zu werden. Wenn man alles zusammenrechnet, waren es höchstens

vierundzwanzig Stunden! Vierundzwanzig Stunden in sieben intensiven Jahren! Und trotzdem, der Herr Ypsilon brauchte keine Versprechungen zu machen, keine Bewährungsprobe zu bestehen, keine Schwüre abzulegen noch Präsente zu schicken, nicht einmal eine Ansichtskarte.
Er braucht mir jetzt nur gegenüberzusitzen, und alles fängt wieder von vorne an – trotz seiner Familie, trotz Billy Heelms.
»Du hast einmal gesagt: wenn ich mit dir zusammen bin, steht das zwanzigste Jahrhundert plötzlich still.«
»Habe ich das gesagt?«
»Es steht jetzt wirklich still.«
Wir schauen uns an, so was Dummes, und können gar nicht aufhören, uns anzuschauen. Vierundzwanzig Stunden sind wirklich zu wenig in sieben Jahren – oder auch vierundzwanzig Stunden zuviel.
Herr Ypsilon nimmt zuerst seinen Blick von mir fort. »Ich gebe zu, daß ich nicht oft an dich gedacht habe«, sagt er, »aber manchmal, auf langen, nächtlichen Autofahrten, fällst du mir plötzlich ein. Und dann liebe ich dich so vor mich hin.«
Wir trinken unseren erkalteten Tee und verzichten auf die ermüdenden, sehr in Mode gekommenen Gespräche zwischen alten Freunden, die sich nach Jahren wiedertreffen. Wir zeigen nicht: Schau, was ich inzwischen alles angeschafft habe und wie weit ich in der Welt herumgekommen bin (wobei nicht vergessen werden darf, ein paar prominente Namen einzuflechten. Man muß dem anderen doch zeigen, mit wem man zu verkehren pflegt).
Wir verzichten von vornherein auf diesen Wettstreit im Renommieren, der meistens von der heimlichen Sorge begleitet ist: Hoffentlich hat der andere inzwischen nicht mehr erreicht als ich. Hoffentlich besitzt er nicht Daimler-Benz-Aktien, während ich nur Mannesmann habe. Hoffentlich ist sein Swimming-pool nicht größer als mei-

ner und sein Auto nicht teurer als meins – und wenn das – Gott behüte – wirklich der Fall sein sollte, so darf ich ihn nicht merken lassen, daß sein Mehr mir imponiert.
Wir sitzen nur da und erinnern uns. Und lächeln uns an.
Der Ober räumt das Teegeschirr ab und wedelt Nüchternheit aus seiner Serviette über den Tisch. »Wünschen die Herrschaften noch was?«
»Ein Glas Wasser für meine Veilchen.«
»Es lohnt nicht mehr«, winkt Herr Ypsilon nach einem Blick auf seine Uhr ab.
»Wieviel noch?« frage ich bange.
»Es ist gleich soweit.«
»Kannst du nicht noch einmal umbuchen?«
»Bis übermorgen ist alles ausverkauft.«
»Dann nimm einen Zug.« Ich mag ihn nicht schon wieder verlieren.
Statt einer Antwort sagt er: »Als ich nach Berlin kam, war ich naiv genug zu glauben, ich würde noch dieselbe Person vorfinden, die ich vor fünf Jahren verlassen habe.«
»Im blauen Leinenkleid.«
Er lacht. »Erinnerungen leben ohne Logik in einem fort, sonst würden sie ihre lieben Opfer bei Kälteeinbruch wärmer bekleiden ...«
»... und altern lassen«, füge ich hinzu.
»Ich kam vor allem nicht auf die Idee, daß du inzwischen weitergelebt haben könntest.«
Ein kleines Mädchen mit Korallen in den Ohrläppchen steht plötzlich an unserem Tisch und stellt mit silberhellem Stimmchen, das man bis in die schattigsten Winkel des Restaurants vernehmen kann, fest: »Tante! Der Onkel hat dir die Hand geküßt!«
Wir lachen beide zum Fenster hinaus, vor dem eine Viscount ausrollt.
Der Sturm fegt in die Haare und Mäntel und Hosenbeine

der Passagiere, reißt ihnen das Winken aus der Hand, die hastig nach dem Hut faßt.
»Evelyn!« versucht eine Frauenstimme das Kind von unserem Tisch fortzumahnen.
»Geh, Evelyn«, sage ich zu dem kleinen Mädchen, »die Mutti ruft.«
»Das ist nicht meine Mutti. Das ist Tante Elli«, belehrt es mich. »Mutti ist in Hannover.«
»Dann geh zu Tante Elli.«
Unser Abschied wird durch den Lautsprecher ausgerufen.
Nein, bitte, bitte, noch nicht. Ich habe ihn fünf Jahre lang nicht vermißt, aber jetzt – jetzt mag ich ihn noch nicht hergeben. Meine Blicke klammern sich an seine kräftigen Schultern, seine behutsamen Hände, seine helle Zärtlichkeit... wie an einen Rockzipfel.
Seine Gegenwart ist wie das friedliche Zuhause, das ich schon so lange nicht mehr gehabt habe.
An unserem Tisch steht noch immer das kleine Mädchen Evelyn und wippt mit dem Kinn auf der Tischkante und guckt uns an.
»Soll ich mal singen?« fragt es.
»Evelyn!« mahnt die Tante Elli hilflos und ohne Hoffnung auf Erfolg. »Kommst du sofort hierher!«
»Soll ich das Lied vom Schneemann oder von der Badehose singen? Ich kann beides. Und ich kann den ›kleinen Bären von Berlin‹. Kennst du das, Onkel?«
»Aber deine Tante!« sagt Herr Ypsilon verzweifelt.
»Evelyn! Ich erzähl's der Mutti, wenn du nicht sofort herkommst. – Entschuldigen Sie bitte, aber Sie wissen ja, wie Kinder sind«, ruft die Tante uns zu. Warum steht sie nicht auf und holt Evelyn von unseren letzten gemeinsamen Augenblicken fort!??
Wir starren bedrückt auf das anhängliche Mädchen und dann uns an. Und müssen lachen. Was bleibt uns anderes übrig.

»Es wird Zeit«, sagt Herr Ypsilon.
»Hmhm.«
Zu Evelyns rundäugigem Staunen nimmt er jetzt meine beiden Hände und küßt sie. »Ich wünsch' dir viel Glück, Maijie –«
»Danke, lieber Herr Ypsilon. Ich wünsch' dir das gleiche, wofür immer du es gebrauchen kannst.«
Wir wollen aufstehen, aber Evelyn hat noch etwas mit uns vor. Sie setzt einen einohrigen, verfilzten Teddybären auf den Tisch. »Schau, Onkel. Er heißt Brummi, weil er brummt. Du mußt ihn streicheln. Du auch, Tante.«
Wir liebkosen beide das verkommene, senfgelbe Plüschtier. Und dabei finden sich unsere Hände auf seinem Rükken.
Ich begleite Herrn Ypsilon, soweit es geht. »Deine Familie wird dich mit der vorigen Maschine erwartet haben«, sage ich, um etwas zu sagen. Es fällt einem ja selten etwas Sinnvolles beim Abschied ein.
Er nimmt sein Flugticket und den Paß aus der Brieftasche. »Meine Familie ist seit einem Vierteljahr bei Freunden in Rom. Wir haben uns getrennt.«
»Nein!« Nein. Nein. Ich habe nicht auf Herrn Ypsilon verzichtet, damit er sich sieben Jahre später doch von seiner Frau trennt. Ich habe mich – ohne es zu wissen – für seine Ehe verantwortlich gefühlt. Sie war etwas Gutes, woran ich glaubte.
Er lachte verwundert. »Du scheinst darüber empört zu sein!«
»Ist es wegen einer anderen Frau?«
»Nein. Wir haben uns halt auseinandergelebt. Das soll vorkommen«, sagt er so leicht hin wie alle anderen ernsthaften Dinge.
Und wenn – warum konnte es dann nicht vor sieben Jahren sein?
Er beugt sich abschiednehmend über meine Wange. »Leb

wohl, mein Schatz. Alles Glück der Welt für dich. Und vergiß nicht, mir eine Anzeige zu schicken.«

Wir stehen einem Mann im Wege, der seine Angst, die Maschine zu verpassen, mit verrutschtem Hut, aufgeregter Stimme, hastigen Füßen und rücksichtslosen Ellbogen kundtut. Er reißt mich beinah um und rempelt Herrn Ypsilon vor sich her. Es entsteht ein Gewirr aus Taschen, Mänteln, Rücken und Armen, darüber ein zärtliches Gesicht zum letztenmal...

Ich warte, bis Ypsilon im Flugzeug verschwunden, bis die Gangway fortgezogen ist und die Propeller zu kreisen beginnen. Ich warte, bis die Maschine zur Startbahn rollt, Kraft sammelt und schnell, immer schneller über das weite Feld in den kaltblauen Himmel rast und auf das Bergmassiv zufliegt, das sich aus schwarzen Wolken über den Hausdächern am Horizont zusammengeballt hat.

Um elf Uhr abends komme ich endlich von unserer »Tagung« heim, schließe die Haustür auf, hole den Fahrstuhl herunter, öffne ihn – und stehe einem winzig kleinen Bündel Hund gegenüber, das sich in eine helle Ecke des Lifts drückt. Es versucht, durch fürchterliches Grollen und Fletschen der spitzen Mausezähne meinen Eintritt mit Gepäck zu verhindern.

»Nicht weglaufen lassen! Bitte!« brüllt eine Männerstimme aus den oberen Regionen des Hauses.

»Ich bringe das Raubtier mit hinauf!« rufe ich zurück.

Im zweiten Stock nimmt uns ein sehr erleichterter Hundevater in Empfang. Es handelt sich dabei um den »Herrn von Oben«, mit dem mich seit jenem Aschermittwochmorgen vor sieben Jahren eine flüchtige Liftbekanntschaft verbindet.

»Ich wollte bloß meine Wohnungstür abschließen, da fuhr der Lift mit Lieschen in die Tiefe. Warten Sie, die Koffer nehme ich. – Guten Abend, übrigens. Sie waren lange nicht hier.«

»Guten Abend.« Ich steige mit der Hand in die prallgefüllte Tiefe meiner Handtasche auf der Suche nach den Wohnungsschlüsseln.
»Wie geht's Hanskarl?«
»Oh, ausgezeichnet. Er bellt inzwischen frankfurterisch und wird immer fetter.«
»Jaja, das Wirtschaftswunder macht auch vor den Kötern nicht halt.«
Ich schließe die Wohnungstür auf, taste nach dem Schalter – aber soviel ich auch knipse, es wird nicht Licht.
»Vielleicht ist die Birne kaputt«, überlegt der Herr von Oben.
»Ich fürchte eher, man hat mir das Elektrische abgeschaltet.«
»Wegen Zahlungsschwierigkeiten?« fragt er freundlich.
»Ümüm, Vergeßlichkeit. Wir haben die Rechnungen nicht bezahlt.«
Sein Feuerzeug flackert spärlich vor uns her in die schwarze, dumpf riechende Wärme des Wohnzimmers. Auf dem Sekretär steht ein Schiebeleuchter mit einer Kerze, die jetzt zögernd aufflammt.
»Ziemlich trübseliges Heimkommen«, findet der Herr von Oben. »Soll ich Ihnen wenigstens ein eisgekühltes Bier pumpen? Sie haben doch bestimmt nichts im Haus.«
»Danke, sehr freundlich. Aber ich gehe sofort schlafen.«
Jetzt durchwandere ich mit der Kerze in der Hand die kleine Wohnung, öffne die Fenster, um die warme, abgestandene Luft herauszulassen – draußen tropft der Regen von kahlen Ästen.
Und dann ruft Billy Heelms an. Er behauptet, das nach mir zu haben, was er unter Sehnsucht versteht – nämlich Ungeduld. Und entschuldigt sich, weil er vergaß, mir Blumen zum Empfang zu schicken. »An so was erinnert mich sonst dein Bruder, aber unter Verwandten hält er es wohl nicht für nötig.«

Dabei fallen mir Herrn Ypsilons Veilchen ein. Arme Veilchen. Sie sind schon sehr, sehr müde. Auf dem Wege zum Wasserhahn purzelt die Kerze aus dem Leuchter und verlischt auf dem Teppich. Was nun? Ich habe keine Streichhölzer.
Aber der Herr von Oben scheint noch auf zu sein. Ich höre zuweilen Schritte über mir.
Er empfängt mich mit einem Scheuerlappen in der Hand, mit dem er wohl Lieschens kleine Teppichsünden aufgewischt hat.
»Tschuldigung«, sagt er, »sie ist noch völlig straßenrein.«
»Ich hätte gern Streichhölzer.«
Er führt mich in seinen Wohnraum, der sich auf eine sympathische Weise von all den eleganten Behausungen unterscheidet, in denen ich durch Billy zu verkehren pflege. Er ist weder uniform modern noch uniform originell-antik. Es fehlen in ihm die obligate Holzmadonna und der Barockschrank und der venezianische Spiegel und die großblumige Sitzecke. Lampen sind weder auf Samoware noch auf Trompeten montiert, an der Wand hängt kein steifer Urahn aus dem Antiquitätengeschäft. An der Bar sitzt man nicht auf Kamelsätteln, der Tisch ist keine englische Regimentstrommel, es fehlt auch jegliches Schiffszubehör. Alles ist hier sehr hell und unoriginell. Bücherwände, farbiges Leder, schöngemasertes Holz.
Einen Augenblick lang habe ich den Wunsch, mich auf den grünen Nylonteppich zu legen und mit Lieschen zu spielen. Es ist so viel angenehmer hier als in meiner toten, dunklen Wohnung.
Der Herr von Oben sucht nach Streichhölzern und einer Straßennotlaterne. »Weiß der Deibel, wo meine Wirtschafterin die wieder hingestellt hat.« Während er einen Schrank durchwühlt, fragt er: »Sind Sie eben erst aus Frankfurt gekommen?«

»Nein. Schon heute mittag. Ich war inzwischen auf einer Geschäftsleiterbesprechung.«
Er schaut auf und lacht. Lacht unangenehm.
»Warum?« frage ich pikiert.
»Ich sehe noch immer vor mir, wie Sie vor Jahren so traumverloren wie der Harlekin-mit-der-Rose zum Kaufmann nebenan schritten, um ein Viertel Aufschnitt zu holen. – Und jetzt: Geschäftsleiterbesprechung! Verzeihen Sie, aber das ist sehr komisch.«
»Finden Sie?«
Er vergißt das Suchen nach der versprochenen Lampe und hockt sich auf die Tischkante. »Ihr Frauen habt's doch heutzutage schwer. Gerade gestern fragte ich eine vielbeschäftigte Freundin, was sie denn eigentlich von ihrer Gleichberechtigung hat außer einem Haufen Last. Abgesehen von ihren weiblichen Pflichten wie Kinderkriegen, -aufziehen und Haushalt muß sie beruflich arbeiten wie ein Mann und Verantwortung tragen wie ein Mann und dabei auf keinen Fall ihre süße, anschmiegsame Weiblichkeit aufgeben, denn sonst gefällt sie keinem Mann. Wenn ihr dabei ein Fehler unterläuft, der Männern jeden Augenblick passiert – und sei es nur ein falsches Parken –, heißt es sofort abfällig ›Typisch Frau‹. Sie hat sich wirklich viele Pflichten aufgehalst für wenig Vorteile. Denn schließlich ist es noch immer der Mann, der ihr die rechte Stellung verschafft. Er ist ihr gesellschaftliches Rückgrat, auch dann, wenn sie es selbst finanzieren muß.«
»Eigentlich wollte ich mir bei Ihnen keine unerfreulichen Betrachtungen anhören«, sagte ich. »Eigentlich wollte ich bloß Streichhölzer.«
»Und die Lampe.« Er findet sie endlich im Besenschrank und erklärt mir ihren Mechanismus. »Wenn Sie den Hebel nach rechts stellen, gibt sie Blinkzeichen. Die brauchen Sie heute nacht nicht mehr. Bei dieser Einstellung brennt sie permanent – sehen Sie? So.«

Ich bedanke mich und gehe in meine Wohnung hinunter. Wenig später liege ich im Bett. Neben mir steht die geborgte Lampe und blinkt – hell – dunkel – Zimmer – Nacht – Zimmer – Nacht – ihr Hebel läßt sich von mir weder auf »aus« noch auf »permanent« stellen. Hell – dunkel – so ungefähr muß es sich in der Stube eines Leuchtturmwärters ruhen – hell – dunkel – und beim nächsten Hell sehe ich Herrn Ypsilons ermattete Veilchen auf dem Tisch. Jetzt hilft ihnen auch kein noch so gutgemeintes Wasser mehr.
Hell – dunkel – Herr Ypsilon ist jetzt schon längst zu Haus – hell – dunkel – dieses dumme, ziehende Heimweh nach ihm – was will ich eigentlich? Es geht mir doch prächtig, auch ohne ihn – hell – dunkel – Ich habe all das erreicht, wovon ein junges Mädchen träumt – hell – dunkel – einen Beruf, der Freude macht, Reisen – ein fröhliches, rasches Leben an der Seite eines reichen Junggesellen – hell – dunkel – so ein Glück! Wenn man bedenkt, wie knapp nette Männer sind. Vor allem Männer zum Heiraten. Und dazu noch erfolgreiche! Hell – dunkel – die Lampe macht mich noch wahnsinnig – Fehler hat schließlich ein jeder. Meiner trinkt zu viel und fährt zu schnell und umgibt sich ständig mit einem Haufen Leute, die nichts als Geld und ihr Amüsement im Kopf haben – hell – dunkel – ein fröhliches, buntes Leben an der Oberfläche – hell – dunkel – aber wer schürft denn heute noch tief, wenn er keine aufrüttelnden Sorgen hat – menschlich wird man nur noch in Momenten der Angst – hell – dunkel – man »flirtet«, gibt »Partys«, hat eine »Liaison« und die »Managerkrankheit« in den Kreisen, in denen wir verkehren – helle Kreise – dunkle Kreise – »Streß« ist der international modische Name für totale Abspannung und Überarbeitung – hell – dunkel – und »seelische Depressionen« sind längst nicht mehr nur ein Begriff aus der Psychiatrie – hell – dunkel – Menschen,

die eines Tages aufwachen und erkennen, was sie aus dem einzigen Leben, das ihnen zur Verfügung steht, gemacht haben und nicht mehr die Kraft besitzen, es zu ändern, die werden auf auf »seelische Depressionen« behandelt – es gibt ja heutzutage so viele ausgezeichnete Medikamente – hell – dunkel – ohne Rezept – mit Rezept. Unter »Depressionen« fällt auch der Liebeskummer. Früher gab es einmal ein anderes Wort dafür, das ist völlig aus der Mode gekommen – hell – dunkel – es hieß – Jetzt reicht es mir!! Ich nehme die Lampe und trage sie auf den winzigen Grüß-Balkon hinaus.
Endlich Dunkel. Dunkel, beruhigendes Dunkel, aus dem sich langsam die Umrisse des Zimmers schälen.
Übrigens – das Wort, das völlig aus der Mode gekommen ist, heißt »Herzeleid«. Es reimt sich eine Menge darauf – Neid – Freud – Zeit... Es gab einmal eine Zeit, da schrieb man Gedichte an seine Liebste, kleine, gereimte Umständlichkeiten.
Es gab einmal eine Zeit, da besaß ich eine Phantasie, die ein Empirekleid trug und im Damensattel über eine Wiese trabte, ohne vom Pferd zu fallen.
Aber damals hatte ich auch nur einen Mantel für Winter und Sommer, drei Kleider und zwei Paar Schuhe.
Und glücklicher war ich auch nicht als heute, nur eben – phantasievoller.

Die schlimme, alte Hermine hält mich länger in Berlin auf als vorgesehen. Sie hat nicht nur geschäftlich mit mir zu sprechen, sie braucht mich vor allem für ihre einsamen Abende, denn zur Zeit ist sie mit all ihren Freundinnen verzankt. Selbstverständlich haben die Freundinnen daran schuld.
»Gräßlich, diese verschrobenen Weiber. Eine ist mit Siebzig – kaum daß ihren Alten der grüne Rasen deckt – noch mannstoll geworden. Sie hat einen flotten Rentner!

Ich bitte Sie, Maijie, was fängt man mit so einem Tappergreis von Mann noch an – !«
Hermine selbst ist vierundsiebzig.
Nach einer Woche hat sie sich mit eben jener »mannstollen« Freundin wieder ausgesöhnt – und darum genug von mir. »Warum sind Sie noch in Berlin, Maijie? Glauben Sie, Sie könnten das Geschäft ewig allein lassen?«
Erleichtert nehme ich die Nachtmaschine nach Frankfurt. Es holt mich niemand vom Flughafen ab, denn ich habe meine Rückkehr nicht angemeldet. Ich möchte gerne eine Überraschung sein. Leider ist der Überraschende meist selbst der Überraschte.
Unser Haus, in dem wir zu dritt – Billy, Peter und ich – seit einiger Zeit wohnen, strahlt aus allen Fenstern wie ein Weihnachtskalender am Heiligen Abend, als ich vorfahre. Ich wittere sofort Schlimmes, und die vielen Wagen, die halb auf dem Bürgersteig vor dem Gartenzaun parken, bestätigen meine Ahnung: bei uns findet eine Party statt. Aus dem Gesundheitsfanatiker Ernst Ludwig Heelms ist wieder der wilde Billy geworden.
Ich möchte nicht klingeln, sondern starte die übliche, mühselige Suchaktion durch die gefüllten Tiefen meiner Handtasche nach dem Schlüssel.
Aber ehe ich ihn gefunden habe, öffnet sich die Tür aus Muranoglas, deren Farbe und Zusammensetzung mich an gefrorenes Danziger Goldwasser zu erinnern pflegt. Im hellen Rechteck steht mein Bruder mit einer frisch gefüllten Eisschale in der Hand. »Maijie! Was machst du hier?«
»Das frage ich mich auch«, sage ich bitter, den Hut abnehmend und mit ihm in Richtung des Lärms zeigend.
»Wir haben wieder Gäste.«
»Leider.«
»Und Hildchen ist fort.«
Was für ein Schlag! Hildchen konnte zwar nicht kochen und nicht bügeln, aber sie war so gutmütig ...

»Wie war's in Berlin?« fragt Peter, den Ellbogen schon auf der Türklinke. »Bist du auf dem Friedhof gewesen?«
»Ja, natürlich. Zweimal. Es ist alles sehr schön für den Winter zurechtgemacht – Blautanne und Lorbeer und so...«
»Gestern wäre Mutti sechzig Jahre alt geworden«, sagt Peter. »Ich habe Rosen geschickt.«
Und ich habe nicht einmal daran gedacht.
Aber mein schlechtes Gewissen darüber leidet unter der Freude, daß mein Bruder seit langem wieder einmal von früher spricht, von Mutti, überhaupt von Dingen, die daran erinnern, daß wir auch einmal Geschwister waren.
Er steht da vor mir an der Tür – schmal, intelligent, so gut und so unauffällig angezogen, wie es Billy nie gelingen wird. Seit einigen Monaten verschanzen sich seine schnellen, wachsamen Augen hinter einer Hornbrille. Was er denkt, weiß ich schon lange nicht mehr, ich weiß nur, daß es selten dasselbe ist wie das, was er sagt. Er ist so entsetzlich beherrscht. Sein Ehrgeiz wird durch keine Eitelkeit gestört, sondern ausschließlich von kühler Berechnung gelenkt.
Und darum wird Billy noch lange nicht merken, daß er nur noch nominell der erste Mann in der Firma ist. Mein Bruder hält die Zügel des Pferdes, auf dem er lauthals turnt.
Billy macht den Wind, mein Bruder macht die Geschäfte. Mein Bruder...
»Wenn ich bedenke, daß du mir einmal Kletten ins Bett gelegt hast – !«
Er schaut mich erstaunt an. »Wie kommst du plötzlich darauf?«
»Sag mal, Peter, bist du eigentlich zufrieden mit allem, so wie es mit uns gekommen ist?«
»Natürlich.« Er ist ganz erstaunt über meine absurde Frage. »Du etwa nicht?«

»Wir haben es beide weit gebracht. – Jetzt geh schon hinein. Man wartet auf das Eis.«
Wenig später trete ich selbst als gelungene Überraschung in die über den Abend verlängerte, heftige Cocktailparty.
Billy nimmt ruckartig den Arm von einem hübschen Mädchen, das ich noch nicht kenne, und legt diesen und den anderen dazu um meinen Nacken.
»Maijie«, seufzt er in die Welle über meinem Ohr, »es wird höchste Zeit, daß du wieder auf mich aufpaßt!«
Den Eindruck habe ich auch, während ich über seine Schulter hinweg in die große, niedrige Wohnhalle schaue. Alles neue Gesichter bei uns! Nichts Seriöses darunter. Wie kann man nur in einer Woche so viele fremde Menschen kennenlernen und auch noch zu sich einladen! Mir unbegreiflich.
Billy versucht, mir seine Gäste vorzustellen, aber schon bei der zweiten Person hat er Schwierigkeiten.
»Komm«, sagt er, »ich muß dir was zeigen«, und zieht mich in die Garderobe hinaus. Dort greift er wahllos einen Mantel vom Bügel, der ihm in den Ärmeln zu kurz ist.
»Aber du mußt fahren, Maijie, ich darf keinen Polizisten mehr anhauchen.«
»Fahren? Wohin, um Himmels willen?«
»Zum Flughafen.«
»Da komme ich doch gerade her! Und außerdem hast du Gäste...«
»Nun sei ein liebes Mädchen!« bittet er, und ich setze mich seufzend hinter das Steuer seines Wagens, der noch vor dem Hause parkt.
»Wirklich zum Flughafen?«
»Mach nicht so ein verzweifeltes Gesicht, Maijie. Glaub mir, es lohnt sich.«
Was kann am Flughafen außer immer dichter werdendem Nebel auf uns warten? Ein lieber Gast aus Philadelphia oder Amsterdam? Vielleicht eine Kiste mit einem im Whis-

kyüberschwang gekauften, zähnefletschenden Raubtier? Wir haben schon alles möglich gemeinsam von dort abgeholt: Kunden, Affen, Filmstars, Sportler, Geschirrwaschmaschinen... ich bin nicht ganz so neugierig, wie Billy es sich wünscht.

Und dann marschieren wir im kalten Nieselregen am Flughafengelände entlang.

»Nimmst du es mir übel, wenn ich nicht recht begreife, was ich hier soll?«

»Da – ungefähr da muß sie stehen!« sagt er endlich und schießt einen Zeigefinger in die Nebelstille ab, die über dem weiten Feld liegt.

Ich gucke in die angegebene Richtung und sehe überhaupt nichts.

»Wer, bitte schön?«

»Meine neue Maschine«, lacht er glücklich. »Seit gestern ist sie meine. Na, was sagst du jetzt!?«

»Au fein«, sage ich und bemühe mich, meine schnatternde Angst vor einer ungewissen aeronautischen Zukunft an seiner Seite zu verbergen. Auch das noch!

»Ich habe sie vor allem deinetwegen gekauft. Du haßt doch so das Rasen auf den überfüllten Autobahnen.« Und dann erklärt er mir den zweimotorigen Vogel und schmiedet weite Reisepläne, während ich den Wagen durch immer dichter werdenden Nebel nach Hause lenke.

»Ich will nicht mehr wie ein Schwabe schuften – wozu habe ich deinen Bruder schließlich Direktor lernen lassen? Er ersetzt mich voll und ganz in der Firma. Ich möchte endlich etwas von meinem Geld haben. Wer weiß, wieviel Zeit mir noch zur Verfügung steht.«

»Wieso? Willst du etwa sterben?« frage ich den Mann, der neben mir auf dem Sitz herumrutscht, am Radio spielt, eine Zigarette anzündet, am Daumen polkt – und mich jetzt vorwurfsvoll anguckt.

»Maijie, du nimmst mich nicht ernst, das ist das Schlimme.

Und dann wunderst du dich, daß ich zuweilen bei anderen Frauen nach Bewunderung fische!«
Welch unerwartetes Glück! Vor unserem Hause parkt nur noch ein einziger Wagen, als wir zurückkommen.
»Der gehört bestimmt dem hübschen Mädchen. Sie wird auf dich warten, Billy.«
»Glaubst du?« Und dann stark: »Laß sie warten, bis sie schwarz wird!« Das ist keine sehr schöne Vorstellung. »Ich fand sie gar nicht so nett. Nicht mal reden konnte man mit ihr.«
»Billy«, frage ich, »seit wann kommt es dir so sehr bei einem hübschen Mädchen auf das Reden an?«
»Du hast recht. Es ist viel wichtiger, daß es zuhören kann«, pariert er grinsend. »Wir gehen nicht hinein, bevor sie abgefahren ist.«
So wandern wir im Nieselregen um das Karree, einmal, zweimal, dreimal – der Wagen ist noch immer da. Plötzlich kommt mir ein Gedanke. »Vielleicht gehört das Auto dem Mann, der nicht abfahren kann, weil du seinen Mantel anhast!?« Und so ist es auch.
Peter bringt unseren letzten Gast zur Tür und verabschiedet sich dann von uns, um in sein Zimmer hinaufzugehen. Ich möchte auch ins Bett, aber Billy zieht mich an die Bar.
»Jetzt trinken wir erst mal was!«
»Billy! Es ist halb zwei!«
»Komm, komm, steck deine entsetzte Miene ein«, sagt er ärgerlich.
»Langsam kriege ich ja Komplexe vor dir! In meiner Abstinenzlerzeit fandest du mich unausstehlich. Was sollte ich also tun, um dir zu gefallen? Ich wurde wieder ein umgänglicher, versoffener Kerl. Aber auch das paßt dir nicht.«
»Gibt es denn gar keinen Mittelweg bei dir!«
»Mittelweg?« Er schaut mich betont naiv an, Flasche und Glas in der Hand. »Was ist das für eine Straße?«
Ich drehe den Blick zur Decke und gebe es auf.

»Pur?« fragt er.
»Mit viel Soda, bitte.«
Gegen halb drei Uhr früh hat Billy das Whiskystadium Numero vier erreicht, in dem er das einzige schwarze Schaf in einer Herde blütenweißer, rosa-angestrahlter, engelsguter Lämmlein zu sein glaubt. Früher, als ich ihn in seinem Rausch noch ernst nahm, widersprach ich heftig. Aber das war ein Fehler, der ihn zu immer düstereren Selbstanklagen herausforderte. Heute steuere ich zu seinen Katzenjammer-Monologen nur noch ein übermüdetes, geduldiges Schweigen bei. Und sammele seine brennenden Zigarettenstummel vom Teppich auf.
»Du bist so gut, Maijie, ich habe so was wie dich überhaupt nicht verdient. Alle sind so gut zu Billy Heelms. Und er ist so ein mieser Kerl...«
An dieser Stelle seines Katzenjammers schlafe ich endgültig und quer im Sessel liegend ein.

Erst am nächsten Morgen, gerade als ich das Haus verlassen und ins Geschäft fahren will, erfahre ich durch einen Anruf seiner in Köln lebenden Schwester, was sich noch im Verlaufe der Nacht zugetragen hat.
»Sagen Sie, war mein Bruder nüchtern, als er mich um drei Uhr früh aus dem Schlaf klingelte?«
»Wie kommen Sie darauf?« frage ich vorsichtig.
»Nun, er sagte, er hätte so schreckliche Sehnsucht nach mir und den Kindern. Um drei Uhr früh!«
»Da meint er es meistens am ehrlichsten«, beteuere ich.
»Hm, dann war es also keine Schnapsidee, wie mein Mann vermutete. Dann kommen Sie beide wirklich am Sonnabend zu uns nach Köln? Billy schwärmte von einem gemeinsamen friedlichen Wochenende auf dem Lande. Schließlich haben wir uns doch so lange nicht gesehen. Ich freue mich natürlich sehr – und mein Mann auch«, fügt sie bedrückt hinzu.

Bereits beim Erwachen hat Billy seinen nächtlichen Anfall von Familiensentimentalität überwunden. »So blau kann ich gar nicht gewesen sein, um aufs Land zu wollen! Was soll ich denn da?« schreit er empört. »Und das auch noch mit der Familie! Ich kann meinen Schwager nicht ausstehen. Ein gräßlicher Mensch!«
»Trotzdem, Billy, du mußt...«
»Ich muß gar nichts. Ich kann krank werden oder Geschäftsbesuch bekommen.« (Er entscheidet sich für letzteren.) »Fahr allein nach Köln. Du bist doch ein Typ, der mit Verwandten gut auskommen kann!«
So kommt es, daß ich am nächsten Wochenende mit Hanskarl und Geschenken für Billys Nichten auf die Reise gehe. Es wird der letzte sorgenlose Tag für lange Zeit sein.

5

Sonnabend nachmittag auf dem Lande, genauer: auf Schloß Auel im Aggertal, eine halbe Autostunde von Köln entfernt. Billys Schwager ist ein besessener Hersteller von originellen Gruppenfotos vor malerischem Hintergrund.
Wir – seine Frau, Töchter, Hanskarl und ich – müssen zu diesem Behuf auf Bänke steigen, durch Brombeergestrüpp waten, aus dem Auto winken, Hand in Hand einen glitschigen Abhang hinunterrennen, vor der Pferdekoppel posieren und durch stacheldrahtige Zähne auf Kuhweiden kriechen – Hanskarl hat dabei fürchterlichen Ärger mit dem Rindvieh.
Die scheidende Sonne erlöst uns von dieser Prozedur, bei der nicht ausschließlich geknipst und lauthals gesungen wurde: die gesamte Natur hat dem Herrn Schwager dazu gedient, seine lateinische Bildung anzubringen.

Es gelang ihm, aus einer hundertjährigen, mütterlichen Rotbuche einen unpersönlichen Fagus silvatica zu machen und aus einer mächtigen Sommereiche etwas Unaussprechliches. Wir betrachteten die Picea excelsa, Pinus silvestris, Acer, Betula. Ich verlor allmählich meine alte Vertrautheit mit der Natur. Einzig meinen Hund bezeichnete der Herr Schwager schlicht-deutsch als Schwein, nachdem er sich in einem frischen Kuhfladen gesielt hatte.
Wir treten mit lehmverschmierten Schuhen und zerrissenen Strümpfen den Rückweg an.
»Marlies«, fragt der Herr Schwager seine elfjährige Tochter, »hast du noch vom letztenmal behalten, welcher berühmte Mann auf diesem Schloß für kurze Zeit geweilt hat?«
»Der Kaiser Napoleon, Vati«, sagt das Kind gleichgültig.
»Gut, Marlies.«
»Im Schloß gibt es ein Bett, in dem er geschlafen haben soll«, mischt sich Billys Schwester Ursula ein, ihren Gatten mit einem zaghaften Blick um Entschuldigung dafür bittend, daß sie auch einmal etwas sagen möchte. »Wir hätten es gerne für Sie reservieren lassen, aber es war bereits für dieses Wochenende vorbestellt.«
»Marlies«, fragt der Herr Schwager, »weißt du auch noch, wann Napoleon hier war? – Helga, setz die Füße auswärts.«
»Na, wie er aus Rußland kam?«
»Richtig. Und zwar im Jahre 1812.« Als wir den Schloßhof betreten, wendet er sich an mich. »Leider haben wir nur noch ein Zimmer im Seitenflügel für Sie bekommen können. Und ohne Bad. Uns selbst macht es ja nichts, aber Sie sind natürlich durch den reichen Ernst Ludwig an was Besseres gewöhnt...«
»Gustl!« bittet seine Frau verlegen.
Ich gehe rasch in mein Zimmer.
Vor dem kleinen Fenster, das auf den Schloßhof hinabschaut, verblühen rostrote Sommerblumen. Es handelt sich

bei ihnen um... tut mir leid, ich weiß im Augenblick nicht einmal ihren handelsüblichen Namen, geschweige denn einen lateinischen.
Vom nahen Weiher klingt das Schimpfen zahmer Wildenten, und in den hohen, alten Bäumen sammeln sich zwitschernd die Zugvögel. Es ist so friedlich.
Im Hof stehen vier Leute. Die beiden Frauen sind sportlich angezogen. Einer der beiden sie begleitenden Männer trägt eine lose Lederjacke. Von oben würdigt man so recht sein Bemühen, aus fadenscheinigen, quergelegten Strähnen die Erinnerung an einen einst vollen Haarschopf aufrechterhalten zu wollen. Sein hageres Gesicht verrät Witz.
Der andere Mann ist der Herr Ypsilon.

Ich weiß, dieser zweite Zufall innerhalb so kurzer Zeit ist eine Zumutung an den gesunden Menschenverstand, und ich habe lange überlegt, ob ich ihn nicht besser auf ein späteres Jahr verlegen sollte. Doch dann wäre ich nicht mit der Zeit ausgekommen, die Herrn Ypsilon und mir für zufällige Begegnungen zur Verfügung stand. Man kann leider nicht immer die unglaubliche Wirklichkeit um der Glaubwürdigkeit willen verändern.
Da unten steht jedenfalls der Herr Ypsilon und schaut ungläubig lächelnd zu meinem Fenster auf. Er steht wirklich und breitbeinig da, die Hände in den Hosentaschen, und vergißt vor lauter Nichtbegreifen das Grüßen. Ich auch.
Jetzt nimmt er die Sonnenbrille ab, reibt sich die Augen.
»Warum grinst du denn?« fragt ihn eine der beiden Frauen.
»Ach, das darf man überhaupt keinem Menschen erzählen, das ist zu unwahrscheinlich. – Geht schon hinein, ich komme gleich nach.« Ich warte, bis Herrn Ypsilons Freunde im Schloß verschwunden sind, bis er selbst unter meinem Fenster steht – und zu mir aufschaut wie ein Straßenmusikant, der auf einen Groschen wartet.

»Schloßjumpfer Maijie!«
»Es ist wirklich purer Zufall!«
»...und das nach knapp vierzehn Tagen! Ausgerechnet hier.« Er macht eine Handbewegung, als ob er Halluzinationen von seinen Augen fortfangen möchte. »Im allgemeinen begegne ich nur immer den Leuten, die ich nicht wiedersehen möchte...«
Aber nach diesem ersten Wundern packt uns gleichzeitig panische Eile. Es muß etwas geschehen, und zwar schnell, ehe man uns zu vermissen beginnt.
»Wie lange bleibst du hier?« fragte er.
»Bis morgen.«
»Bist du allein?«
»Ich habe eine Menge zukünftiger Verwandtschaft mit.«
Die Haustür geht auf, aber es ist nur ein Ober auf dem Wege zum Weinkeller.
»Maijie, ich möchte dich gern sehen.«
»Heute abend? Wenn du willst, kriege ich rasendes Zahnweh!«
»Natürlich will ich.« Er überlegt sehr schnell, man sieht es ihm an.
»Kennst du die Umgebung hier?«
»Ein bißchen.«
»Paß auf. Wenn du rechts aus dem Schloßhof gehst, kommen ein paar Gebäude. Links ist eine Einfriedung, da sind die jungen Bullen untergebracht...«
»Wie soll ich im Dunkeln erkennen, ob das Bullen sind?«
»Du gehst geradeaus und dann links ab, wo ›Betreten verboten‹ steht, an einem flachen Gebäude vorbei auf eine Weide.«
»Mit Kühen?«
»Ohne Kühe. – Und da erwarte ich dich.«
»Wann?«
»Sagen wir um neun. Geht das?«
»Ja.«

»Also, bis dann...«
»Herr Ypsilon! Welche von den beiden Frauen...?«
Er lacht und sagt das, was man in solchen und anderen Fällen zu sagen pflegt: »Keine. Nur gute Freunde.«

Erst Stunden später, als Billys Verwandte und ich im Gobelinsaal beim Abendessen sitzen und unsere wilden Vögel serviert werden, hole ich etwas nach, was ich vor lauter Wundern bisher versäumt habe: das Nachdenken, meine ich.
Ich denke: Wozu muß ich in einer halben Stunde ins nebelverschleierte Herbstdunkel hinaus – rechts aus dem Schloßhof, links an jungen Bullen vorbei und dann da hinein, wo »Betreten verboten« steht, eine Warnung, die ich als gut erzogener Bürger von jeher zu beherzigen pflegte...?
Warum haben der Herr Ypsilon und ich nicht im ersten Augenblick unseres Erkennens: »Hallo!« gejubelt. »Nein, so ein Zufall! Du auch hier?« Und beschlossen: »Wir müssen uns unbedingt nachher sehen.«
Man hätte volles Verständnis gehabt und uns für eine Stunde entschuldigt. Mehr als eine Stunde hatten wir ja selten füreinander Zeit.
Aber nein, wir mußten es schwierig machen. Schloßausgang rechts, junge Bullen links – und alles so furchtbar heimlich! Und dunkel! Billys Schwester Ursula zerschneidet die Koteletts für die kleinen Mädchen – Kinder essen ja auswärts meistens Kotelett. Und der Herr Schwager hat nicht nur seine Wildente im Auge, sondern auch meine spürbare Nervosität.
An Herrn Ypsilons Tisch wird viel gelacht.
»Wir sollten eine Karte an Billy schicken«, sagt Ursula. »Wir sollten ihm mitteilen, wie fröhlich wir hier sind. Und alle müssen unterschreiben.«
Es ist dreiviertel neun. Ich stehe auf, um eine Ansichtskarte

zu holen. Aber schon in der Halle kommt mir eine andere Idee: Ich werde Billy anrufen.
Unser neuer Diener meldet sich in Frankfurt am Apparat, er verbindet mich mit der Terrasse. Von dort ruft eine helle, animierte Frauenstimme, sie gehört der Heidi B.-X. vom gleichnamigen Einrichtungshaus: »Maijie, sind Sie's? Wir sitzen auf der Terrasse und braten Hähnchen am Gartengrill. Es ist wahnsinnig lustig. Neumanns sind auch hier und Wühlgens und... und... und...« Sie zählt eine Menge Namen auf. »Warten Sie, da kommt gerade Billy. – Billy, Maijie ist am Apparat.«
»Maijie?« dröhnt er in den Hörer. »Wo steckst du? Was macht die Verwandtschaft?«
»Sagt mal, wollt ihr euch das Siechtum holen? Mitten im Oktober auf der Terrasse!«
»Wir haben ja ganz schön geheizt«, lachte er.
»Auch innerlich?«
»Na, und? Die paar Tröpfchen Whisky... Aber jetzt erzähle. Hetzt mein lieber Schwager gegen mich?«
Als ich zu den Verwandten zurückkehre, hat Herr Ypsilon bereits den Gobelinsaal verlassen. Es ist ja auch gleich neun Uhr.
»Schöne Grüße von Billy.«
»Haben Sie mit ihm telefoniert? Wie geht es ihm – vermißt er Sie sehr?« fragt seine Schwester.
»War er etwa noch nüchtern?« fragt sein Schwager.
»Er hat Gäste. Geschäftsbesuch.«
»Der Arme«, seufzt Ursula. Ihre erschrockene Puppenschönheit einer alternden Stummfilmdiva legt sich in Kummerfalten. »Er arbeitet viel zuviel – und dann seine anstrengenden gesellschaftlichen Verpflichtungen –! Dabei war er als Kind so zart und anfällig! Meine Mutter nannte ihm immer ›unser Schneeglöckchen‹!«
Der Herr Schwager macht darauf ein Gesicht, als ob er Zahnweh hätte... und dabei fällt mir ein: Ich muß jetzt

dringend eine Molesse erfinden, um verschwinden zu können. Es ist neun Uhr!
»Möchten Sie einen Nachtisch, Maijie?« fragt Ursula. »Wir haben uns alle für Obstsalat entschlossen.«
»Nein, danke. Ich – ich habe eine Verabredung.«
»Hier?« Der Schwager runzelt die Stirn.
»Ja.« Es ist mir auf einmal zu dumm, Magenkrämpfe oder schlimme Zähne vorzutäuschen. »Ich habe einen alten Freund wiedergetroffen«, und stehe auf. »Wir sehen uns morgen beim Frühstück? – Gute Nacht. Es war ein sehr hübscher Tag mit Ihnen.«
Bis zur Tür spüre ich im Rücken ihr sprachloses Erstaunen und höre leider nicht des Herrn Schwagers Kommentar. Ich laufe in mein Zimmer hinauf, um einen Mantel und Hanskarl zu holen.

Zur nahen Chaussee hin ist das Schloß von Scheinwerfern herrlich angestrahlt. Leider liegt unser vereinbarter Treffpunkt in der entgegengesetzten, völlig finsteren Richtung. Ich verlasse den traulich beleuchteten Hof. Ein Stimme klagt über mir im hohen Baum. »Das macht nichts, Hanskarl. Das ist bloß ein Käuzchen.«
Vorerst schimmern noch tröstliche Lichter um uns. Von den Ställen her klingt Kettenrasseln und Purren. Und eine Quelle plätschert hell. Meine Füße plätschern weniger klangreich durch eine große Pfütze. Aber es kann ja nicht mehr weit sein.
Die kühle Nacht duftet nach Erde und moderndem Laub. Wir durchstolpern das Spalier mächtiger, in Reih und Glied angetretener Kastanienbäume. Ihre noch dichten Kronen lassen kein Licht durch; aber dort drüben liegt der Mondschein blaß über einer Wiese und spiegelt sich in der unbeweglichen Fläche eines Weihers. Ob Bullen nachts freigelassen werden?
»Hoppla! – Hanskarl, zieh nicht so.«

Der Kastanienweg führt einen steilen Hügel hinauf. Wurzeln, Pfützen, Furchen, Äste. Was mag bloß den Herrn Ypsilon bewogen haben, einen so verzwickten Treffpunkt auszumachen? Etwa ein romanischer Kurzschluß: Wenn der Mond über der Kirchturmspitze steht und der Schatten der einsamen, knorrigen Eiche auf dreiveirtel zeigt, gehe vier Schritte nach links, dort wirst du mich finden!

Um uns ist nur noch steil ansteigendes, schwarzes Dikkicht, in dem es tropft und knackt und raschelt und flattert... na ja, so klingt es eben nachts im Wald.

Wald! Herr Ypsilon hatte nichts von Wald gesagt. Ich muß mich verfranzt haben, bin ja von Natur aus nicht sehr spürsinnig. Und dann das Schild »Betreten verboten«...? Habe ich das etwa verpaßt? Dieser Weg ist auf alle Fälle verboten. Wenn ich falle und mir das Bein breche oder etwas noch Wertvolleres... wer wird mich hier vor morgen früh wiederfinden!? Bei soviel lebensnaher, unbeleuchteter Schaurigkeit geht selbst das schönste Bedauern flöten!

Hanskarl zieht längst nicht mehr aufwärts, sondern wild zurück. Memme! Stadthund!

Da regt es sich plötzlich dicht neben uns. Äste knacken. Ohrenbetäubendes Rauschen. Kalter Zugwind streift mein entsetzes Gesicht. Ich höre meine Stimme »Hilfe! Hilfe!« schreien – und in der Ferne das Schleifen einer Leine und eine Hundemarke eilig verklingeln. Ich bin allein auf einem feuchten, schwarzen, knorrigen Waldboden. Und halte mir die Ohren zu.

Darum klingt die Stimme ganz weit und unwirklich, die da ruft: »Maijie! Hab keine Angst! Das waren bloß Rebhühner!«

Herr Ypsilon. Der Erfinder dieses nächtlichen Unternehmens! Ich rappele mich auf und lausche.

»Wo bist du?«

»Auf der Wiese. Und du?«

»Weiß der Teufel. Ich kann nichts sehen. Den Hund bin ich auch los.«
Ich stolpere weiter, zwischen Baumstämmen hindurch. Das da unter meinen Füßen muß ein Weg sein – und da, an seinem Ende schimmerte es hell.
Mondscheinblau und silbrig – ein sanftgeschwungenes, unwirkliches, weiches, stilles Wiesental. Und auf der Wiese eine große Gestalt, die rasch auf mich zukommt.
»Meine arme Jumpfer Maijie!« Arme umschließen mich.
»Das war die idiotischste Idee, die ich je in meinem Leben hatte!«
Ich stimme erschöpft zu. »Was ich durchgemacht habe!«
»Dabei ist der Weg hierher ganz bequem, wenn du nur rechtzeitig abgebogen wärst.«
»Wenn –! Lieber Herr Ypsilon, du mußt immer mit der Dämlichkeit deiner Mitmenschen rechnen. – Ich habe übrigens zu meinen Leuten gesagt, daß ich ein Rendevous hätte.«
»Ich auch.«
Somit waren alle Strapazen umsonst. Wir hätten uns ebensogut im Schloß treffen und gemeinsam hierher spazieren können. Diese Erkenntnis ist verblüffend. Ich würde ganz gern lachen, aber das weiche, von schwarzen Waldrändern umsäumte Wiesental ist zu still dafür. Man möchte seinen weltvergessenen Frieden nicht stören. Und auf einmal weiß ich, was Herrn Ypsilon dazu bewogen haben mag, mich hier zu treffen: kein direkter romantischer Kurzschluß, aber immerhin eine romantische Vorstellung. Dieses kleine Tal ist formgewordene Phantasie, ist das, wovon man träumt, wenn man sich mit der Idylle einer Baustelle begnügen mußte.
Herr Ypsilon wollte hier auf mich warten. E wollte die Mondscheinjumpfer Maijie graziösen Schlenderschrittes durch das silberblaue Wiesental auf sich zukommen sehen. Statt dessen brach sie mit dem Getöse eines verschreckten Bären aus dem Unterholz hervor.

Seine Hand legte sich auf meine Schulter.
»Schau dir das an!...«
»Menuett müßte man hier tanzen.« Alles ist so unwirklich. Wahrscheinlich träume ich.
Aber das langgezogene, schaurige Geheul, das in diesem Augenblick die nächtliche Idylle zerreißt, das ist kein Traum, sondern...
»Hanskarl! Mein Beschützer! – Hörst du, wie er sich grault?« Mit schleifender Leine, wie eine Dampfmaschine keuchend, stürzt er aus dem Wald und kugelt vor unseren Füßen ins feuchte Gras.
»Sag mal, ist das noch immer derselbe Hund, den du damals am Jungfernsee...?«
»Ja.« Er ist jetzt neun Jahre alt und weiß nichts mehr davon, daß ich ihn auf dem Bahnhof Zoo einem Mann abgehandelt habe, der dort bei eisigem Ostwind die Fehltritte seiner Wachtelhündin verhökerte.
Die schöne Stimmung ist zwar hin, aber Hanskarl ist wieder da und trottet hinter uns her auf zerfurchten, ansteigenden Wegen zu einer hell beschienenen Anhöhe hinauf.
Ich glaube, ich war noch nie so allein mit einem Mann auf der Welt wie jetzt. Dazu Mondschein. Glitzernde Lichter im Tal. Feine Nebelschleier über den tiefen Flußwiesen. Äsende Rehe. Romantische Gefühle. Es ist auch nicht zu kalt für diese Jahreszeit. Was würden andere Menschen alles aus dieser Situation herausholen!
Ich hingegen frage den Herrn Ypsilon: »Warum hast du dich von deiner Frau getrennt?«
»Tja, warum. – Eines Morgens wachte ich auf und litt unter der Angst, etwas Wichtiges im Leben versäumt zu haben. Ich meine das Gefühl, frei zu sein. Ich war niemals ein Mann, der tun und lassen konnte, was er wollte. Niemals Junggeselle. Als Junge stand ich unter der Fuchtel meiner Tante Sophie –«

»Üb immer Treu und Redlichkeit«, erinnere ich mich.
»Tante Sophie wurde vom Arbeitsdienst und dann vom Militär abgelöst. Ehe ich Gelegenheit hatte, ein erfahrener Mann zu werden, lernte ich im Urlaub meine Frau kennen und heiratete sie bald darauf. Sie ist eine wundervolle Person, vielleicht ein bißchen zu herrisch. Jedenfalls ertrug ich eines Tages nicht mehr die Selbstverständlichkeit, mit der sie alles hinnahm: meine Treue, meine Arbeit, meine Erfolge, mein ständiges Zu-ihrer-Verfügung-Stehen. Ich nahm ihr plötzlich übel, daß sie mich um jegliche Freiheit gebracht hatte – und sagte ihr das im Verlaufe einer Auseinandersetzung. Sie reagierte anfangs völlig weiblich, das heißt, sie verstand unter Freiheit eine jüngere Frau. Aber als sie begriff, daß es mir wirklich nur darum ging, einmal mit mir selbst zu leben, da machte sie von sich aus den Vorschlag, für eine Weile mit Anette zu Freunden nach Rom zu ziehen, damit ich ›Verpaßtes‹ nachholen konnte.«
»Ganz schön mutig von ihr.«
»Gewiß, aber manchmal kann man nur etwas retten, indem man ein Risiko eingeht.«
Wir haben ein kleines Dorf erreicht. In manchen Gehöften brennt Licht hinter den oberen Fenstern. Ein Fernsehschirm flimmert bläulich. Und dann ein Gasthof, in dem ein paar Bauern in der rauchigen, überheizten Stube beim Kartenspiel sitzen. Man mustert uns kurz und vergißt uns wieder, nachdem wir an einem Ecktisch Platz genommen und Wein bestellt haben.
Herrn Ypsilons Gesicht mir gegenüber ist gerötet von der kalten Abendluft. Ein gutes, beinah schönes Gesicht, dem Fettansatz und vorgeschrittenes Alter nichts von seiner Jungenhaftigkeit genommen haben. Kein sehr energisches Gesicht, aber zärtlich und intelligent – ein Gesicht zum Liebhaben für jemand, der so gern an das Gute glauben möchte. Es ist mir so unerklärbar vertraut...

»Maijie – mit dir hier –«
Er schüttelt lachend den Kopf.
»Es ist beinah wie ein Geschenk«, entfährt es mir.
»Ja –«, sagt er, und ehe wir in das Anschauen-ohne-Aufzuhören verfallen können, frage ich ihn: »Und dann? Was hast du mit deiner neuerworbenen Freiheit angefangen?«
»Ach, anfangs war's zum Auswachsen! Ich kam mir völlig verloren vor und las nicht einmal mehr, wahrscheinlich, weil niemand da war, den mein Lesen störte. Ich ging ins Kino, ins Theater und nahm dankbar auch diejenigen Einladungen an, vor denen ich mich früher gedrückt hatte. Dann wurde ich krank. Und niemand war da, der meinen Schnupfen ernst nahm und gebührend pflegte. Nur mein Stolz hielt mich davon ab, nach Rom zu telegrafieren: Kommt um Himmels willen zurück. – Alle meine Freunde stellten mir laufend nette Mädchen vor. Ich hatte eine Geschichte mit einer Frau, für die ich ein Haus baute – und hinterher ein unsympathisches Gefühl. Anscheinend bin ich zu lange an der Leine gelaufen, um noch mit der Freiheit etwas Fröhliches anfangen zu können. Vielleicht gehört auch Liebe bei mir dazu. Tja, und dann flog ich nach Berlin.«
»Aber ich war nicht da.«
»Nein. Inzwischen gibt es ja auch den Billy Heelms.«
»Was soll nun werden, Herr Ypsilon?«
»Mit dir – oder mit mir?«
»Ich meine, wirst du bald nach Rom schreiben?«
»Nein, noch nicht so bald. – Zigarette?«
Und dann sprechen wir von etwas anderem. Ich schaue auf die Uhr. Dreiviertel elf. Um diese Zeit wird Billy schon sehr viel Whisky getrunken haben. Billy. Frankfurt. All seine lauten, schicken, sogenannten Freunde. Morgen abend bin ich wieder dort.
Als wir gegen Mitternacht den Gasthof verlassen, ist der

Mond hinter dunkelgrauen Wolkenfetzen verschwunden. Wir stolpern Hand in Hand über einen endlosen, steinigen Feldweg, durch ein schlafendes Gehöft und dann dort in den Wald hinein, wo er am schwärzesten ist. »Ich kann mir nicht helfen, ich habe etwas gegen raschelnde Finsternis, selbst an deiner Seite«, seufze ich.
Und dann liegt das Schloß vor uns. Die Haustür ist nicht abgeschlossen.
»Ich muß dir etwas zeigen«, sagt Herr Ypsilon und führt mich in die Schloßkapelle.
Vor dem weißgoldenen Barockaltar brennt noch ein Licht zwischen großblumigen goldgelben, kupferroten und weißen Herbstastern, deren frischer, kampferartiger Geruch sich mit dem leichten Weihrauchduft mischt.
»Dekoration für eine Hochzeit«, sagt Herr Ypsilon. Er hält noch immer meine Hand, während er den Altar betrachtet. »Jumpfer Maijie, ich frage dich, hättest du mich unter anderen Umständen...«
»Ja«, sage ich.
»Ich dich auch.« Ehe es allzu feierlich zwischen uns werden kann, zeigt er auf die Heiligenstatue über dem Altar. »Sankt Nepomuk. Ein böhmischer König ließ ihn ertränken, weil er ein Beichtgeheimis der Königin nicht verraten wollte. – Ist doch beruhigend, daß wir ausgerechnet diese Nacht unter dem Schutz eines so verschwiegenen Heiligen verbringen dürfen.«
»Komm«, sage ich und ziehe ihn dem Ausgang zu. »Man soll in einer Kapelle keine Hintergedanken haben.«
»Maijie, ich verstehe dich nicht. Ich erzähle dir die Geschichte eines Heiligen...«
»Jaja. Ich weiß. Aber gesetzt den Fall, die Statue würde zufällig nicht den verschwiegenen Nepomuk, sondern den sehr keuschen Antonius darstellen. Hättest du mir auch *seine* Geschichte erzählt?«
»Es ist aber der heilige Nepomuk«, sagt er eigensinnig.

Wir nehmen unsere Zimmerschlüssel vom Bord und steigen die knarrende Barocktreppe zum ersten Stock hinauf.
»Wo wohnst du«, fragt er.
»Ganz am Ende des Seitenflügels. Und du?«
»Gleich hier.« Er schließt eine Tür auf und knipst das Licht an. Das Napoleonzimmer – !
Ausgerechnet das Napoleonzimmer, das Billys Schwester für mich reservieren lassen wollte. Auf dem Himmelbett mit den gedrehten Pfosten liegt Ypsilons Schlafanzug.
»Worüber lächelst du, Maijie?«
»Weißt du, wenn ich vor einem Bett stehe, in dem Naoleon einmal genächtigt haben soll, dann muß ich immer an schöne Frauen denken. Dabei befand er sich mit der geschlagenen Grande Armée auf dem Rückzug und hat hier bestimmt nur mit seinem schwerbeladenen Gewissen geschlafen.«
»Du irrst, Maijie. Diktatoren haben kein Gewissen, nicht einmal hinterher.«
Ich seufzte. »Diktatoren haben es gut.«
Wir stehen nebeneinander im Türrahmen, das pompöse Bett vor uns.
»Es ist ziemlich verwirrend, nicht wahr?« sagt Herr Ypsilon.
»O ja. Zumal wegen der Historie. – Gute Nacht.«
»Darf ich dich nicht wenigstens bis zu deinem Zimmer bringen, Maijie?«
Wenn nur nicht die Dielen so impertinent knarren würden! Das ist halt der Nachteil an garantiert alten Häusern.
Herr Ypsilon zupft mich am Arm, während er auf lehmverschmierte, ausgetretene Wanderschuhe zeigt, die vor einer Tür stehen. »Gehören sie zufällig an die Füße deiner zukünftigen Verwandten?«
»Ja. Wenn sie wüßten – !«
»Maijie!« zischt er, das Leisesprechen fällt ihm offenbar sehr zungenschwer. »Was war schon zwischen uns, was sie nicht wissen dürften!?«

Ich schließe mit »Schschschts« und Verrenkungen, die das Schließen trotzdem nicht verleisern, meine Tür auf. Hanskarl kriecht sofort erschöpft unter das Bett.
Herr Ypsilon hat nur Augen für das weiße Seidenhemd, das vom Zimmermädchen mit viel Schönheitssinn über mein Kopfkissen gebreitet worden ist.
»Auch das noch«, sagt er.
»Wieso?«
»Empire. Trug deine Phantasie nicht einmal Empire?«
»Ein Empirekleid, aber kein Empirenachthemd«, verbessere ich ihn.
»Ach, des Nachts schlief deine Phantasie im Kleid?«
Ich biete ihm meine Wange zum Abschied, aber er geht nicht, sondern schließt im Gegenteil so schnell wie möglich die Zimmertür, denn auf dem Flur klappern Pantoffelschritte näher. Gleich darauf klopft es. Ich spüre, wie mein Herz doppelt schlägt vor Aufregung. Wohin mit dem langen Herrn Ypsilon!?
Unter dem Bett knurrt Hanskarl hervor.
»Maijie?« Es ist Billys Schwester Ursula. »Sind Sie zurück?«
»Ja.«
»Wie schön. Wir hatten uns solche Sorge gemacht.«
»Es ist alles in Ordnung. Schlafen sie gut!«
»Danke. Sie auch, Maijie.«
Die Pantoffelschritte entfernen sich zögernd. Eine Tür klappt. Mein Herz schlägt wieder einfach.
Am Schrank lehnt herr Ypsilon mit verschränkten Armen und lächelt mich aus seinen tiefliegenden, romantischen Augen ganz unromantisch an.
»Stell dir vor, sie wäre hereingekommen«, grinst er.
»Der Schreck hat mir genügt. Aber jetzt geh du auch – gute Nacht!«
Ich habe ganz vergessen, wie reizvoll und zugleich unbequem es ist, einen sehr großen Mann zu umarmen. Ob-

gleich er sich zu mir herabbeugt, bleibt trotzdem soviel von ihm in der Luft. »Bitte, geh jetzt – ja? Es ist ganz ungefährlich –«
»Findest du?«
»Ich meine – auf dem Flur. Nun geh schon...«
»Aber wenn deine Schwägerin...«
»Bitte, Herr Ypsilon.«
Er lächelt zärtlich. »So klein klang deine Stimme noch nie. Gute Nacht, liebe Jumpfer Maijie.«
Und dann, glaube ich, ist er wirklich gegangen.

Beim Aufwachen am nächsten Morgen ist das schöne Bedauern lebendiger denn je.
Ich liege im Bett und sehe den Reiter auf dem winzigen Glockenturm in einen leuchtendblauen Himmel hineingaloppieren. Aus der Kapelle dringt das Gemurmel betender Stimmen. Billys Verwandte wollen zwar nach dem Frühstück nach Köln zurückfahren, aber ich habe Herrn Ypsilon versprochen, bis Montag früh hierzubleiben. Unser von der komplizierten Institution »Schicksal« vorgesehenes Quantum an zufälligen Begegnungen ist bestimmt erfüllt. Warum sollten wir also dieses letzte Geschenk frühzeitig zurückgeben!? Für Menschen, die in Stunden zu rechnen gelernt haben wie wir, sind ein ganzer Tag und eine Nacht beinah ein halbes Leben.
Was vermisse ich schon in Frankfurt!? Ich weiß so ernüchternd genau, was mich dort heute abend erwarten wird:
Ein Theaterbesuch. Abendessen mit Bekannten. Anschließend die unvermeidliche Bar und das seichte Geschwätz unserer sogenannten lieben Freundinnen: »Stellen Sie sich vor, wir sind unsere Berliner Häuser noch günstig losgeworden – man weiß ja nicht, was die nächste Gipfelkonferenz – mein Mann sagt immer: sicher ist sicher –, und dafür haben wir uns in Morcote angekauft. Das letzte Grundstück mit Zugang zum Luganer See. Na, himmlisch!

Ganz in der Nähe von Loehwes. Was sagen Sie überhaupt zu Gina Loehwes – wie? Nein, kein neuer Flirt mehr seit Billy – sie ist wieder mit ihrem Mann. Gina hat sich in Paris einen Babylook operieren lassen – ich sage Ihnen: na, himmlisch! – um zehn Jahre jünger!«
Na, himmlisch! Es ist mir verflixt egal, ob sich Gina oder eine der anderen Damen einen Babylook oder einen Lift machen läßt. Meinetwegen sollen sie sich den Hintern raffen lassen. Na, himmlisch! Ich möchte es nur nicht mehr hören. Heute abend nicht und morgen nicht... aber ich werde es mir ein ganzes Leben anhören müssen, wenn ich Billy heirate.
Genausowenig, wie er einsieht, daß seine Legionen zählenden sogenannten Freunde ihn wie eine heiße Kartoffel fallenlassen würden, wenn er eines Tages Konkurs anmeldet, genausowenig, wie er lernen wird, sich wie ein Herr anzuziehen, genausowenig wird er begreifen, daß ich im Grunde genommen die untauglichste Frau bin, die er sich für seine Art zu leben aussuchen konnte.
Seine lärmende, herzhafte Uneinsichtigkeit rührt und entwaffnet mich immer wieder, und vor allem: sein unerschütterliches Vertrauen zu mir.
»Sie muß Kunststücke können, deshalb kommt er nicht von ihr los«, behaupten manche unserer Freunde.
Ich schwöre, ich kann keine –! Nicht mal Kartenkunststücke.
»Sie hat ihn restlos eingewickelt, weil sie genau weiß, daß sie sich bei ihrem Alter nie wieder so einen Goldfisch angeln kann.«
Aber Billy ist schon längst keine glänzende Partie mehr in meinen Augen, sondern eine Verpflichtung, etwa die gleiche, die eine Mutter ihrem Sohn gegenüber hat: »Was immer er tut – ich kann ihn doch nicht allein lassen.«
Für ihn bin ich das Stückchen Heimat, das auch so ein Mann wie Billy braucht. Was geschähe, wenn ich heute

abend zu ihm sagte: »Ich ertrage dieses oberflächliche Leben nicht länger. Ich will fort. Ich habe dich auch nie so liebgehabt wie einen Mann, den ich Herrn Ypsilon nannte.«

Ja, was geschähe? Noch mehr Whisky – bisher trinkt er eine Flasche am Tag. Und dann Mädchen, die ihn nicht zu Bett bringen und ihm die Schuhe ausziehen und den Schlips vom Hals, wenn er zu betrunken ist, um es selbst zu tun.

Sie werden ihn irgendwo liegenlassen, vielleicht auf der Treppe seines Hauses, und mit einem anderen Mann betrügen.

Nicht einmal mein Bruder wird sich um ihn kümmern. Schließlich ist er seit kurzem nicht mehr Billys Angestellter, sondern sein Teilhaber geworden. (Ich konnte es nicht verhindern.) Als Teilhaber darf er es sich leisten, den „verrückten, versoffenen Kerl«, mit dem es immer schlimmer wird, auch öffentlich zu verachten.

Selbst wenn ich meine eigene Wichtigkeit im Augenblick stark überschätzen sollte – ich darf Billy nicht allein lassen.

Und somit stehe ich auf, ziehe mich an und packe meinen Koffer. Und schreibe, auf dem Bettrand sitzend, einen kurzen Brief an Herrn Ypsilon, den ich später in sein Schlüsselfach legen werde.

Die Messe ist zu Ende. Aus der Tür der Barockkapelle schwatzen sonntäglich gekleidete Leute auf den Schloßhof hinaus. Ein Kleinstauto fegt zwischen sie und spuckt vier mächtige halbstarke Burschen aus. Sie gehen wiegenden Schrittes auf den Pfarrer und seine Meßknaben zu. Sie wollen doch nicht etwa am heiligen Sonntagmorgen…?

Weit gefehlt! Sie bitten ihn, ihr neues, winziges Vehikel zu segnen. (Es gibt eben so 'ne und solche Halbstarke.)

Und dann sehe ich Herrn Ypsilon und seine Freunde aus

dem Schloß kommen, zum morgendlichen Ausritt angezogen. Sein erster Blick gilt meinem Fenster. Aber er sieht nur freundlich abgewinkelte Gardinen mit Volants. Ich stehe dahinter und sehe ihn genau.

Adieu, Herr Ypsilon. – Ich wäre so gern noch geblieben... adieu. Verknacks dir nichts auf dem Morgenritt. Galoppiere so sattelsicher wie ich in meiner Phantasie... nur in meiner Phantasie... Lieber Herr Ypsilon...

Nach dem Segen bekreuzigen sich die Halbstarken und zwängen sich in ihr winziges Vehikel. Mit kreischenden Pneus fegen sie um das Blumenrondell, aus dem Schloßhof hinaus, Wildenten retten sich schnatternd in die Lüfte... und die Kirchgänger gucken dem Auto skeptisch nach: Na, na, haben die vier nicht ein bißchen zuviel Gottvertrauen?

Herr Ypsilon und seine Freunde schlendern zum Reitstall hinüber. Er blickt noch einmal zu meinem Fenster, ehe er den Hof verläßt. (Billy, dieses Wochenende auf dem Lande war deine Idee!)

Eine Stunde später fahren wir ab. »Schaun Sie sich noch einmal um, Maijie«, sagt Billys Schwester, als wir in die Chaussee einbiegen. Hell und fast klösterlich streng liegt das Schloß in der Sonne, umrahmt von leuchtendem Herbst. Ein Volk Wildenten zieht flach darüber hin.

»Hat es Ihnen hier gefallen?« fragt Ursula.

»O ja.«

»Na, und das Essen –! Die Rebhühner gestern abend waren doch vorzüglich!«

Das Heimkommen ist ganz anders als erwartet. Vor unserem Hause parkt kein fremdes Auto. Auf mein Klingeln öffnet niemand. Sonntags haben ja alle Ausgang. Billys Wagen stehen zwar in der Garage, aber er selbst scheint nicht da zu sein. Ich nehme an, er ist auf den Golfplatz gegangen.

Schön, diese tiefe Ruhe im Haus. Keine Gäste. Kein Billy, der mich über das lateinische Landleben mit den Verwandten ausfragt.
Mein Bruder wird erst morgen früh von einem Jagdausflug aus der Eifel zurückkehren. Er hält zwar nicht viel von diesem Sport, aber wenn er ein lohnendes Ziel verfolgt, dann scheut er weder Mühen noch Unbequemlichkeiten, selbst nicht das stundenlange, nierenverkühlende Warten auf sanftäugige Todeskandidaten. Peters neuestes Ziel ist kein stolzer Bruch am grünen Hut, sondern die bläßliche Tochter seines millionenschweren Jagdfreundes. Ich glaube, das Objekt ist diesmal lohnend genug. Aber ehe geheiratet wird, »soll das Kind erst mal sein theaterwissenschaftliches Studium beenden«, meint sein Vater. »Für alle Fälle. Das Kind soll in der Lage sein, in möglichen Krisenzeiten einen Beruf ausüben zu können«, und dafür ist die Theaterwissenschaft ja zweifellos das ideale Gebiet.
Ich ziehe mich am weißen, schmiedeeisernen Geländer in den ersten Stock hinauf, den Koffer in der Hand. Hanskarl läuft vor mir her zu Billys Schlafzimertür.
»Irrtum, mein Sohn, dein Schwarm ist ausgeschwärmt.«
Der Hund kratzt und schnufft völlig uneinsichtig, darum, öffne ich die Tür für ihn – »Also bitte, überzeuge dich selbst“ – und sehe Billy. Er klammert sich an den Pfosten seines breiten Tudorbettes, graugesichtig, unrasiert – oh, kein schöner Anblick. Auf dem Boden liegen Zeitschriften verstreut, der schottische Überzug seines Bettes ist zerwühlt. Jetzt betrinkt er sich schon am hellichten Tage, denke ich voll Widerwillen, den ästhetischen, schön-geistigen Herrn Ypsilon noch in viel zu frischer Erinnerung.
»Maijie –« Das Sprechen fällt ihm schwer. »Gut – daß du kommst – wenn man – mal – jemand braucht – dann ist keiner da.« Er wehrt erschöpft die Freude des Hundes ab und vesucht zu lächeln. »Komische Angst –

Maijie – so allein – kein Aas da – bezahle doch wirklich genügend – Leute...« Er ist völlig nüchtern.
»Um Gottes willen, Billy –« Ich helfe ihm auf das Bett zurück.
»Es – geht mir – gar nicht gut – Maijie – so was Dummes –«
Und dann erfahre ich so nach und nach, was sich in der letzten halben Stunde ereignet hat. Billy hatte einen schweren Herzanfall – »Viel schlimmer als damals –«, und niemand war da. Das war beinah das Allerschlimmste. Und ich wäre um ein Haar auch nicht zurückgekommen.
Nachdem ich die Herzmittel von seiner ersten Herzattacke in einer völlig verstaubten, dürftigen Hausapotheke gefunden und Billy eingegeben habe, rufe ich seinen Arzt an. Der Herr Professor weilt zur Zeit auf einem Ärztekongreß in Brüssel, erfahre ich. Sein Vertreter ist übers Wochenende in Homburg. Der Vertreter seines Vertreters meldet sich überhaupt nicht.
»Am Sonntag – kann man in Frieden – verrecken«, stellt Billy voll burschikoser Verzweiflung fest.
Wir schauen uns an und sind so hilflos. Er gab ja bisher keine kritischen Situationen in unserem Leben, die wir nicht meistern konnten. Und was unsere Krankheiten anbelangt, die wurden durch Kopfwehtabletten, Pflaster und Magenbitter kuriert.
In meiner Angst erinnere ich mich an das, was die Berliner zu tun pflegen, wenn ihr Onkel im Suff die Küchenmöbel zerschlägt, wenn ihre Katze von einer Straßenlinde nicht herunterkommen will, wenn eine Parkteichente einen Korken verschluckt hat oder ein fremder Mann einem Kind auf dem Spielplatz zu freundlich über den Kopf streicht: Sie alarmieren das Überfallkommando.
Das tue ich denn auch. Wenig später trifft ein junger Arzt bei uns ein, der noch ganz erfüllt ist von einem frontalen Zusammenstoß zweier Privatwagen, bei dem es einen To-

ten und zwei Schwerverletzte gab. Er stellt bei Billy einen Herzinfarkt fest. Wir telefonieren gemeinsam mit mehreren Krankenhäusern nach einem freien Bett.
Und dann die Fahrt im Rettungswagen durch die abendlichen, von heimkehrenden Ausflüglern verstopften Straßen. Ein Krankenhausflur, der nach Bohnerwachs und Desinfektiosmitteln riecht. Billy will nicht auf der Bahre liegen. »Gräßliches Möbel – kommt man sich ja wie ein ernster Fall drauf vor. – Maijie, hilf mir! – Wir bleiben nicht hier – wir gehen nach Hause, ja?« Er steht auf, ich kann ihn nicht halten. Und ich verstehe ihn so gut.
Billy hat bei aller mühsamen Forschheit zum erstenmal in seinem Leben furchtbare Angst. Todesangst, die er selbst nicht zu steuern vermag.
Um zwei Uhr früh, zu einer Zeit, da er sonst erst so recht munter zu werden pflegte, stirbt er.

Mehrer Polizisten müssen die Wagenauffahrt vor dem Friedhof regeln, denn Billy Heelms' Beerdigung ist ein gesellschaftliches Ereignis, das sich keiner entgehen läßt.
Die nahen Verwandten, Schwester Ursula, der Schwager und ihre beiden Töchter sowie ein paar Vettern stehen ein wenig abseits und unbeachtet vor der Kapelle – wer kennt sie schon in Frankfurt! Ab und zu wirft mir der Schwager einen gemessen-vorwurfsvollen Blick zu, denn es gefällt ihm nicht, daß ich der »Star« dieser teueren, ergreifenden Schau bin, Billys Freundin, die nicht mehr dazu kam, seine Frau zu werden. Es ist eine scheußliche Rolle. Am liebsten würde ich vor all den parfümierten Umarmungen und Beileidsausbrüchen davonlaufen.
»Meine arme, arme Maijie! Wir furchtbar – wie unfaßlich! Was müssen Sie durchmachen! Hat er Sie wenigstens ordentlich versorgt?«
»Der arme, arme Billy! Er hat das Leben so geliebt – und nun ist er nicht mehr. Ich bin so erschüttert – ich habe

Herzanfälle gehabt, als ich von Billys Tod hörte. Stimmt's, Werner?«
»Am Sonnabend war er noch so vergnügt! Und nun treffen wir uns hier wieder – jaja, der Tod ist uns allen näher, als wir glauben!«
Küsse, Umarmungen, echte Tränen, dramatisiertes Mitleid, Phrasen, Phrasen – und alle waren vorher beim Friseur.
Endlich beginnt die Trauerfeier. Sobald die Orgel verstummt, hört man die laute Entrüstung der Zuspätgekommenen vor der Kirchentür, die wegen Überfüllung nicht mehr eingelassen wurden. Gegen die gotischen Fenster fauchen starke Windböen.
Ich sitze in der zweiten Reihe zwischen meinem wundervoll seriösen Bruder, den Billy stets als Vertreter der Firma zu den Beerdigungen besserer Kunden zu schicken pflegte, »weil es keinen vollendeteren Totenfeierer gibt als deinen Bruder, Maijie...«, und der schlimmen, alten Hermine. Das starke Make-up wirkt heute auf ihrem schönen, großflächigen Gesicht wie eine verrutschte Karnevalsmaske.
Billy, du hast zwar immer behauptet, der schlimmen Hermine wäre nur etwas in ihrem Leben wirklich nahegegangen: das Ende ihrer Jugend. Aber ich glaube, jetzt trauert sie aufrichtig um dich, denn du warst der einzige Mann, vor dem sie ein bißchen Respekt hatte. Sie liebte sich selbst in dir, weil du ihr so ähnlich warst.
Jetzt beugt sie sich zu mir und zischelt: »Schau dich um, Maijie. Er hat ein total ausverkauftes Haus. Und gutes Publikum, nicht bloß die Schmarotzer.«
Einem Toten sagt man bekanntlich nichts Schlechtes nach. Selbst der größte Gauner und menschliche Versager wird im bestellten Nekrolog noch zu einem edlen, hilfreichen und treusorgenden Familienschatz. Der junge Pfarrer kannte Billy nicht – wann je hatte ein Pfarrer nach Billys Konfirmation noch Gelegenheit, sich mit ihm zu unterhalten!? Und weder in seinem Kunden- noch Bekanntenkreis

kamen Theologen vor. Der Pfarrer mußte sich nach dem richten, was ich ihm von Billy erzählt hatte – und zu meinem Schrecken richtete er sich wirklich danach. Ich muß ziemlich ehrlich gewesen sein, denn er bezeichnet Billy in seiner Rede als einen unzügelbaren Vollblutmenschen, der nach seinen eigenen Gesetzen lebte und fehlte. »Er war immer hundertprozentig«, sagte er gerade, »und da er hundertprozentig gut zu sein vermochte, verzieh man ihm leichter seine Allzumenschlichkeit. Seine guten Werke werden dafür sorgen, daß er auch denen unvergeßlich bleiben wird, die ihm persönlich nicht nahestehen.«
An dieser Stelle seiner Rede fühle ich einen Ellbogen der schlimmen Hermine zwischen den Rippen. »Spricht schön, nicht?« schluchzt sie hörbar. »So menschlich. Aber was hat denn der Billy Gutes getan?«
»Stiftungen«, flüsterte ich ihr zu.
»Hör mir auf, Maijie! Wer stiftet heute schon – es sei denn aus steuertechnischen Gründen!«
»Er hat aber. Sogar aus seiner Privattasche.«
»Jaja, für Fußballvereine und Weiber...« Sie schneuzt sich laut.
Der ärgerliche Ellbogen meines Bruders hindert mich daran, Hermines Skepsis, die wie ein Ölfleck auf dem Meer ihrer Tränen schwimmt, durch eine Aufzählung seiner Stiftungen zu beseitigen.
»Nachher...«, vertröste ich sie zischend.
Billy, sei mir nicht böse, wenn ich nicht weinen kann. Aber wenn ich nach links schaue, sehe ich die gepflegten Hände meines Bruders auf dem Rand des schwarzen Hutes, der auf seinen Knien ruht. Sehe sein verschlossenes Profil und errate seine Gedanken: Sollen wir die hohen Begräbniskosten auf Spesen absetzen, oder können wir sie Billys Erben unterschieben!? Und wenn ich nach rechts unten schaue, sehe ich einen zerknitterten Papiertaschentuchberg zwischen Hermines Füßen, den sie mit leicht schnurrendem

Geräusch unter die Bank des vor ihr sitzenden Herrn Schwagers zu schieben versucht.
Hermine schluchzt und schnaubt und raschelt suchend in ihrer Handtasche und trauert wirklich, was sie allerdings nicht daran hindert, die tränenverschleierten Blicke pausenlos umherschweifen zu lassen. Jetzt stößt sie mich schon wieder an.
»Maijie! Der Schwager!« Zeigefinger nach vorn auf seinen schwarzen, mit Schinnen bemehlten Rücken. »Er heult wie besessen! Dabei konnte er Billy nicht ausstehen. Jetzt liebt er ihn, weil er weiß, daß er nicht der Mann war, der zu Lebzeiten ein vorzeitiges Testament macht. Ein Testament zu deinen Gunsten, Maijie. Jetzt wird er durch Ursula zu seinem Erben... Wenn Billy das wüßte, ja, der fände keine Ruhe im Gra– «
Ein »Schscht!« wirft ausgerechnet der Herr Schwager in Hermines Flüsterwut. Ehe ich es verhindern kann, hat sie sich vorgebeugt und zischt gallig zurück: »Habe ich Sie etwa in Ihrem großen Schmerz gestört!??«
O Billy, Billy. Komm, ich schenke dir einen doppelten Whisky ein, damit du diese teure, ergreifende Schau und deine harmonisch vereinten Verwandten mit Anstand überstehst.

Am Spätnachmittag fahre ich noch einmal zum Friedhof hinaus. Um diese Stunde muß es besonders schlimm für Billy sein – so allein, ohne Freunde und die ersten Whiskys.
Ich habe eine Taschenlampe mitgenommen. Der blasse Schein ihrer abgenutzten Batterie gleitet über eine Unmenge kostbarer Kränze mit Schleifen hinweg, deren Aufschriften nicht nur das auf Kranzschleifen übliche Bedauern, sondern auch die Namen der Bedauernden verkünden – Werbung bis zum Grabe.
Weiße Rosen, Chrysanthemen, Nelken – sogar Veilchen

und Maiglöckchen erfrieren gläsern im ersten Frost. Die vielen Kränze versperren mir den Weg zu Billys Grab.
Lieber Billy Irgendwo – ich hätte dir noch so viel zu sagen, aber wie spricht man Kränze an?
Ehe wir eine Möglichkeit hatten, uns Geständnisse zu machen und uns gegenseitig zu beschimpfen, ehe ich dir sagen konte, wie satt ich das Leben an deiner Seite hatte, ehe du selbst fühlen konntest, daß an jenem Wochenende auf dem Lande etwas geschehen war, das mir die Rückkehr zu dir sehr schwer gemacht hat, bist du gestorben – ganz einfach gestorben. Und hast mich mit einem beladenen Gewissen zurückgelassen... Nicht einmal danken kann ich dir mehr. Du hast es so gut mit mir gemeint. Du hast mich verwöhnt und beschützt. Du hast mir Selbstbewußtsein beigebracht und die Fähigkeit, mit dem zwanzigsten Jahrhundert vernünftig umzugehen. Du hast mich auf Händen getragen – nur manchmal zogst du sie fort. Dann stürzte ich drei Stockwerke tief – aber ich brach mir nichts Lebenswichtiges dabei, höchstens die zartbesaitete Phantasie.
Alles Unerfreuliche ist auf einmal ausgelöscht. Alle Vorwürfe haben sich in Abbitten wegen der Vorwürfe verwandelt. Billy ist zur fleckenlos leuchtenden, vollkommenen Erinnerung geworden, ohne Rücksicht darauf, daß er sich als solche sehr langweilen mag.
Während ich, die frostkalte Dunkelheit im Nacken, zwischen den Hecken der Grabstätten entlangstolpere, dem Friedhofsausgang zu, wird mir auf einmal bewußt, wie allein und unwichtig ich ohne ihn sein werde. Nur noch eine von vielen nicht mehr ganz jungen, unverheirateten Frauen, die ihre überschüssige Zärtlichkeit an einen fetten, alten Hund vergeuden.
Auch wenn mich seine Art zu leben störte, auch wenn wir uns innerlich fremd geblieben sind, auch wenn ich mindestens dreimal an jedem Tag, den wir uns kannten, den

Entschluß faßte, ihn zu verlassen... aber ich habe ihn ja nicht verlassen. Ich hätte es niemals getan, denn schließlich war Billy mein Mann, auch ohne standesamtliche Bestätigung. Er war mein Mann, mein täglich Brot und Ärger und Vergnügen.
Ich gehe auf meinen Wagen zu, den der Frost mit einer stumpfglitzernden Haut überzogen hatte. Billy wird mir nie mehr Männchen und Liebeserklärungen auf die beschlagene Windschutzscheibe malen...
Und dann sitze ich eine halbe Stunde lang hinter dem Steuerrad und kann vor Tränen keine Straße sehen.

Unter den zahlreichen, an mich gerichteten Kondolenzschreiben finde ich auch einen Brief vom Herrn Ypsilon. Er hat aus der Zeitung von Billys Tod erfahren.
»Maijie«, schreibt er, »seit zwei Tagen versuche ich, Dich anzurufen. Aber Du bist nicht zu Hause oder willst niemanden sprechen, ich weiß es nicht. Jetzt sitze ich vor diesem Stück Papier und suche nach tröstenden Worten für Dich, aber alles, was mir einfällt, klingt so verlogen und abgedroschen.
Es muß sehr schlimm für Dich sein. Ich habe versucht, mich in Deine Lage zu versetzen. Ich stellte mir vor, ich käme nach einem glücklichen Wochenende mit Dir zurück und meiner Frau wäre etwas zugestoßen. Die Reue, sie vielleicht nicht genug geliebt zu haben, und die Erkenntnis, nicht mehr gutmachen zu können, würden für längere Zeit jeden anderen Gedanken verdrängen. Ich fürchte, daß es Dir jetzt ähnlich geht.
All meine Gedanken, mein Mitfühlen und meine Hoffnungen sind bei Dir, Maijie. Sobald Du mich sehen möchtest, laß es mich wissen...«
Wie anders hätte Billy in seinem Fall reagiert! Billy wäre – ohne Rücksicht auf meine Trauer und eventuellen Gewissensbisse – mit der nächsten Maschine zu mir gekommen

und hätte alles getan, um mich möglichst schnell den toten Geliebten vergessen zu lassen. Selbst in der Erinnerung ist Billy noch stärker als der Herr Ypsilon.
Zwei Wochen später antwortete ich ihm auf seinen Brief.
»Lieber Ypsilon, vielen Dank für Dein Mitgefühl. Ich hätte Dich in dieser Zeit gern bei mir gehabt, aber ich fürchtete, daß es Billy – wo immer er jetzt sein mag – nicht recht gewesen wäre.
Ypsilon, wir sind Deiner Frau und Billy noch immer ausgeliefert. Sie besaßen zwar wenig Phantasie, dafür aber jenen gesunden Menschenverstand und rücksichtslosen Willen, der uns beiden fehlt. Ich liebe Dich – und Du mich vielleicht auch. Aber stell Dir, bitte, einmal vor, was aus uns beiden geworden wäre ohne ihre Antriebskraft. Wahrscheinlich wären wir als verschuldete Träumer in einer Dachkammer gelandet. Mit aufgespanntem Regenschirm. Ob sich da unsere Liebe auf die Dauer wohl gefühlt hätte und eine Liebe geblieben wäre?
Sei mir nicht böse, lieber Herr Ypsilon, aber manchmal wünschte ich, Billy wäre auch nur in Rom – wie Deine Frau.«
Ehe die schlimme, alte Hermine nach Berlin zurückfährt, habe ich eine Unterredung mit ihr. Sie begreift besser, als ich erwartet hätte, daß ich nicht länger allein in Frankfurt bleiben möchte. »Wegen des Geschäftes tut's mir zwar leid. Aber du kannst den Einkauf für alle Läden übernehmen, das verstehst du ja ganz ordentlich. Und außerdem brauche ich dich in der Fabrik. Ich mag mich nicht mehr um alles alleine kümmern. Glaub ja nicht, daß ich dich wegen deiner schönen Augen in meiner Nähe haben will. Ich tu es bloß Billy zuliebe. Ihm schmeckt sein Whisky da oben besser, wenn er dich versorgt weiß, wo doch seine Verwandten – dieser Schwager – also, Maijie, wenn ich daran denke, daß dieser alte Klugscheißer, dieser Pharisäer, durch seine

Ehe mit Ursula in den Besitz von Billys Geld gelangt... Maijie, wo sind meine Tropfen??«
Einen Monat später kehrte ich mit Hanskarl nach Berlin zurück.

6

Auf dem Küchentisch – zwischen abgestellten Obsttüten, gebrauchtem Geschirr und den durchpassierten Möhren für das Baby liegt eine dreidimensionale, bunte Ansichtskarte. Sie ist mit der Mittagspost gekommen.

»Euch allen schöne Grüße von den sonnigen Bermudas. Wir haben hier eine herrliche Zeit. Geht's dem Kleinen gut?

Christl und Peter.«

Christl heißt meine neue Schwägerin. Und auf den Bermudas war ich einmal mit Billy.
Der leuchtendbunte Pfeil von fernen Inseln trifft heute bei mir genau ins Schlimme: in meine von Sorgen, Hausfrauenpflichten und Windelwaschen getrübte Stimmung. Ich lasse vor lauter übermächtigem Fernweh die Milch anbrennen. Sehe den zerbrechlichen Gipfel eines Geschirrberges mahnend über den Rand des Abwaschbeckens starren und denke an grüne Inseln, meerumspült, auf denen das süße Nichtstun stattfindet.
Oh, süßes Nichtstun... aber deshalb muß ich trotzdem Babys Wäsche hereinholen.
Auf der Terrasse springt mich ein bissiger Eiswind an, der die Windeln und Strampelhöschen mit den kurzen, selbstbewußten Beinen auf der Leine tanzen läßt. Ich greife in

jedes prüfend hinein: – trocken – trocken – noch feucht – auf den Bermudas scheint jetzt die Sonne. Nicht etwa, daß ich neidisch wäre... aber es muß schon sehr schön sein, so mitten im Winter in der Sommersonne zu liegen, dabei keine Sorgen zu haben und hübsche, schnucklige Sächelchen zu essen, die man nicht selber zu kochen braucht... ich könnte heute mittag einmal wieder Bouletten machen.
Klingeln an der Wohnungstür. Das Gebell der Hunde wird mir noch vorzeitig das Baby aufwecken.
Es ist der Sohn der Hauswartsfrau, in der einen Hand ein Miniaturradio, aus dem er schnelle Skiffle-Musik schlenkert, in der anderen eine Liste.
»Ich komm' sammeln wegen dem Kranz für Fräulein Heftig.«
Richtig, die Untermieterin aus dem ersten Stock links ist ja gestorben. Ich überfliege die Liste – Bauers haben fünf Mark gegeben, Schneiders nur zwei. Wir können schließlich nicht hinter Bauers zurückstehen. Man hält uns ja für wohlhabend. Und das alles bei Skiffle-Musik. Ein feinsinniger junger Mann, dieser Kranzgeldsammler.
In diesem Augenblick läutet das Telefon. »Moment«, sage ich und laufe ins Wohnzimmer. Das wird bestimmt die schlimme Hermine sein. Sie ruft meistens im unpassenden Moment an. »Ja, hallo?« frage ich abgehetzt und ungeduldig in den Hörer.
»Maijie! Schön, daß du selbst dran bist«, sagt eine sehr befangene Männerstimme – und ich erkenne sie sofort.
»Herr Ypsilon...« Ich sinke auf die nächste Sessellehne, den Arm voll frisch duftender, halbgefrorener Strampelhöschen.
Herr Ypsilon...
Meine Kartoffeln!!!!
»Sekunde – du hast doch einen Augenblick Zeit? Ich muß nur gleich...« Der Hörer klirrt auf den Glastisch, die

Höschen landen im Sessel. Auf dem schnellen Weg zur Küche tönt Skiffle-Musik an mein Ohr. Ach Gott, der Junge mit seiner traurigen Liste. »Ich komme nachher runter. Jetzt habe ich keine Zeit.« Die Kartoffeln vom Herd. Baby schreit.

Herr Ypsilon. Freue ich mich eigentlich, daß er anruft? Aber ja, und wie! Nur anders als früher. Unbefangener.

»Da bin ich wieder. Entschuldige, aber ich mußte erst die Kartoffeln retten. Meine Hilfe kommt nur an den vier Tagen in der Woche, an denen ich in der Firma arbeit. Und heute...« Warum will ich eigentlich den Mann, mit dem ich einmal so romantisch war, durch das atemlose Gewäsch einer abgehetzten Hausfrau ernüchtern? Man möchte doch so gern in stilvoller, hübscher Erinnerung bei seinen ehemaligen Lieben bleiben. »Bist du in Berlin? Wie lange? Bis übermorgen? – Natürlich müssen wir uns sehen. Du, ich freu mich – wie? Aber nein, das erzähle ich dir lieber mündlich. Ich hab' dir so viel zu erzählen, Herr Ypsilon. – Kann ich dich morgen früh anrufen? Wo wohnst du? – Also, bis morgen.«

Ich hänge ein. Baby schimpft in seinem Gitterbettchen. Die Hunde toben an der Wohnungstür, denn es hat schon wieder geklingelt. Ich hocke auf der Sessellehne und spüre, wie einen Augenblick das zwanzigste Jahrhundert stillsteht, selbst mein Haushalt (und das will noch mehr heißen), während ich die Urnenvase anschaue, die mir gegenüber zwischen Bücherrücken in der hellgestrichenen Bibliothek steht. Eine Urne aus blauem Sèvres-Porzellan mit einem gemalten Medaillon, auf dem Josephine Beauharnais im weißen Empirekleid längst vergangenen Zeiten nachträumt.

Das war Herr Ypsilons Hochzeitschenk für mich, zusammen mit einer gefüllten rosa Rose. Ich habe sie in Meyers Lexikon gepreßt. Mein Mann fand sie neulich, als er das Wort »Luftwurzeln« nachschlagen wollte.

Am Abend, als ich mit Hilfe anstrengender Turnübungen meine jugendliche Elastizität zu erhalten versuche, kommt mich das Seufzen an. Und seufzt aus mir heraus, ehe ich es verhindern kann.

»Armes, kleine Schätzchen«, sagt mein Mann hinter seinem Kriminalroman, »auf diesen Laut habe ich schon den ganzen Abend gewartet, nachdem ich Peters Karte von den Bermudas gelesen habe. Aber laß nur, eines Tages machen wir beide auch eine große Reise. Es wird ja mal wieder anders bei uns werden. Es ist ja schon viel besser als im vorigen Jahr.«

Vor einem Jahr hatte mein Mann schwere geschäftliche Verluste, von denen er sich noch lange nicht erholt haben wird.

Meine Kniegelenke knacken, als ich in die Hucke gehe. Linkes Bein und vor und rechtes Bein und vor und linkes Bein und...

»Weißt du, es müßte ja nicht gleich eine große Reise sein. Aber hübsch ›Essengehen‹ könnten wir doch einmal wieder. Ich war auch so lange in keiner Bar.«

»Was treibst du denn jetzt?« fragt er und richtet sich im Bett auf, um zu ergründen, warum es eben so gepoltert hat. »Ist das auch eine deiner Pflichtübungen?«

»Nein«, sage ich, meine Hüfte reibend, und stehe auf. »Das war ein Unglücksfall.«

»Du brichst dir noch die Gräten bei dem Quatsch. Und nützen tut's trotzdem nichts. – Was das Ausgehen anbelangt, ich möchte auch gerne. Aber wer bleibt bei dem Baby?«

»Na, deine Freundin Hermine würde bestimmt...«

»Hermine? Ausgeschlossen. Die läßt ihn glatt fallen! Kommt nicht in Frage!«

»Schade. Dabei ist der Kleine so in ihre langen Ohrringe verliebt!«

Ich steige nun ebenfalls ins Bett und betrachte seinen

Kriminalroman. »Auf Seite wieviel bist du denn? Weißt du schon, wer der Mörder ist?« Und ohne jeglichen Zusammenhang, ich schwöre es, fällt mir der Herr Ypsilon ein. »Übrigens – ich habe dir doch mal in einer leichtsinnigen Stunde mein ganzes Liebesleben gebeichtet.«

»Ja, und?«

»Der Herr Ypsilon ist in Berlin. Er hat heute vormittag angerufen.«

»Ypsilon? Ypsilon?« Er legt sein Buch auf die Bettdecke und überlegt.

»Ach, meinst du deinen ›Orpheus mit Übergewicht‹?«

»Na, so dick ist er ja nun auch wieder nicht. Nicht dicker als du.«

»Lade ihn zu einem Drink ein. Morgen geht's zwar nicht, da habe ich Leute aus Amsterdam hier. Aber vielleicht übermorgen?«

»Ich werde Herrn Ypsilon fragen«, sage ich und starte die abendliche Körpermassage. Zuerst das rechte Bein, dann das linke und dann immer höher. Während mein Mann in den Londoner Nebel seines Kriminalromans zurückkehrt, versuche ich, mir eine Begegnung zwischen den beiden Männern auszumalen.

Gesetzt den Fall, sie können absolut gar nichts miteinander anfangen. Dann wird Herr Ypsilon ernüchtert denken: An soo einen ist sie schließlich geraten! Und mein Mann denkt: an so einen hat sie nun solche Aktendeckel voll wehmütiger Gedanken verschwendet! Unverständlich!

Gesetzt den Fall aber – und das ist wahrscheinlicher –, die beiden würden bei einem gemeinsamen Drink zu guten Freunden!?

Dann wrüden wir eines Tages von Familie zu Familie verkehren, und die zarte, süße Erinnerung an ehemaliges schönes Bedauern stürbe einen schnellen, pietätlosen Tod vor lauter gegenseitiger Sympathie. Man soll aber keine hübschen Dinge umbringen, man soll sie mit Bedacht

behandeln. Und darum werden ich den Herrn Ypsilon nicht zu uns einladen, sondern allein und an einem neutralen Ort treffen.
Vielleicht morgen Mittag. Hermine wird mich mit Entzükken zwei Stunden lang beim Baby vertreten. Nur mein Mann darf es nicht wissen. Aber er kommt ja vor fünf Uhr nicht nach Haus.

Eine halbe Stunde vor der verabredeten Zeit rauscht die schlimme, alte Hermine in unsere Wohnung und an mir vorbei ins Kinderzimmer. Sie greift – ohne sich die Hände gewaschen zu haben – ins Gitterbettchen und schwingt Baby an ihre mächtige Brust. Zu meinem glotzäugigen Verwundern ist es durch diesen Überfall gar nicht zum Schreiben entsetzt, sondern rupft ihr entzückt die Brille von der Nase. »Sein Spinat ist fertig. Du brauchst ihn nur zu wärmen. In spätestens zwei Stunden bin ich wieder hier.«
»Nun geh schon«, sagt sie ärgerlich. »Merkst du nicht, daß du uns störst!?«
»Und, bitte, laß ihn nicht fallen!«
Das hätte ich liebe nicht sagen sollen. Ihr Blick trifft mich wie ein wohlgezielter Fußtritt.
Hermine hat viel, viel Geld an den Kindern anderer Leute verdient, aber selbst keine Zeit und Lust zu eigenen gehabt. jedoch bei der Geburt unseres Sohnes regten sich längst verschüttete Muter- plus Großmuttergefühle in ihrer alten Brust, und mein Mann hat nicht unrecht,wenn er sie heute mit einer Hündin vergleicht, die die Jungen von Nachbars Katze stiehlt. Wenn Hermine dürfte, wie sie gerne möchte... aber sie hat zuviel Respekt vor dem Mann, dessen Sohn ihr Liebling ist. Mir hätte sie ihn längst gestohlen.
Auf dem Wege zur Garage hält mich die schneeschippende Hauswartsfrau auf.
»Na, was macht der Süße?«

»Jetzt hat er schon vier Zähnchen«, sage ich.
Es handelt sich immer noch um die gleiche Portiersfrau, die mich früher unaufgefordert über das lebendige Privatleben des »Herrn von Oben« aufklärte. Als einziger Junggeselle im Hause war er ihr Lieblingsthema, der sogenannte »Herr von Oben«.

Ich war beinah anderthalb Jahre nach Billys Tod in Berlin, als ich eines Abends näher mit ihm bekannt wurde. Wir hatten uns natürlich des öfteren auf der Straße getroffen und meinen alten, feisten Hanskarl an seinem kapriziösen Lieschen schnuppern lassen, aber erst an jenem Abend im Mai waren wir uns menschlich nähergekommen.
Der »Herr von Oben« umturnte damals mit einer Gelenkigkeit, die ich kaum bei ihm vermutet hätte, einen Laternenpfahl und grapschte dabei mit den Händen in die Luft.
»Was machen Sie da?« fragte ich.
»Maikäfer fangen. Fünf Stück habe ich schon.« Er hielt mir eine Zigarilloschachtel unter die Nase, in der es krabbelte.
»Wozu?« frage ich.
»Weiß ich selber nicht. Maikäfer fängt man eben, wie man Pilze sammelt, auch wenn man sie nicht gerne ißt –.«
Das leuchtete mir ein. »Da burrt schon wieder ein Pilz!« Ich zog den Kopf ein. »Im Flug habe ich sie nicht gern.«
Der Herr von Oben griff geschickt zu und öffnete seine Schachtel um einen vorsichtigen Spalt. »Der Sechste. Schon wieder ein Müller. Nicht ein einziger Schornsteinfeger ist bei.«
Sein Sammeleifer steckte mich an. Ich stellte meine Handtasche gegen den Laternenpfahl und half ihm beim Fangen. Nachdem wir ein Dutzend zusammenhatten, fragte ich: »Was machen wir nun mit ihnen?«
»Keine Ahnung. Der Sohn von unserer Portjeeschen...«
»Ist doch schon vierzehn«, gab ich zu bedenken.

»Und in dem Alter ist man über Maikäfer natürlich hinaus. Dann bleibt uns wohl nichts anderes übrig...« Er öffnete zögernd seine Kiste. »Eigentlich schade. Einen kleinen Jungen müßte man haben...«
»Das dürfte Ihnen doch nicht schwerfallen.«
Er überhörte vornehm meinen Einwurf. »Nicht bloß wegen der Maikäfer. Es gibt Dinge, die würden mir immer noch Spaß machen, zum Beispiel ein aufgezogenes Auto gegen ein Stuhlbein rasen lassen oder Eisenbahnspielen. So ein Sohn wäre eine wunderbare Entschuldigung für die eigenen infantilen Triebe.« Er öffnete den Kistendeckel jetzt ganz weit und ließ die Ausbeute unserer Abendgymnastik in die köstliche, laute Freiheit burren, und ich sang dazu.
»Maikäfer flieg», sang ich, »dein Vater ist im Krieg, dein Mutter ist in Pommerland. Pommerland ist abgebrannt. Maikäfer flieg – !«
Nach diesem Abend sah ich den Herrn von Oben nicht mehr nur zufällig. Wir pumpten gegenseitig Brot und Erfahrungen beieinander. Wir wurden so richtig gute Freunde.
Eines Sonnabend nachmittags lud ich ihn zusammen mit der schlimmen, alten Hermine ein, denn ich war beiden eine Bewirtung schuldig. Es wurde ein reizender Abend. Um zehn Uhr verließen mich die beiden gemeinsam.
Um Mitternacht klingelte das Telefon an meinem Bett.
»Ich bin noch immer hier«, schrillte die schlimme, alte Hermine in mein verschlafenes Ohr.
»Wo?« fragte ich, mühsam zu mir kommend.
»Na, oben. Bei meinem neuen Freund. Du sollst auch raufkommen. Ein reizender Mensch. Nun komm schon, sei kein Frosch!« Sie hatte nicht das geringste Einsehen mit meiner Müdigkeit...ich fühlte mich an die Zeiten mit Billy erinnert, zog mich fluchend an, wischte die Nachtcreme aus meinem Gesicht und stieg, von Hanskarl begleitet, in

das dritte Stockwerk hinauf, um – oben angelangt – feststellen zu müssen, daß mein nüchterner Eintritt die beiden nur in ihrer weinseligen Traulichkeit störte.
Sie wickelten mich in eine Decke und stellten mich auf einer Liegekarre auf der Terasse ab. »Bleib schön hier, die Nachtluft ist so gesund.« Danach kümmerten sie sich nicht mehr um mich.
Als die nahe Kirchturmuhr die zweite Morgenstunde verkündete, pichelten sie im angrenzenden Wohnraum eine herzergreifende Brüderschaft.
»Sag Hermine zu mir – verschluckte dabei das harte H am Anfang und das dumme E am Ende, sag ›Ermin‹! So nannte mich einmal ein entzückender Geliebter. Er war ein Comte. Vielleicht war er auch keiner. Auf jeden Fall hatte er ständig Schulden. Ich bezahlte sie, bis mein Mann dahinterkam.«
»›Ermin‹«, sprach der Herr von Oben die schlimme, alte Dame zärtlich aus, »du bist wundervoll. Wenn ich dir vor zwanzig Jahren begegnet wäre...«
»Ach, mein Junge. Damals warst du achtzehn! Was für ein hübsches Alter –! Und damals war dein Haar noch voller –!«
An dieser Stelle ihres emsigen Entzückens füreinander mußte ich wohl eingedrusselt sein, denn als ich mit eiskalter Nasenspitze wieder zu mir kam, sprachen sie von etwas anderem.
»Weißt du, Minchen«, sagte der Herr von Oben nachdenklich, »groß kriegen wir sie ja nicht mehr, das ist klar. Aber ich mag sie irgendwie so besonders gern...mit all ihrem kritischen Wesen und ihrer hoffnungslosen Romantik. So ein verkorkstes, nettes Stück Mensch...«
»Liebst du sie?« rülpste Hermine.
Auf einmal war ich ganz wach in meiner mumienhaften Verpackung auf der kalten Terrasse.
»Du, das weiß ich selber nicht. Auf jeden Fall ist sie die

erste Frau, bei der mir der Gedanke kam: von der möchtest du einen Sohn haben.« Und um seine ernsten Worte abzuschwächen, fügte er hinzu: »Sie hat so eine nette Art, mit Maikäfern umzugehen.«

»Vielleicht sollten wir sie gleich mal fragen, ob sie dich auch will«, überlegte Hermine.

»Mach keinen Blödsinn! Laß sie schlafen. – Und außerdem würde ich das gern mit ihr allein besprechen.«

»Immer diese Heimlichkeiten! – Aber, weißt du, das wäre gar keine schlechte Idee, wenn du sie heiraten würdest. Dann bliebe sie wenigstens in Berlin. Ich habe keine Kinder, ich bin eine alte Frau –«, trockener Schluchzer, »– nein, nein, widersprich mir nicht. Ich bin wider meinen starken Willen alt geworden. Und ich brauche die Maijie. Sie arbeitet doch weiter für mich, wenn ihr heiratet! Versprich mir das! Und außerdem solltet ihr ein Baby fertigbringen, dann hätten meine Kindermodelle endlich einen privaten Sinn. Die Maijie soll viele Kinder kriegen. Maijie!« rief sie auf die Terrasse hinaus.

Aber ich antwortete nicht. ich schlief ja fest in meinem Stuhl, den dicken Hanskarl und das zierliche Lieschen auf dem Schoß.

Am nächsten Vormittag – einem regnerischen Sonntag – verschleppten mich die beiden an einen Ort, den die schlimme, völlig verkaterte Hermine noch nie und der Herr von Oben zum letztenmal als Quartaner betreten hatten: ins Aquarium. Sie kokettierten dort eine Spur zu laut mit ihrer zoologischen Unwissenheit und benahmen sich bei den Krokodilen einfach unmöglich.

Aber ich war glücklich mit ihnen, denn ich hatte das Gefühl, zum erstenmal seit langem wieder eine Familie zu besitzen. Einen Mann, eine Tante und zwei Hunde. Von dem Aquarium, das sie gemeinschaftlich anschaffen wollten, riet ich allerdings ab. Fische kann man nicht auf den Schoß nehmen und liebhaben.

Zwei Monate später wurde ich die »Frau von Oben«. Man soll nie zu lange warten, wenn man erst einmal einen solchen Entschluß gefaßt hat.

Ich schickte Herrn Ypsilon eine Anzeige und erhielt darauf jene kostbare Urne mit der Josephine im weißen Empirekleid. Die verflossenen Damen meines Mannes schickten Kaffeemaschinen, Nippes und gute Ratschläge zur Hochzeit.

Nebenbei – es ist eine gute Ehe geworden.

Früher, wenn wir uns begegneten, hielten sich unsere Blicke an den Händen und mochten sich gar nicht wieder loslassen. Heute studieren sie zuerst – Herrn Ypsilons durch eine neue Brille – die Speisekarte des »Ritz«, in dem wir uns getroffen haben. Ab und zu weht ein rascher, musternder Blick, der zu einem Lächeln wird, wenn der andere ihn auffängt.

»Alles gut bei dir?« fragt Herr Ypsilon so nebenbei.

»Ja, toitoitoi. – Und bei dir?«

»Auch«, sagt er. Dann geben wir unsere Bestellungen auf.

»Hier kann ich wenigstens einmal richtig essen. Zu Haus läuft meine Frau ständig mit der Kalorientabelle hinter mir her. Sie findet mich zu dick.«

»Ihr seid also wieder zusammen?«

»Oh, schon eine ganze Weile«, erzählt er. »Eines Abends, als ich aus dem Büro nach Haus kam, war sie wieder da. So ganz selbstverständlich, als wäre sie nie fort gewesen. Sie stellte keine Fragen, verlangte keine Aussprache...«

»Du hast viel Glück in deinem Leben mit den Frauen. Keine von ihnen hat dir jemals Schwierigkeiten gemacht.«

»Ich habe mir ja auch immer die richtigen ausgesucht. Dein Wohl, Maijie!«

»Auf deins, lieber Herr Ypsilon!« Wir trinken unseren Aperitif. Und ich empfinde viel Zärtlichkeit für den Mann, der mir da gegenübersitzt und sich zu seinen Gunsten irrt,

denn er hat sich nie die Frauen ausgesucht; er ist nicht der tolle Kerl, der erobert. Er ist der Mann, den eine Frau von sich aus an die Hand nimmt, ganz leicht – so beim kleinen Finger –, und sich alle Mühe gibt, ihn nicht zu enttäuschen.
Lieber, zauberhafter Herr Ypsilon...aber als Ehemann habe ich doch lieber meinen eigenen.
Und dann kommt die Lady Curzon, unsere Suppe. Während er auf dezente Art die Hitze von ihrer sahnigen Oberfläche vertreibt, schaut er plötzlich so träumerisch drein wie Lord Byron auf dem Bild im Konversationslexikon. »Weißt du, Maijie, wenn meine Frau nur allein zurückgekommen wäre –! Aber sie brachte mir ein Geschenk mit: meine Tochter.«
Seine Tochter Anette. Der rote Kinderbadeanzug mit weißen Punkten, der auf dem Balkon seines Hauses in der Sonne flatterte. Wie lange ist das eigentlich her?
»Als sie mit meiner Frau nach Rom fuhr, war sie noch ein staksiges Füllen – nur Beine und Mähne. Aber inzwischen war aus dem Füllen eine junge Dame geworden. Mit einer Taille zum Umfassen. Du müßtest einmal Anettes Augen sehen, Maijie! Schwarz, tiefliegend und so verträumt.«
»Du bist ja richtig verliebt!« lache ich amüsiert und lege meinen Löffel hin.
»Nun zeig schon endlich ein Foto.« In meiner Tasche brennen Babys Bilder lichterloh darauf, vorgeführt zu werden. Herr Ypsilon weiß ja noch nichts von ihm.
»Vergessen, leider. Ich habe mich schon so darüber geärgert. Aber Fotos können ihren Liebreiz gar nicht so richtig wiedergeben. Vielleicht bringe ich sie einmal mit nach Berlin, damit du sie kennenlernen kannst.«
Das Hauptgericht wird serviert, und ich spüre, wie Herr Ypsilon ungeduldig auf das Verschwinden der Kellner wartet.

»Wenn Anette nur nicht so romantisch wäre!« seufzt er, sobald wir wieder allein sind.
»Das hat sie vom Vater.«
»Meinst du? Aber ich bin ein Mann, ich konnte vernünftig damit umgehen. Sie hingegen... findest du das Fleisch gut, Maijie?«
»Ausgezeichnet!«
»Na ja, du hast ja auch nicht meine Sorgen. Stell dir vor: seit einigen Monaten rufen die Jungen pausenlos bei uns an und laden sie zu Partys ein.«
»Na, und? Das ist doch ganz natürlich bei einem so reizvollen Mädchen.«
Er schaut mich befremdet an, genauso befremdet wie damals, als ich seinen Fünfzigmarkschein mit Sechsern und Groschen und Pfenningen zu wechseln versuchte. Und schüttet immer mehr Gewürze auf seinen Teller, ohne es zu merken. Kein Wunder, daß ihm das Fleisch nicht schmeckt.
»Das sagst du, Maijie, weil du die Jungen von heute nicht kennst. Ihnen ist nichts heilig. Und wenn ich mir vorstelle, daß so ein verrohtes Rauhbein meine unschuldige, sensible Anette...«
»Ach nee!« Meine Gabel klirrt auf den Teller. Jetzt schmeckt mir das Fleisch auch nicht mehr. »Immer die bösen Buben haben schuld! Die armen, armen Mädchen tun überhaupt nichts dazu! Aber irgendeiner muß es doch erst mal den Jungs beibringen! Zum Verführen gehören schließlich zwei, oder – ?«
»Du kannst das nicht verstehen«, sagt er, kühl einlenkend. »Du hast schließlich keine Tochter.«
»Nein, aber einen Sohn.«
Meine Mitteilung zerbricht seinen Zorn in herzliche Scherben. »Maijie, ist das wahr?«
Zur Antwort flattern Babys fünfunddreißig neueste Fotos auf das Tischtuch. Herr Ypsilon gebärdet sich über ihnen

genauso entzückt, wie ich das von ihm erwartet habe, und ich sage darauf Versöhnendes über die jungen Mädchen von heute.
Während der Ober das Dessert abbrennt, lieben wir uns wieder.
»Eigentlich jammerschade«, sage ich.
»Ja.« Er weiß sofort, was ich bedauere. »Nicht einmal Schwiegereltern können wir miteinander werden. Es ist zu jung für sie.«
Da hat sich der Ober so viele Mühe mit unserer Nachspeise gegeben – und wir rühren sie nicht einmal an. Ich denken an mein Empire im Damensitz – und der Herr Ypsilon sagt nachdenklich vor sich hin: »Es sei, wie es wolle, es war doch so schön...«
»Hmhm«, sage ich sanft. »Goethe.«
»Jungfernsee«, sagt er, noch sanfter. »Damals fing es erst richtig an. Die Jumpfer Maijie vom Jungfernsee...Sag mal, lebt Hanskarl eigentlich noch?«
»Und wie! Nachdem er etliche Jahre mit der gleichen, stummelschwanzwedelnden Berechnung durch all meine männlichen Kapitel getrabt ist, von keinem kritischen Nachgedanken getrübt, hält ihn jetzt unsere junge, kokette Hündin davon ab, in Seelenfrieden ein Greis zu werden.«
»Seit einem Jahr habe ich auch einen Hund«, erzählt Herr Ypsilon. »Er ist der einzige in der Familie, der meinen Entschluß, Eremitagenbesitzer zu werden, gebilligt hat.«
»Was, bitte schön, bist du geworden?« frage ich.
»Ach, weißt du, das ist eine lange Geschichte. Einem Freund von mir war ein alter Besitz auf dem Lande angeboten worden. Wir fuhren gemeinsam hin, um ihn zu besichtigen. Als Architekt mußte ich ihm von dem Objekt abraten, denn es hätte ihn noch einmal soviel wie den Kaufpreis an Instandsetzungsarbeiten gekostet, und die dazugehörigen zweihundert Morgen verkommenes Wiesenland mit einem Teich sind kaum nutzbringend zu

verwerten. Meinem Freund war die Lage sowieso einsam – aber ich, ich machte einen entscheidenden Fehler. Ich stand einen Augenblick zu lange unter den Säulen des Gutshauses – übrigens: rein klassizistischer Stil – und sah auf frühlingsgrüne, absolute Stille im letzten Sonnenlicht. Sah den Teich mit seinem trockenen, hohen Schilf und die Ruinen uralter, vom Blitz zerfetzter Eichen...und dann sa ich – lach mich ruhig aus – ich sah die Jungfer Maijie mit wehendem Hutschleier über die Wiese reiten.«
Er schweigt einen Augenblick und sieht mich skeptisch an.
»Ich lache gar nicht«, sage ich. »Im Gegenteil, es tut mir so leid.«
»Warum?«
»Sollte ich je ein Pferd besteigen, und wäre es die lahmste, frommste Mähre, rutschte ich garantiert auf der anderen Pferdeseite wieder herunter. ich kann nämlich nicht reiten, und erst recht nicht im Damensitz...«
»Sei froh«, sagt Herr Ypsilon zärtlich. »Du kannst nur vom Pferd deiner Phantasie fallen. Ich hingegen habe all meine schönen, gewinnbringenden Aktien verkauft, um dieses Haus und sein bißchen Umgebung zu erwerben – und ich werde genauso daran pleite gehen wie all meine Vorgänger seit dem Jahre 1804.«
Er betrachtet überlegend seinen gefüllten Dessertteller, dann schiebt er ihn endgültig und unberührt zur Seite und zieht seine Zigaretten hervor.
»Was sagt denn deine Frau dazu?« interessiert es mich.
»Ach Gott ja, meine Frau«, seufzt er. »Sie behandelt mich seither wie einen notorischen Spieler, den man entmündigen lassen müßte. Jeden Abend geht sie mit dem Hund zur nächsten Bankfiliale, um den Börsen-Kurszettel zu studieren. Und an der Art, wie sie beim Heimkommen ihren Mantel in die Garderobe hängt, erkenne ich bereits, daß unsere ehemaligen Aktien wieder um etliche Punkte gestiegen sind. Sie wird mir dieses Anwesen, das ich für meine

unzeitgemäße Phantasie erworben habe, niemals verzeihen. Und meine Phantasie wird vor lauter finanziellen Sorgen nicht dazu kommen, auf ihrem eigenen Anwesen ›weißsternige Träume‹ zu grasen.«

»Wie gut«, sage ich nach einer gedankenvollen Weile, »daß wir – mein Mann und ich – nie so wohlhabend sein werden, um meiner Phantasie ein eigenes Zuhause kaufen zu können.«

»Sie verträgt's auch gar nicht. Phantasie gedeiht nicht auf eigenem, grundsteuerpflichtigem Boden«, sagt Herr Ypsilon. »Sie hat keine Füße, die festen Untergrund brauchen, um bestehen zu können.«

»Sie hat nur Flügel«, nicke ich.

»Ja. Und das habe ich zu spät erkannt.«

»Mein Gott, wenn unsere Kinder wüßten, was ihre großartigen Eltern da für einen Blödsinn zusammenschwätzen –!« Ich sammle die Brotkrummen auf meiner Tischtuchseite zu einem Häufchen.

»Sie würden uns glatt einen Vogel zeigen«, sagt Herr Ypsilon, und schiebt mir seine Brötchenreste auch noch zu. Daraus knete ich eine hübsche, kleine Kugel, knete und denke: Einmal mußt du es ihm ja doch sagen. Nun sag es schon, dann hast du es hinter dir.

»Du weißt, daß ich früher bei der Zeitung war.«

»Wir hatten ein wunderschönes Interview miteinander, das niemals erschienen ist«, erinnert er sich lachend.

»An deiner Stelle würde ich mir diesen Anflug von Heiterkeit tunlichst verkneifen. Ich habe nämlich ein Buch über uns geschrieben, und das wird erscheinen.«

»Acherjee«, erschrickt er – wie erwartet.

»Keine Sorge«, beruhige ich ihn schnell, »ich habe dich darin ›Herr Ypsilon‹ genannt und auch sonst eine Menge verändert – aus Sicherheitsgründen. Schließlich bist du ein bekannter Mann – und außerdem haben wir beide Familie.«

»Was ist noch echt in deinem Buch?« möchte er wissen.
»Nun – unsere Phantasie. Es ist die Geschichte von zwei verschnörkelten Träumern, die sich notgedrungen mit dem zwanzigsten Jahrhundert abgefunden haben.«
Herr Ypsilon schweigt, und ich fürchte schon, daß er verstimmt ist. Schließlich habe ich mit meinem Roman eine Indiskretion begannen. Ich könnte mich ohrfeigen, daß ich ihm überhaupt davon erzählt habe. Immer diese unaufgeforderte Geständnisfreudigkeit, sobald ich nur zwei Glas getrunken habe!
Und dann höre ich leises Pfeifen...Herr Ypsilon pfeift die Melodie des Potsdamer Glockenspiels vor sich hin, gerade für die Teller und Weingläser zwischen uns und für mich hörbar! Das Pfeifen bricht ab, und Herr Ypsilon sagt: »Da hat einmal ein Franzose behauptet, die Liebe wäre der Austausch zweier Phantasien und zweier Hautschichten – Maijie, hast du in deinem Roman eigentlich alles geschrieben?«
»O nein. Einmal habe ich ein Kapitel rechtzeitig enden lassen.«
Er lacht und küßt meine Fingerspitzen. »Verschwiegen wird der heilige Nepomuk.«
Im Verlaufe der nächsten halben Stunde komme ich einmal auf die verschrobene Idee, die Uhr an seinem Handgelenk zu besichtigen – und entsetze mich. »Du liebe Güte!«
»Was ist denn?« fragt er, aus dem zauberhaften Dämmer der gemeinsamen, im Roman nicht verzeichneten Erinnerungen aufschreckend.
»Vier Uhr! Um drei wollte ich zu Hause sein!«
Herr Ypsilon läßt sich die Rechnung geben und bringt mich zu meinem Wagen hinaus. Der scharfe Ostwind wirbelt Papierfetzen und Streusand in unserer Abschied.
Ypsilon beugt sich auf die geöffnete Autotür herab, den frierenden Kopf in den hochgeschlagenen Mantelkragen duckend – (alle meine Männer hatten zumindest die

Eigenschaft gemeinsam: sie trugen niemals Hüte, selbst nicht bei zehn Grad Frost!) –, und sagt: »Wenn wir uns das nächstemal sehen, Maijie, werden wir nicht nur von unseren Erinnerungen, Erfolgen und den Kindern sprechen, sondern auch von unseren Zipperlein. Das Rheuma kommt uns immer näher, zumindest mir...«
»Glaubst du, daß wir uns noch einmal wiedersehen werden?« frage ich dagegen.
»Einen Zufall wird es bestimmt nicht mehr geben«, sagt er nach einer Weile.
Aber beide sagen wir nicht, was wir beide wissen: es ist zu Ende. Das »schöne Bedauern«, jener zärtliche, in unwirklichen Farben hingetuschte Schnörkel am Rande unseres Lebens, verblaßt in der lebendigen Wirklichkeit unseres Alltags mehr und mehr, wie eine alte Fotografie, und möchte um des lieben Seelenfriedens willen auch nicht mehr aufgefrischt werden.
»Leb wohl, Maijie«, sagt der Herr Ypsilon. »Alles Gute für dich und einen Sohn.«
»Der soll nicht so werden wie seine Mutter«, verspreche ich geradezu beschwörend. »Ich will ihn ganz nüchtern und praktisch erziehen. Das Träumen paßt nicht mehr in seine Zeit.«
»Ach, Maijie«, sagt Herr Ypsilon voll freundlicher Skepsis und nimmt meine Hand, die noch die Brotteigkugel und schon den Autoschlüssel hält, »wir haben unsere Tochter auch nüchtern und praktisch erzogen. Trotzdem. Es muß Vererbung sein.«
Er beugt sich zögernd über mich.
»So gib mir schon einen Kuß«, sage ich, und es ist mir völlig egal, ob gerade zufällig ein Bekannter von uns vorüberfährt. Was er beobachten mag, ist schließlich nur – und leider und besser so – das Ende einer hübschen, jedoch völlig verkorksten Liebesgeschichte.
Beim Wenden sehe ich den Herrn Ypsilon im Rückspiegel.

Noch immer ein Standbild von einem reizvollen Mann, nach dem sich die Frauen umschauen. Noch immer der Mann, der sich nicht darum schert. Mein Herr Ypsilon... Der Abschied fällt mir gar nicht so leicht.
Ich drehe am Autoradio – und stelle es wieder ab. Denn welcher Sender bringt schon um vier Uhr zwanzig das einzige, was ich jetzt gern hören möchte, ich meine die Mozartmelodie zu dem gestrengen Text: »Üb immer Treu und Redlichkeit...« Und dann fällt mir ein, daß ich kein Brot im Hause habe. Der Alltag holt mich langsam wieder.

Von weitem sehe ich Babys fröhlich-bunte Strampelhosen auf unserem Balkon flattern. Eine blaue mit weißen Punkten ist darunter...
Und der Lift fährt viel zu langsam für meine Sehnsucht, heimzukommen. Ich klingele Sturm.
Die Tür geht auf. Die Hunde springen an mir hoch. Die schlimme Hermine schwenkt das völlig falsch zugeknüpfte, vergnügte Baby in ihren Armen. Und hinter ihr steht mein Mann.
Acherjee, er ist schon zurück! Das habe ich nicht erwartet! Und er macht ein recht verdrossenes Gesicht.
Ich gehe beschwörend auf ihn zu.
»Bitte, bitte, sei reizend! Sei jetzt genauso ein Schatz, wie ich dich vorhin geschildert habe – !«

Und damit endet meine Geschichte vom schönen Bedauern.

Valentine heißt man nicht

Eine Ehegeschichte,
vorwiegend heiter

So etwas wie eine Einleitung

Zuerst will ich unsere Kampfstätte vorstellen: Ruine Marschall, Stendhalstraße 7 – 9, Berlin-Grunewald.

Sie ist verspieltes rosa Marzipan-Rokoko und sieht so aus, als ob man sie schon einmal hochgehoben, wieder fallen gelassen und die übriggebliebenen Teile zusammengekittet hätte. (Daran ist nicht unser turbulentes Familienleben, sondern der Krieg schuld.)

Französische Fenster öffnen sich auf eine Terrasse mit dicklichen Steinputten, die Blumenkörbe schwenken und Blockflöte blasen, unbekümmert um die Tatsache, daß ihre Köpfe seit Jahren im Gras liegen. Die ganze Ruine wirkt wie ein Form gewordenes, im zwanzigsten Jahrhundert komponiertes Schäferliedchen – ein bißchen Sanssouci und ein bißchen kitschig.

Es ist gerade Mittag und die Luft erfüllt von trägem Spatzenschilpen, Blätterseufzen und wütendem Tellerklappern aus unserem geöffneten Küchenfenster. Dort mißhandelt Anna Krieger den Abwasch, und wenn ich nachher Scherben im Mülleimer finde, sagt sie, es sind die Hunde gewesen. Die Spaniels haben bei uns an allem schuld. Sie zerschlagen nicht nur Geschirr, sie verbrauchen auch den ganzen Kaffee, verbummeln Philips Autoschlüssel...

Hören Sie? Eben rief der Pirol. Er ruft seinen Namen »Krischan Füerhoak«, was Kristian Feuerhaken heißt, aber Philip meint, man muß schon aus der Uckermark stammen, um ihn zu verstehen. (Das soll natürlich eine Spitze gegen meine bäuerliche Herkunft sein. Macht nichts.)

Der plattdeutsche Pirol und zahlreiche Spatzen wohnen

zusammen mit einer Amsel in den hohen Bäumen unseres Gartens, der dringend eines Friseurs bedarf. Durch seine Struppigkeit zieht sich vom pompösen Schmiedeeisenportal bis zur Ruine herauf ein breiter Scheitel – die »Auffahrt«. (Es ist zwar alles verwildert und ramponiert bei uns, aber die vornehmen Bezeichnungen von früher, wie »Auffahrt« für den breiten, verunkrauteten Kiesweg und »Gewächshaus« für ein paar Ziegelsteine mit besplittertem Gestänge darüber, haben wir beibehalten.)

Vor kurzem erwartete Philip einen sehr feinen Herrn aus Hamburg. Diesen Besuch nahm er zum Anlaß, sein Besitztum mit Feldwebelblicken zu durchstreifen, und nach dieser Musterung zeigte er sich sehr mißgestimmt und nannte unsere liebe Ruine einen Saustall. Er beschloß ihren Ausbau zum Herbst und ließ sich vom Gärtner einen Kostenanschlag für die Instandsetzung des Gartens machen. Nachdem er diesen aufmerksam gelesen hatte, entdeckte er die Reize seiner verwilderten Umgebung und bezeichnete sie fortan als »urwüchsig«, denn urwüchsige Reize kann man logisch vertreten, aber verwilderte – ?

Gerade trottet die schöne, sanfte Anette über den Kiesweg und die wenigen Stufen zur Terrasse hinauf, schnuppert kurz an den überhängenden Füßen unseres schlafenden Hausvorstandes und streckt sich nach mehreren Umdrehungen im Schatten seiner Liegekarre aus.

Wenn ich Philip so betrachte – voilà un homme, möchte ich dann sagen. Voilà – ein erstaunlicher Mann, zumindest der Statur nach, wenngleich seine überhängenden Füße und die ein wenig infantile Schlafmiene sein Äußeres beeinträchtigen. Philip ist kein adonisischer Held – nichts mit Prädikaten wie markig, sehnig, strahlend jung. Er ist eher ein Gebäude – etwa Barockstil. Sein Brustumfang liegt schon jenseits jeder üblichen literarischen Brustumfangschilderung eines Helden, sofern es sich bei diesem nicht um einen Preisringer handelt.

Es muß anstrengend sein und sicher eine Menge Mut und Kraft kosten, um die Hoffnungen nicht zu enttäuschen, die vor allem Frauen (Sie ahnen nicht, wie viele!) in seine Figur setzen. Dabei ist Phil auch ganz gern einmal feige. Wer ist das nicht außer den Leuten, die Denksprüche über den ununterbrochenen Mannesmut verfassen.
Wegen seines zufriedenen Grinsens und seiner beruhigenden Alltagsintelligenz, die nicht zu hohe Anforderungen an die seiner Mitmenschen stellt, ist er allgemein beliebt. Er hat viele Freunde, auch unter jenen Leuten, die man kennen muß, um »Wer« zu sein. Er ist sozusagen ein Mann mit guten Beziehungen und der noch besseren Einsicht, daß man mit den besten Beziehungen genauso gut verhungern kann wie ohne.
Übrigens ist Philip Modefotograf, und im Augenblick hat er den Schlaf sehr nötig. Denn hinter ihm liegen die anstrengendsten Wochen eines Halbjahres: das Fotografieren der Herbst- und Winterkollektionen der Haute Couture und der Textilfirmen.
Das hieß:
Sechsunddreißig Stunden Arbeit pro Tag.
Zuviel Kaffee und Zigaretten.
Ärger mit der Konkurrenz und den Moderedakteurinnen und seinem steifbeinigen Fotomodell Valentine (das bin ich).
Zu hoher Blutdruck.
Hetztouren nach Westdeutschland.
Als Ruhepol dazwischen ein kriegsinvalides Zuhause, in dem stündlich etwas Überraschendes geschieht:
Der Hund Dickie erstickt um ein Haar im Misthaufen.
Anna Krieger erhält eine Beleidigungsklage von Bäcker Przstulla. (Wir müssen unsere Semmeln jetzt drei Straßen weiter einkaufen.) Spaniel Boogie buddelt sich in den angrenzenden Garten durch und pinkelt die Tomaten des Nachbarn an. Im Wiederholungsfalle soll Boogie erschossen werden, droht der Nachbar.

Sie meinen vielleicht, das seien keine Gründe zur Aufregung? Für uns sind es welche, denn wir nehmen unsere kleine, unordentliche, engbevölkerte Welt sehr ernst.
Neulich war der Reporter einer Berliner Abendzeitung hier. Er schrieb einen Artikel über uns, in dem er die Ruine als »Arche Marschall« bezeichnete, in der alles zu finden sei, was nicht aussterben dürfe: liebenswerte Menschen und Tiere.
Anna Krieger hat sich den Artikel ausgeschnitten und trägt ihn ständig bei sich, um ihn all denen zu zeigen, die behaupten, sie wäre von einem liebenswerten Menschen so weit entfernt wie ein Rabenaas von einem Rotkehlchen.

Philip schläft noch immer. Eben hat er sehr höflich und halblaut im Traum »Wie bitte?« gefragt und sich dann auf die Seite gerollt. Ich gehe auf Zehenspitzen ins Haus.
Im Kaminzimmer blinzelt mich Boogie schläfrig durch das Gitter des zwar schäbigen, aber doch formschönen Windsorsessels an. Auf dem Schreibtisch liegt die Katze Emma und duftet nach Bückling. Und im Schlafzimmer treffe ich Eliza Doolittle und ihre Schwester Demoiselle. An den beiden ist noch alles weich und rund mit drei blanken Schuhknöpfen da, wo einmal Augen und Schnauze sitzen werden.
Mir fällt ein, daß ich Ihnen noch schnell die Geschichte unserer drei Jüngsten erzählen muß, die Geschichte von Eliza Doolittle, Demoiselle und ihrem verfressenen Bruder Dickie.
Philips treuester Kumpan und ständiger Reisebegleiter war der rote Spaniel Butler.
Ehe Butler in diesem Frühjahr unter den Rädern eines Autos endete, betätigte er sich noch einmal erfolgreich als Bräutigam. Er hat seine Babies nicht mehr erlebt, und wir wollten sie anfangs auch nicht sehen. Philip wollte überhaupt keinen Hund mehr sehen – auch seine Anette und

meinen Boogie nicht, dabei konnten die beiden doch nichts dafür, daß er sie nicht so liebte wie seinen Butler!
Und dann kam unsere Hochzeit, der bedeutende Tag, an dem ich Frau Marschall wurde. Und mit der Hochzeit auch die Frage: Was schenke ich Philip? Es sollte etwas ganz Besonderes sein. Etwas Beziehungsreiches. Gewiß, er wollte keinen Hund mehr, aber so ein winzigkleiner, hilfloser Butlerableger – ?!
Er sollte nach der Trauung in die Ruine gebracht werden. Heimlich natürlich. In einem königsblauen Hutkarton mit weißen Sternchen. Es war eine sinnige Idee. Aber leider hatte ich sie nicht allein. Philip beschloß ebenfalls, mir eins von Butlers Kindern zu schenken, und meine Schwiegermutter Elisabeth Marschall, die wir Lieschen nennen, beschloß – eben. Im allgemeinen gelingt es uns nicht, ein Geschenk bis zu seinem Bestimmungstage geheimzuhalten. Diesmal gelang es. Leider.
So kam es, daß in dem Augenblick, als wir, von der Trauung kommend, von links in die Stendhalstraße einbogen, von rechts ein klappriger Tempowagen heranratterte und statt einer gleich drei Hutschachteln vor Nr. 7 ablud. Darin hockten unsere verängstigten Hochzeitsüberraschungen. Sie waren ganz benommen von der Schuckelei im Auto und heilfroh, als ich sie aus ihrer königsblauen Geschenkverpackung schälte.
Keinem von uns hatte der Schreck die Stimme belassen, nur Hans Fichte, unser ehrenamtlicher Tierarzt, Trauzeuge und Philips bester Freund seit der Schulzeit, Hänschen seufzte: »Au fein, jetzt habe ich noch drei Patienten mehr, die ich umsonst behandeln darf.«
Philip beschloß, am nächsten Sonntag eine Verkaufsannonce unter der Rubrik »Tiermarkt« in die Zeitung zu setzen, denn alle drei Butlerkinder wollten wir auf keinen Fall behalten. Nur wußten wir nicht, welches wir abgeben sollten. Von meinem Geschenk Dickie wollte Phil sich aus

Zartgefühl nicht trennen. Lieschen hätte ihm nie verziehen, wenn er ihr Präsent – Demoiselle – verkauft hätte. Ich wiederum bestand darauf, Eliza Doolittle, die Phil für mich ausgesucht hatte, zu behalten.
Somit wanderten die drei – »Aber nur vorläufig, Tine!« sagte Philip ausdrücklich – in den Zwinger zu Boogie und Anette.
Das war vor einem Monat. Seitdem beißt und quietscht sich die Hundejugend duch die Ruine, ziept Boogie, stiehlt Anettes Fressen, und einzig dem Hahn Gustav, der mit seinen fünfzehn Hennen den Hof beherrscht, gelang es bisher, den Babies Respekt einzuhacken.
Jetzt kennen Sie alle Bewohner der Ruine – abgesehen von den Spinnen, Mäusen, Mücken, Ameisen und vor allem den Igeln, die meine vierbeinige Sonntagsschule laufend mit Flöhen versorgen.
Ach ja, etwas habe ich noch vergessen: mich selbst. Ich heiße Valentine, und das verzeihe ich meinen Eltern nie. Valentine heißt man ganz einfach nicht, und wenn, dann nur ab sechzig. Der Name riecht nach Baldrian, Naphthalin und Bärentraubenblättertee – aber wehre sich einer gegen den Geschmack seiner Eltern, wenn er gerade einen Tag alt ist und noch bedeutend größere Sorgen hat als einen Namen! Außerdem hätte mir mein Protest wenig genützt. Ich hatte nie viel zu sagen in meinem bisherigen Leben. Auch in der Ruine nicht. Zu sagen haben mein Mann Philip Marschall und Anna Krieger.
Valentine Schmidt aus Klein-Toppel hieß ich vor meiner Heirat mit dem feinen Haus Marschall, und so werde ich von Zeit zu Zeit genannt, wenn ich etwas Eigenmächtiges unternehme, das dem kultivierten Geschmack meines Mannes widerspricht.
Nebenbei gesagt, war Klein-Toppel ein achtbarer Hof, und wenn wir ihn behalten hätten, wäre ich eine Partie mit Kühen, vier Pferden, Landbesitz und kompletter Aussteuer gewesen.

...und jetzt muß ich Koffer packen. Denn morgen fahren Philip und ich an die See. Es ist unsere erste gemeinsame Reise, auf der ausschließlich fürs Familienalbum fotografiert wird und nicht für Modefirmen. Sie glauben gar nicht, wie sehr ich mich darauf freue.

1. richtiges Kapitel

Seit einer halben Stunde geht Philip die stille Seitenstraße an der Eilenriede auf und ab. Man hat ihn mit der fetten Hündin Antje auf die Straße geschickt, denn oben stört er. Oben, das heißt im vierten Stock des trübe verputzten Mietshauses, vor dem unser bis zum Bauch verstaubter Wagen parkt, residiert seine Mutter Elisabeth. Lieschen Marschall ist eine zierliche, kapriziöse Dame, der man jede Extravaganz zugetraut hätte, nur nicht den schwerknochigen Philip als Sohn.

Unsere hannoversche Bleibe ist die erste und unbedachte Station auf der Reise an die Nordsee. Heute mittag sind wir angekommen, und Lieschen versprach uns hoch und heilig, daß wir ganz »entre nous« sein würden. Zuerst waren wir es auch wirklich.

Ich sagte ihr viele Komplimente, die sie gern schluckte, und nach dem Essen wollte ich gleich abwaschen. Sonst bin ich weniger eifrig, aber fast neue Schwiegertöchter kehren eben besser.

Und dann klingelte es zum erstenmal. Eine Frau Schnetzer kam zufällig, aber wirklich nur rein zufällig vorbei, und wenn sie gewußt hätte, daß die liebe Elisabeth so lieben Besuch hat, wäre sie natürlich nicht gekommen.

Philip bedachte sie mit einem mißmutigen Gesicht, worauf

ihm Lieschen so mahnend in die Wade trat, daß ich, die neben ihm stand, von dem Stoß noch was zu spüren bekam. Frau Schnetzer sagte zu mir: »Ich hoffe, mein liebes Kind, daß Sie dafür sorgen werden, daß meine liebe Elisabeth jetzt öfter nach Berlin eingeladen wird. Schließlich gehört das Haus, in dem Sie wohnen, ja noch zur Hälfte ihr.«
(Ich wollte nicht fragen, welche Hälfte der Ruine sie meinte, die angeschlagene oder die total kaputt gebombte.)
Lieschen legte den Arm um mich: »Das wird meine Valentine schon tun«, und dabei lächelte sie (laut Philip) so »verdammt harmlos«.
Im ganzen kamen acht beste Freundinnen von ihr »rein zufällig« vorbei.
Philip saß im Schatten der Nichtbeachtung und kaute an seinem Ärger. Und mußte sich die Ratschläge anhören, die man mir über die Behandlung eines Ehemannes mit Mukken und einer reizenden, liebenswerten Schwiegermutter erteilte.
»Wir sprechen aus Erfahrung, liebe Frau Valentine, aus bittersüßer Erfahrung!«
Ab und zu sah ich Philip auf den Herrn blicken, der elegant und schwermütig aus dem breiten Silberrahmen auf Lieschens Barockkommode lächelte.
Der Herr soll einmal gesagt haben: »Eine Frau ist ein Geschöpf, wert der männlichen Rippe, aus der sie erschaffen wurde. Wenn man aber bedenkt, daß die Freundinnen dieser Frau ihre Abstammung auf die gleiche Rippe zurückführen...« Der Herr sprach aus Erfahrung, aus bittersüßer Erfahrung. Er war Philips Vater.
Als Lieschen und ich zum dritten Male Kaffee trichterten und neuen Kuchen aufschnitten, spürte uns Philip in der Küche auf.
»Du hast sie alle eingeladen, Elisabeth!« grollte er. »Du hast fest versprochen, wir würden ganz entre nous sein. Jetzt sind wir entre demi de Hannover.«

»Demi?« Lieschen legte erschrocken die Hände an die Ohren.
»Wennschon, dann sag lieber ›halb Hannover‹, obgleich es reichlich übertrieben ist. Aber demi! Das klingt unfein.«
Darauf warf Philip seine überlegene Ruhe ab und sagte eine ganze Menge zwischen den Zähnen, wovon nur der schreckliche Ausdruck »Alte Tunten« in Lieschens Ohr haftenblieb. Dieser veranlaßte sie, Philip mit ihrer verfutterten Hündin Antje (einer Schwester von Anette) auf die Straße zu schicken, um mögliches Unheil zu verhüten.
Er tat mir so leid, und Lieschen tat mir auch leid. Es lag ihr alles daran, daß ihre Freundinnen nach diesem Besuch »Nein, was hat die liebe Elisabeth für reizende Kinder!« rufen sollten, und darum rannte ich nicht gleich dem schnollenden Philip hinterher, sondern spielte noch eine halbe Stunde – wenn auch etwas abgelenkt – die reizende Schwiegertochter.
Und dabei muß ich immerzu an meinen Mann denken, der groß, kräftig, angenehm zu betrachten, aber unerfreulich zu analysieren – zumindest sein augenblicklicher Gemütszustand – über das graue Pflaster trabt.
Sicher fühlt er sich verraten und verkauft. Sicher sehnt er sich nach seinem leichtfertig aufgegebenen Junggesellenleben zurück.
»Entschuldigen Sie mich, bitte«, sage ich endlich und laufe an Lieschens fragenden Augen vorbei zur Wohnungstür, vier Treppen tief aus dem kühlen Hausflur in die warme, ein wenig dumpfe Abendluft.
Und ich finde, was ich befürchtet habe: einen ruhelos auf und ab tigernden Philip mit dem Schadet-mir-gar-nichts-warum-hab-ich-mich-einfangen-lassen-Ausdruck im Gesicht. Zwei Schritte hinter ihm trottet die fette Antje.
»Phil.«
»Tinchen?«
»Ich bin denen oben entwischt!«

»So.«
»Und ich verspreche dir, daß ich mir niemals Freundinnen zulegen werde, die gute Ratschläge geben, sondern nur Freunde, die nicht hetzen.«
Wir gehen langsam auf das Haus zu, in dem Lieschen wohnt.
»Weißt du, Tin«, sagt Philip, »es ist nicht so unbedingt nötig, daß du dir Freunde zulegst.«

Das einzige, was ich von den Nordfriesischen Inseln aus der Geographiestunde noch weiß: sie sind winzige rosa Flecken im hellblau getuschten Wattenmeer der Nordsee und liegen oben links auf der Deutschlandkarte, kurz vor dem schwarzen Querstrich, hinter dem in Hellgrün Dänemark beginnt.
Auf so einem rosa Fleckchen sind wir seit drei Tagen sehr zufrieden. Der Himmel über uns ist hoch und endlos. Der Wind jagt mächtige Wolkentiere darüber hin.
Möwen schwingen klagend.
Aus dem flachen Stückchen kleegrünen Marschlandes, das bei Sturmflut vom Meer verschluckt wird, heben sich auf Erdbuckeln ängstlich aneinandergedrängte Gehöfte, die Warften.
In einem davon haben wir eine Stube gemietet und hier wache ich mitten in der Nacht auf.
Mondlicht fällt auf mein Federbett. Durch das niedere, geöffnete Fenster zieht betäubender Kleeduft. Und ich habe einen wilden Appetit auf Ananas. Ausgerechnet auf Ananas.
Ich setzte mich im Bett auf. Es ist hellgrün und billigste Serienfabrikation – genau wie der Schrank und Waschtisch.
Als nach der Jahrhundertwende Bauernmöbel in Mode kamen, reisten die Antiquitätenhändler in die Dörfer und auch auf die Halligen. Für ein Spottgeld holten sie die

schönen, steifen, handgeschnitzten Friesenmöbel aus den gekachelten Peseln und lieferten dafür diese Schleiflack-traurigkeiten.
Philip sagt, das sei eine Schande, und er sagt, es sei auch eine Schande gewesen, daß sein eigener Vater zu jener Zeit nicht ebenfalls auf die Halligen fuhr und Bauernmöbel kaufte.
Uuuuh, wenn man auf etwas so einen verzehrenden Appetit hat!
Schrecklich ist das.
Das gegenüberliegende Bett knarrt, als Philip sich von der Wand zur Zimmerseite rollt.
»Kannst du nicht schlafen, Valentin?«
»Nein!«
»Warum?«
»Weil ich Ananas essen möchte.«
»Tine!« sagt er bloß.
»Aber wenn ich doch...«
Er starrt mich nicht besonders klug an.
»Warum?«
Ich stehe auf und steige aus dem Fenster in die Nacht.
»Weiß nicht, Phil. Wenn der Uckermärker in die Großstadt heiratet, wird er eben exzentrisch.«
Ein Kätzchen huscht an mir vorbei den Warfthügel hinab und läßt sich durch das zärtlichste Miezmiez nicht zurücklocken.
Vor mir breitet sich die schlafende Hallig aus. Die schmalen Rinnsale, die sie in lauter kleine Wiesenscheibchen zerschneiden, glitzern silbrig. Bewegungslos und schwarz heben sich die unförmigen Leiber der Kühe ab. Und die Stille – diese sternenglitzernde, endlose, duftende Stille!
»Tin!«
Phil steht im Pyjama hinter mir und faßt mich an den Schultern.

»Manche Frauen haben einen ausgefallenen Appetit, wenn sie ein Kind erwarten.«
»Du bist ein kluger Mann«, sage ich.
Philip schwingt sich ins Zimmer zurück und kommt gleich darauf mit meinem Morgenrock und Pantoffeln zurück.
Ich lasse mich ohne Widerspruch anziehen. Zuerst den linken Schuh, dann den rechten. Als seine Hände den Mantel an meinem Hals schließen, sieht er mich mit einem langen Lächeln an.
»Sagst du jetzt nie mehr Tinchen zu mir?«
»Nie mehr.«
Er nimmt mich auf den Arm, setzt mich aufs Fensterbrett, die Füße halligwärts, und sich daneben.
Es ist eine Weile still zwischen uns.
Die Brandung rauscht, und auf der nächsten Warft bellt ein Hund.
Um mich ist Philips schützende Wärme. Er küßt mich zart auf den Nacken und ein bißchen intensiver auf jene Halsgrube, in der alle Zärtlichkeitsnerven zusammenlaufen...
...und dabei hat doch meine Mutter Auguste einmal gesagt, daß eine werdende Mutter aufhört, sich als Geliebte zu fühlen!?

Philip fliegt von Hamburg nach Paris, um die Herbst- und Winterkollektionen zu fotografieren. »Uns« – meinen zukünftigen Sohn und mich setzt er in die Berliner Maschine.
»Am liebsten möchte ich euch eingeschrieben schicken«, sagt er beim Abschied, an meinem Jackenaufschlag zupfend. »Schreib Lieschen nichts von unseren Zuwachsaussichten. Sonst kommt sie postwendend nach Berlin, bleibt bis zur Taufe und macht dich mit guten Ratschlägen aus bittersüßer Kinderkriege-Erfahrung ganz konfus. Schließlich hat sie vor vierzig Jahren auch mal einen Sohn geboren.«

Und dann sitze ich im Flugzeug.
Philip II., jetzt fliegen wir beide zum erstenmal!
Schade, daß du noch gar nichts davon hast. In drei, vier Jahren machte es dir bestimmt mehr Spaß. In drei, vier Jahren fahren wir alles, was es gibt – Auto, Kinderwagen, Bus, Schubkarre, Fahrstuhl im Warenhaus und Straßenbahn.
Was hast du denn!? Bekommt dir das Fliegen etwa nicht? Phipschen, nimm dich zusammen – !
Bei der Landung in Berlin geht's mir wieder gut. Ich winke ein Taxi heran, obgleich Philip mindestens siebenmal am Tage sagt, daß wir wegen des kostspieligen Ausbaus der Ruine »verdammt sparen« müßten.
Gerade hebt der Schofför meinen Koffer neben sich auf den Vordersitz, da schießt ein Motorrad um das Rasenstück vor dem Flugplatz und bremst scharf. Ich sehe ein rundes, rosiges Gesicht unter zerwehten, dünnen blonden Haaren und eine Hand, die aus der Brusttasche einen zerdrückten Wickenstrauß zieht: Dr. med. vet. Hans Fichte.
»Tine!« Der Wickenstrauß wedelt durch die Luft.
»Kaum höre ich von Anna, wann du ankommst, flugs schwinge ich mich auf meine Fortbewegung und – schön siehst du aus. Berlin gefiel mir gar nicht ohne euch, vielen Dank für die Postkarten.«
Er fährt hinter dem Taxi her und winkt, wenn ich mich umsehe. An den Straßenkreuzungen, an denen wir halten müssen, schiebt er seine Maschine neben mein Fenster. Und freut sich von einem Ohr zum anderen.
»Wie geht es Ruth?« fragte ich ihn an der ersten Kreuzung. Ruth Bäumer ist Hänschens Sprechstundenhilfe mit Familienanschluß, und wir glauben, daß er sich und seinen komischen Rauhhaardackel Erwin eines Tages ganz bei ihr unterbringen wird.
»Danke«, sagt er, »es geht ihr gut. Sie hat ein Paddelboot

mit in unsere Freundschaft gebracht und zwingt uns jedes Wochenende zwecks Entlüftung und körperlicher Betätigung auf den Wannsee.«
Das Taxi ruckt an und an seinem Motorrad vorbei. Beim nächsten roten Licht ist er wieder neben mir.
»Du – « Eigentlich wollte ich es ihm pietätvoller erzählen, in der Ruine, mit Weingläsern zwischen uns, aber ich kann doch keine hübschen Neuigkeiten bei mir behalten. »Hänschen, du kriegst einen Patensohn.«
Grünes Licht. Wir fahren weiter, Hans kann nicht mehr antworten. Dafür läßt er seine Hupe lärmen. Hänschen tutet Salut für seinen zukünftigen Patensohn.
Ich schaue auf die müden Wicken in meiner Hand und – ja, und finde das Leben so freundlich.

2. Kapitel

in dem nichts mehr von Ferien vorkommt, oh, im Gegenteil!

An einen gewissen Herrn Marschall, Philip, in Paris.
»Geehrter Herr!
Haben Sie zufällig das Modemagazin gesehen, das am vorigen Dienstag erschien? Es enthält unter anderem einen bebilderten Artikel ›Fotomodelle privat‹. Valentine Marschall-Schmidt ist darin ein längerer Absatz mit Foto (auf der Couch, umgeben von unserer vierbeinigen Sonntagsschule) gewidmet.
Du erinnerst Dich sicher, daß vor unserer Ehe eine Modereporterin ins Atelier kam, als wir großkarierte Hausanzüge fotografierten. Auf ihre Frage, was ich am liebsten im Privatleben mache, sagtest Du: ›Am liebsten sitzt sie auf

den Küchenfliesen und laust Hunde. Lausen ist nämlich eine nervenberuhigende, entspannende Beschäftigung – wie Angeln etwa.‹

›Gott, wie originell!‹ rief die Dame, und dafür, daß Du sie auf die Schippe genommen hast, hat sie sich gerächt, indem... aber höre, was im ›Modemagazin‹ wörtlich geschrieben steht:

›Der im In- und Auslande bekannte und geschätzte Modefotograf und Mitarbeiter unseres Magazins, Philip Marschall, entdeckte Valentine Sch. vor einem Jahr auf eine entzückende Weise. (Sooo entzückend fand ich sie nicht.) Valentine – eine Gutstochter aus der Uckermark – hatte keinen Mut, sich ihm als Fotomodell anzubieten. Sie stellte sich vielmehr unter dem Vorwand, einen seiner jungen Spaniels kaufen zu wollen, bei ihm ein und hoffte, er würde ihr von sich aus den Vorschlag machen, sein Modell zu werden. Jedoch er machte keinen. So endete ihre erste Unterredung damit, daß Valentine Sch. ohne Hoffnung auf eine neue Verdienstmöglichkeit, dafür aber mit einem jungen Hund namens Boogie, den sie nie bezahlen konnte, nach Hause ging.

Inzwischen ist unseren Lesern ihr herbsüßes Profil und ihre schlanke Gestalt, die sich mit der ungelenken Grazie einer zu groß geratenen Frau bewegt, aus zahlreichen Marschallschen Modefotos bekanntgeworden. Aus ihrer gemeinsamen Arbeit wurde eine Liebe. Im vorigen Monat haben sie geheiratet.

Was für ein Leben liegt vor den beiden! Interessante Arbeit, zahlreiche Reisen, eine Villa voll reizender Tiere! Sind sie nicht zu beneiden?

Als wir Frau Valentine besuchten, saß sie gerade auf den Fliesen ihrer Küche, angetan mit einem schicken, großkarierten Hausanzug und verwuscheltem Haar, und lauste hingebungsvoll ihre kleinen vierbeinigen Lieblinge.‹ Es folgen Deine unseligen Bemerkungen über das Läuseknakken, Philip.

Aus diesem Geschreibe entsteht der Eindruck, daß mein Leben an Deiner Seite verwuschelt, großkariert, mit Lieblingen an- und dekadenten Beschäftigungen ausgefüllt ist. (Hänschen bezeichnet passioniertes Läuseknacken bei westlichen Völkern als einen dekadenten Zug.)
Und was unsere gemeinsamen zahlreichen Reisen durch Europa anbelangt – wir sind nördlich noch nicht über Husum und südlich nur bis Düsseldorf gemeinsam vorgedrungen. Ob meine Arbeit interessant ist und ich zu beneiden bin – hier, bitte, urteile selbst.
Seit zwei Tagen liegt Anna mit einem heftigen Hexenschuß und miserabler Laune auf der Couch in der Anrichte und ist fast so anstrengend wie ein Mann, der Schnupfen hat.
Um sieben Uhr stehe ich auf. Lasse die Hunde in den Garten, die Hühner aus dem Stall und Annas erstes Jammer-Rezitativ über mich ergehen. Nach dem Frühstück räume ich zuerst ihr Zimmer auf, denn wenn der Arzt um elf Uhr kommt, muß es um neun tadellos in Ordnung sein, das siehst Du doch ein? Danach ist die übrige Ruine dran – aber nicht bloß so flüchtig obenhin – o nein, Anna hält die Anrichtentür zwecks Beaufsichtigung meiner Arbeit immer offen.
Zehn Uhr dreißig. Ich stürze zum Kaufmann und Fleischer. Und dann naht das Tageserlebnis: die Visite. Der Arzt bekommt zwei Gläschen von Deinem besten Kognak und eine Zigarre – so hat es Anna bestimmt.
Elf Uhr dreißig. Die Hunde scheppern anzüglich mit ihren leeren Freßnäpfen.
Zwölf Uhr dreißig. Anna wimmert, das sei der Dank für all die Jahre treuer Dienerschaft, daß sie jetzt darben und frieren müsse. Seit Tagen regnet es, und wenn ich nicht das Haus heize, dann schießt ihre Hexe bis zum Jahre 2000, hat sie eben gesagt. Ich jage auf den Hof, um Anmachholz zu schlagen, und in die Küche, um Kartoffeln aufzusetzen, und in den Keller, um zu heizen, und wieder hinauf, weil

Annas Weitseher unters Bett gefallen ist – dabei, wozu braucht sie einen Weitseher im Bett, ohhh!
Auf der Diele begegne ich Gustav mit seinem hungrig gackernden Harem – und da verlangt man noch Tierliebe von mir! Kaum habe ich die Hühner wieder auf den Hof gescheucht, fährt Hänschen Fichte vor.
Er bleibt bis ein Uhr dreißig, trinkt ebenfalls Kognaks – bei uns wird ja bald so viel gesoffen wie bei Hemingway – und findet es irgendwie ungemütlich, Tine, wie kommt das?
Ein Uhr einunddreißig. Ich fliege in den Keller. Aber der Ofen ist schon aus und das Hühnerfutter durch den Topf gebrannt und Anna völlig geschwächt vor Hunger – bis auf ihre Stimme, natürlich.
Ein Uhr vierzig. Emma bringt mir eine tote Maus als Präsent. Ich mag aber keine Mäuse, weder tot noch lebendig, und ab ein Uhr vierzig auch keine Katzen mehr. Ich laufe, von Gustav und seinen fünfzehn Damen (wann schlachten wir sie endlich?) begleitet, zum Schuppen, hole ihre Futterschüssel, rufe grimmig ›Putputput‹...
Zwei Uhr fünfundvierzig. Anna ist satt. Die Hühner sind satt. Emma ist satt. Die Hunde schon wieder hungrig. Der Ofen brennt. Jetzt schrubbe ich den Zwinger. Auch das ist keine Beschäftigung, die aufheitert.
Und ich gebe mir alle Mühe, *nicht* an den reizenden Artikel im Modemagazin zu denken.
Vier Uhr dreißig. Dagy Erksen schaut herein – und hat schon wieder ein neues Kleid an. Sie kommt gerade aus Paris und bestellt herzliche Grüße von Dir, die mich – verzeih meine Kleinlichkeit – im augenblicklichen Zustand verstimmen. Und Dagy ist so liebenswürdig. Aber ich kann nicht nett zu ihr sein. Nicht, weil ich daran denken muß, daß sie einmal Deine Freundin war, Phil, sondern weil sie zu klug war, sich Deinetwegen von ihrem Karl scheiden zu lassen. Sie wußte zu gut, was ihr

hier blüht. Darum hat sie mir die Plackerei mit der Ruine überlassen.
Oh, Liebster, ich bin bitter. Aber es gibt nun mal Augenblicke – weißt Du, Augenblicke, an die man bei seinem herzhaften ›Ja‹ vor dem Altar nicht gedacht hat. Man denkt im Brautkleid wohl nie an die Schürze, die man einmal tragen wird. Und *was* für eine Schürze trage ich in diesen Tagen!
Dagy Erksen blieb zwei Stunden. Meinetwegen, sagte sie. Weil ich, wenn sie da ist, stillsitzen muß, und das hätte ich nötig. Morgen früh schickt sie mir eine Flüchtlingsfrau aus Allenstein, die mir in der Wirtschaft helfen soll. Frau Kallweit heißt sie, und Anna, die sie noch nie gesehen hat, weiß schon jetzt, daß die Kallweiten eine Schlampe ist.
Jetzt muß ich die Hunde bürsten, Anna für die Nacht windeln und den lieben Gott recht schön darum bitten, daß sich mein Mann in Paris gut amüsiert.

Valentine,
Gattin des im In- und Auslande bekannten Modefotografen Marschall, wohnhaft in seiner ›Villa‹ mit vielen reizenden Tieren.

P. S. Elf Uhr. Ich liege im Bett, habe allen ›Villen‹-Schmutz von mir abgebadet und auch mein Inneres von bitteren Gedanken gereinigt. Ich denke an meinen Sohn und an seinen Pappi. Das große Bett ist sehr einsam ohne seinen Pappi, Phil...«

Das Bewußtsein eines kleinen, werdenden Menschleins in einem, für das man noch nicht mehr tun kann, als ab und zu seinen Kopf übers Becken halten und sich miserabel fühlen, verstärkt die Muttergefühle allem kleinen, hilflosen Getier gegenüber und den Wunsch, es am Leben zu erhalten.

Meine fünf Rabauken waren in den letzten drei Wochen sehr, sehr krank.
Wenige Tage nachdem Anna Kriegers Hexe endgültig ausgeschossen hatte, brachte Boogie von einem unerlaubten Stadtbummel die Stuttgarter Hundeseuche nach Haus und teilte sie mit einem Gerechtigkeitssinn, den ich sonst an ihm vermisse, mit seinen vier Verwandten.
Als Eliza, Sellchen und Dickie damals in unsere Hochzeitsstimmung platzten und mit entwaffnender Selbstverständlichkeit von der Ruine, ihren Bewohnern, Schuhen und Teppichen Besitz ergriffen, da hegte selbst ich Zweifel, ob ihr Dasein unbedingt zur Vervollkommnung des Ruinenlebens beitragen würde.
Anna aber drohte uns mit Kündigung (der 45. in 28 Jahren, sagt Philip), falls wir die Babies behalten sollten. In den letzten Wochen wußte sie nichts mehr davon. Sie lag mit mir auf ihren breiten Knien vor den fünf Krankenkörbchen. »Die sind was geduldig, nich? Wenn se durchkommen, Frau Marschall, dann päppeln wir ihnen aber ordentlich.«
Hänschen Fichte sah jeden Tag zweimal nach ihnen. (Ich glaube, er ist das beste Stück Aussteuer, das Philip mit in die Ehe gebracht hat. Außer der wundervollen Anna, natürlich.)
Boogie, Dickie und Anette sind wieder gesund. Eliza hat mich heute früh zum erstenmal in den Hacken gebissen, und wenn sie erst Bürsten, Staubtücher, Pantoffel und Büstenhalter in ihrem Körbchen versteckt, dann weiß ich – sie ist über den Berg. Nur Demoiselle macht mir noch Sorge.
Philip sagt, ich sei sentimental. Und verrückt. Ich sollte mich lieber schonen, statt meine Kräfte so unsinnig für kranke Tiere zu vergeuden. Und wo sein Anzug wäre, den er uns vor drei Tagen zum Entflecken gegeben hätte.
»Auweih!« Ich halte meinen Mund mit der Hand fest.

»Typisch! Ich kann Tag und Nacht für euch schuften, und ihr – (Anna und ich sind gemeint) – schafft's nicht einmal in zwei Tagen, drei kleine Flecke aus meinem Anzug zu reiben. Aaaber das Viehzeug, für das habt ihr unbegrenzt Zeit. Mir reicht's!«
Peng! Das war die Schlafzimmertür.
Rumm! Mörtelrieseln; die Dielentür.
Krachbummm! Die Haustür.
Und jetzt klappt der Wagenschlag, aber sanfter. An seinem Auto läßt kein Mann seine Wut aus.
Philip ist in letzter Zeit sehr oft gereizt. Das machen die vielen Geldausgaben.
Ich nehme Demoiselle auf den Arm und gehe, von Boogie und Eliza und Dickie begleitet, auf die Terrasse hinaus. Es ist ein zauberhafter Nachsommertag. Intensiv und leuchtend, voller Silberstaub und Altweiberfäden, die sich beim Blumenpflücken kitzelnd ums Gesicht legen.
Über mir in der Rotkastanie herrscht reger Betrieb. Man zwitschert sich die Abfahrtszeiten für die Flüge nach dem Süden zu. Krischan Füerhoak hat sich schon vor einer Woche verabschiedet.
...und aus dem Nebenhaus klingt Gesang mit Klavierbegleitung herüber. Seit einigen Wochen wohnt dort eine bekannte Wagnersängerin. Der Fleischer sagt, sie habe die kleine Villa bereits im Juni gemietet, aber wir merkten bisher noch nichts von ihr. Vor einigen Tagen ist sie von einer Tournee zurückgekommen und bereitet sich jetzt für die Opernsaison vor. (Diese Neuigkeit hat Anna vom Kaufmann mitgebracht.)
Den Zaun, der unsere beiden Grundstücke trennt, ließ sie mit Schilfrohrmatten abdecken, aber ihr Übungsgesang fliegt ungestört darüber hinweg in unseren Garten. Ich glaube, wir bekommen noch Ärger mit ihr. In mir kribbelt es verdächtig, und Anna sagt, sie sei auch schon ganz rammdösig von dem Geträller.

Ich höre Gesang gern in der Oper und im Konzertsaal. Und am Radio höre ich ihn auch, aber – das Radio kann ich abstellen, wenn ich genug habe – unsere Nachbarin nicht.
Ihr Jodeln quer durch die Oktaven nimmt meine unguten Gedanken so sehr in Anspruch, daß ich zwar einen Wagen vor unserem Tor halten und Schritte auf dem Kiesweg höre, aber nicht mit Bewußtsein aufnehme.
Darum schrecke ich zusammen, als eine Männerstimme neben mir

»Du aber wandelst durch den Garten
in stiller Anmut lächelnd hin«

sagt.
Es ist Herr Braun, der Architekt, der unsere Ruine umbauen wird.
Ein Glück, daß er mich bei einer so lieblichen Beschäftigung wie dem Blumenpflücken und nicht beim Scheuern des Zwingers antraf. Dann hätte er sicher nicht so etwas Hübsches gesagt, an dem mich nur das vertrauliche »Du« befremdet.
Er ahnt wohl meine Gedanken und erklärt lächelnd: »Das sagte Geibel in einem Gedicht an die schöne Klara Hitzig. Es kam mir in den Sinn, als ich Sie eben sah.«
Wer hört das nicht gern, zumal wenn er eine halbe Stunde zuvor verrückt, sentimental und vergeßlich geschimpft worden ist!
Aber es ist ja auch nicht Herrn Brauns Anzug, aus dem ich die Flecke zu reiben vergaß.
Wir gehen zur Terrasse hinauf. Während ich die Blumen in den Vasen im Kaminzimmer verteile, kniet er sich zu Demoiselle. Schön ist das mit Brauns unangemeldeten Besuchen. Sie fügen sich in meine Hausarbeit ein, ohne daß ich diese unterbrechen muß. Er taucht auf, sagt mir etwas Hübsches. Und ich mag ihn.

Ich mag seine Bewegungen, wenn er die Tiere krault oder mit sanften Händen Blumen betrachtet. Von Literatur versteht er auch eine Menge.
Aber die Dame von nebenan!

»Oh, Siegfried! Herrlicher!
Hort der Welt!«

jubelt sie gerade, und am Ende der Strophe warnt sie:

»Zertrümmre die Traute dir nicht!«

»Zertrümmer ihr doch, damit wir endlich Ruhe haben«, brummt Anna, die gerade die Asche aus dem Kamin räumt.
»Morgen beginnen die Maurer«, sagt Jan Braun und schwingt sich mit Demoiselle auf die Terrassenbrüstung.
»Sie beginnen doch mit dem Kinderzimmer, nicht wahr?«
Er lacht und sieht mich an und sagt: »Es muß ein bezauberndes Mädchen werden, das da ins Kinderzimmer einziehen wird.«
»Ich erwarte einen Jungen!«
»Mädchen sind viel reizender«, beharrt er sanft. »Eine so charmante Frau wie Sie dürfte nur Töchter haben.«
»Es ist nicht immer gesagt, daß sich die Eigenschaften der Mütter auf ihre Töchter übertragen – « Und dabei denke ich an meine Mutter Auguste. Wir waren uns gar nicht ähnlich. Sie besaß Energie und hausfrauliche Übertalente und einen gesunden, von keinerlei Sentimentalität getrübten Menschenverstand. Sie war gut, zuverlässig und streng, aber charmant war sie, glaube ich, nirgends. Vielleicht wird meine Tochter wie Auguste.

»Laß, ach laß!
Lasse von mir!
Zertrümmre die Traute dir nicht!«

»Ist das nicht ein bißchen störend auf die Dauer?« erkundigt sich Braun.
»Vielleicht könnte man die Traute niederbellen?«
»Ja, vielleicht. Aber wie?« Wir sehen uns einen Augenblick stumm beratend an. Dann fällt mir Boogies Vorliebe für den Gartenschlauch ein: kaum stellen wir ihn an, beißt er in den Strahl und kläfft nervenzerreißend.
Es funktioniert auch diesmal. Nach einer Viertelstunde sind wir alle naßgesprengt, und Boogie ist stockheiser. Ich stelle den Schlauch ab. Übrig bleibt von dem infernalischen Lärm nur Brünhildes Gesang:

»Nahe mir nicht mit der wütenden Nähe!
Zwinge mich nicht mit dem zu brechenden Zwang!
Zertrümmre die Traute dir nicht!«

»Sollen die Maurer morgen hierherkommen, oder suchen Sie sich lieber doch noch einen stilleren Bauplatz aus?« fragt Jan Braun, als ich ihn zum Tor bringe.
Braun beugt sich verabschiedend über meine Hand. Sekundenlang darf ich seinen dichten, dunkelblonden Schopf betrachten, dann fangen seine Augen meine Blicke ein.
»Sie werden in den nächsten Wochen viel Unruhe und Schmutz um sich haben. Geben Sie doch Demoisellchen zu mir. Ich werde gut für sie sorgen, und außerdem – außerdem hätte ich gerne etwas von Ihnen.«
Er sieht mich an. Mit einem reizenden Blick. Sein Blick hat Hände, die Blumen rupfen und sie mit behutsamer Bewunderung in meinen Schoß legen. Ich glaube, ich werde ein bißchen rot.
Jan Braun ist der einzige, dem ich Sellchen anvertrauen würde. Sie hätte es gewiß besser bei ihm als zwischen ihren robusten Geschwistern im Zwinger. Sie braucht viel Liebe ganz für sich allein.

Plötzlich muß ich daran denken, daß Phils Freundschaft zu mir damit begann, daß er mir seinen Rabauken Boogie schenkte. Unser Gefühl füreinander ist genauso herzhaft, gesund und manchmal auch so stürmisch wie Boogie.
Und Jan Braun – aber ich will keine weiteren Parallelen ziehen. Was hat er noch gesagt, als er kam? »Du aber wandelst durch den Garten in stiller Anmut lächelnd hin...«
Warum sagen Ehemänner nicht so hübsche Sachen?

Das Telefon klingelt gerade, als ich das Kaminzimmer auf dem Wege zur Anrichte, genauer gesagt, auf dem Wege zu Philips Fleckenanzug betrete.
»Valentin?« Der Türknaller ist am Apparat. »Ist etwas gewesen?«
»Fast gar nichts.«
»Bist du noch böse?«
»Uhmhm. Ich hab' den Rieselkalk schon aufgefegt. Aber du darfst die trauten Türen nicht zertrümmern, Phil!«
»Wie bitte?« fragt er.
»Das ist Wagnerscher Stabreim. Unsere neue Nachbarin studiert gerade die Brünhilde.«
»Woher weißt du, daß es die Brünhilde ist?«
»Herr Braun sagt es. Er war hier, um uns mitzuteilen, daß morgen die Maurer anfangen.«
»Aber das wissen wir doch längst!« In Philips Stimme wechselt der Ton von Befremden zu Mißtrauen.
»Dann kam er vielleicht wegen der Hunde? Er liebt Sellchen sehr.«
»Nur Sellchen?«
»Vielleicht auch Eliza. Vielleicht auch ein bißchen mich. – Wann kommst du heute nach Haus?«
»So gegen sechs Uhr. Besorge Dill, ich bringe Krebse mit. Aber – Tine!« ruft er, als ich gerade einhängen will. »Die Krebse sind zum Essen, nicht zum Bemuttern, hörst du?«

Wir haben sie gegessen und köstlichen Wein dazu getrunken und hinterher sehr satt und zufrieden auf der lindgrünen Couch im Kaminzimmer gelegen. Philip durfte seinen Gürtel aufmachen (seit einiger Zeit hat er eine Spur zuviel Bauch und eine Spur zuviel Kinn) und seinen Kopf in meinen Schoß legen.
Ich versenke meine Fingerspitzen in seinem dichten, störrischen Haar.
»Mit siebzehn trugst du die Haare bis in den Nacken. Du sahst damit aus wie Ete aus Pankow.«
»Hat Anna das gesagt?«
»Das hat sie gesagt. Und noch etwas: du rasiertest dich bereits, als noch gar nichts zum Rasieren da war, damit was zum Rasieren käme. Deine Dame schwärmte doch so sehr für Männlichkeit.«
Philip richtet sich ein wenig auf und sieht mich interessiert an.
»Hat Anna vielleicht auch gesagt, was ich mit der ›Dame‹ machte?«
»Nun, ihr habt vermutlich den Kamasutram gelesen.«
Phil zieht ungläubig die Augenbrauen zusammen. »Hat Anna gesagt, daß wir den Kamasutram gelesen haben?«
»Nein, sie drückte sich schlichter aus. Sie sagte, du wolltest es von der Dame wissen.« Ich streiche mit den Zeigefingern seine dichten Augenbrauen nach. »Anna hat mir auch etwas von dir gezeigt. Etwas ganz Privates.«
»Eh –« Jetzt wird er doch ein wenig unruhig. »Was denn?«
»Die Bollen in deinen Strümpfen.«
Ich beuge mich zu ihm und küsse ihn, und er grunzt zufrieden. »Schön bei dir, Tin. Wenn ich je wieder die Leichtsinnigkeit beginge zu heiraten – ich glaube, ich nähme noch einmal dich.«
Über den Rest dieses Abends berichte ich nicht weiter.

3. etwas konfuses Kapitel

Wochenlang hängt die bonbonrosa Ruine in den Korsettstangen eines Baugerüstes, von dem es immer dann rieselt oder tropft, wenn ich drunterstehe. Wochenlang hämmert und klopft es über unseren Köpfen. Das soll auf die Dauer nervös machen.

Wir gewöhnen uns auch einen scheuen Gang an, denn überall steht irgend etwas Unvorhergesehenes, das umkippen, zusammenfallen und auf alle Fälle ziemlich weh tun kann, wenn es sich auf unseren Kopf oder die großen Zehen begibt.

In den letzten Wochen habe ich Anna zum erstenmal richtig heulen und Philip sich hysterisch aufführen sehen. Und das alles von Wagnergesang begleitet.

Aber die Hunde finden es herrlich. Sie spielen mit den Lehrlingen »Such das Mäuschen« und erbetteln sich ihre Käsestullen.

So ein Ausbau bleibt nicht nur über unseren Köpfen. Er dringt mit grauweißen Staubschwärmen und Schuhsohlen in die Zimmer, belagert den Hof, bestreut die Rosenbeete zuerst mit Puder, dann mit Klamotten.

Er beginnt vor dem Gartentor auf der Straße, zieht sich die Auffahrt hinauf und umzingelt das Haus samt Stall, Garage und Zwinger.

Der Dreck ist eine höhere Macht und genauso schwer einzudämmen wie das Meer bei einem Deichbruch. Aber die Maurer, die ihn verursachen, sind nette Leute und schon ziemlich intim mit uns. Morgens ziehen sie sich vor der schockierten Anna in der Küche um. Zugleich mit ihrem flüchtigen Anklopfen fallen sie in mein Schlafzimmer, sonnen sich mittags auf der Terrasse in der letzten Herbstwärme, und neulich hat Philip ein Gruppenfoto von ihnen gemacht.

Eigenleben kennen wir nicht mehr. Hänschen Fichte hat unseren Zustand kurz und drastisch zusammengefaßt: »Es gibt keinen Ort bei euch, an dem man ungestört in der Nase bohren könnte.«

Und darum ist Philip mit Anette, Rasierzeug und Bettwäsche ins Atelier umgezogen. Er vermißt bei uns die Konzentration, die er zum Arbeiten braucht, sagt er. Ich glaube aber, der Hauptgrund seines Auszugs ist: er wohnt nicht gern auf einem Bau.

Gestern haben uns die Maurer verlassen, und Anna hat ihnen etwas Anzügliches wegen des Schmutzes nachgerufen, den sie mitzunehmen vergaßen. Der Jüngste von ihnen sah sich um und tröstete: »Lassen Se man erst die Maler kommen, dann sehnen Se sich noch nach uns zurück.«

Zuvor aber bringt der Tischler die Möbel für das Kinderzimmer.

Jan Braun ist gerade da mit Demoiselle, die keinen Schritt von seinem Auto fortgeht, aus Angst, sie müßte wieder bei uns bleiben und Menschenliebe mit vier anderen Hunden teilen.

Ihre Zärtlichkeit für Braun verletzt mich ein bißchen. Das ist nun die Dankbarkeit meines Zöglings: ubi bene ibi partria.

Hinter dem Auto mit den rohen Kindermöbeln rauscht Hans Fichte auf den Hof und macht ein Regengesicht, sowie er Jan Braun neben mir sieht.

Am liebsten knurrte er Jan Braun vom Hof hinunter. Der guckt sich erst ein bißchen verwundert Hänschens von nervösem Fingergeschnippe begleitete Gereiztheit an, dann begreift er und verabschiedet sich mit verstehendem Lächeln.

»Ich mag den Kerl nicht«, sagt Hans, als Brauns Wagen vom Hof fährt.

»Aber warum denn nicht?«

»Wie er dich anglupscht! Du bist schließlich eine verheiratete Frau. Hör auf zu lachen!« Und dann lädt ihm der Tischler eine Schmalwand des Kinderzimmerschrankes auf seine Eifersucht.

Jetzt stehen die kleinen Möbel auf dem Hof, wir sind allein, und ich sage: »Am liebsten würde ich gleich mit dem Einrichten beginnen.«

»Können wir ja, zumindest zur Probe.« Hänschen wischt sich mit dem Handrücken die Stirn und fügt in galantem Tonfall hinzu: »Falls es dir Spaß macht.«

Ich spüre, er möchte Jan Braun voll ersetzen – als Architekt und Charmeur.

Hänschen Fichte – mit dem Charme einer Butterblume. Voller Eifer schleppt er Ziegelsteine, die die Maurer übriggelassen haben, herbei und baut mit ihnen die Umrisse des Zimmers auf. Dort, wo die Türen sind, läßt er ein Loch, und für das Fenster holt er die Petersilien- und Schnittlauchtöpfe vom Küchenbord.

»Ein Heim ohne Blume ist kein Heim, stimmt's, Tine?«

Es macht riesigen Spaß. Boogie und Eliza spielen auch mit, aber sie sind ganz dumm. Sie wollen nicht begreifen, daß man ein Zimmer durch keine Mauer, sondern nur durch ein Türloch betritt.

Im geöffneten Fenster der Anrichte steht das Radio und zerbellt so laut, daß sein Gehäuse knattert, den Abendfrieden. Das ist unsere Rache für »Trautchens« Gesangsübungen. (Trautchen – wegen »Zertrümmre die Traute dir nicht« – ist der im Hause Marschall übliche Name für unsere singende Nachbarin geworden. Auch Anna benutzt ihn.)

Das Kinderzimmer ist bis auf den zerlegten Schrank eingerichtet. Ich habe eine Flasche Bier für Hänschen und ein Glas Milch für die werdende Mutter aus der Küche geholt. Und selbstverständlich einen Aschenbecher, denn – es gehört sich auch in einem Freilichtzimmer nicht, Zigarettenasche auf den Fußboden zu streuen.

Wir zwängen uns in die angstvoll knackenden Kinderstühlchen, die vor dem »Fensterbrett« mit den Petersilientöpfen stehen, und sind mit uns sehr zufrieden.
»Hübsch geworden, nich?« sagt Hänschen und guckt sich selbstgefällig um.
»Hmhm. Sehr. Vor allem die Vorhänge.«
Ab und zu schüttelt Anna ihren eckigen Kopf aus dem Küchenfenster: »Varrickte.«
»Stimmt, wir sind Verrückte.« Hänschen legt seine Arme auf den runden Tisch zwischen uns. »Aber weißt du, Tine, das ist es.«
Ich nicke, ohne zu fragen, was so ist, denn ich weiß, was er meint.
»Ruth würde über uns den Kopf schütteln. Sie würde sagen: Hans, hast du nichts Wichtigeres zu tun? – Ich mag Ruth sehr, aber sie ist leider zu erwachsen für mich. Sie hat bestimmt niemals im Sandkasten eine Villa gebaut und drin zu leben verstanden. Sie hat so gar keine Phantasie, weißt du.« Er dreht seine Bierflasche sinnend zwischen den angestaubten Fingern, dann sieht er mich plötzlich mit schwärmerischer Hingabe an. »Du, Tine, du denkst erst an den Blumenstrauß und dann an den Tisch, auf dem er stehen soll.«
»Das hat mir Phil schon oft zum Vorwurf gemacht«, seufze ich.
»Ich würde das niiie tun, im Gegenteil«, versichert er, seine Zigarettenasche achtlos auf das »gute Linoleum« stippend. »Wir beide zusammen, Tine ...«
»Wir beide zusammen ergäben eine Pleite, Hänschen.«
»Aber eine hübsche.«
»Nein, Pleiten sind nie hübsch. Du bist gutmütig und steckst voller Dumme-Jungen-Träume, ich bin verträumt und kann nicht rechnen. Und gegen echten Kohldampf kommt keine Phantasie auf.«
Um ein Haar wäre Philip mitten in unser schönes Kinder-

zimmer hineingefahren. Aber Hänschen sprang geistesgegenwärtig auf (wobei der Kinderstuhl an seiner rundgepolsterten Sitzfläche klemmen blieb) und eilte dem Autokühler mit erhobenen Händen entgegen.
»Was treibt ihr denn hier?« fragt Phil, nachdem er ausgestiegen ist.
»Wir pielen Tinderzimmer.« Ich gehe in seine ausgebreiteten Arme und küsse ihn auf das Grübchen im Kinn.
»Habt ihr was zu essen für mich?«
»Nur Suppe, Liebster, mit Mörtel gekocht. Sehr zu empfehlen.«
Langsam, die Köpfe prüfend aufwärts gerichtet, gehen wir um die Ruine herum.
»Ich weiß nicht, ich weiß nicht«, sagt Philip grüblerisch. »Früher hatte das Haus auch einen ersten Stock, aber da sah es schöner aus. Vielleicht liegt es daran, daß es früher noch einen Seitenflügel hatte.«
»Nein«, sagt Hänschen bestimmt, »das liegt am Architekten. Bisher war das Haus eine Ruine, jetzt ist es ruiniert.«
»Ich finde, Braun hat den Ausbau sehr geschickt gelöst«, sage ich.
»Jaja, der Braun«, sprechen die beiden im Duett, und dann gucken sie sich bedeutungsvoll an.
Da stehen vor mir zwei Männer, ich will nicht sagen, daß sie Lebemänner waren (das hat so einen Chrysantheme-im-Knopfloch-Beigeschmack), aber sie haben fröhlich-unbefangen alles mitgenommen, was sich ihnen bot. Jetzt macht das Interesse eines dritten Mannes für die Frau, die sie lieben, humorlose Moralisten aus ihnen. Und alles, was mit diesem dritten Mann zusammenhängt, verdammen sie schonungslos. Seine Arbeit. Seine Tierliebe. Seinen Charme. Vor allem aber seine literarische Bildung, gegen die sind sie direkt giftig gestimmt ... weil sich ihre eigene durch Lektüren wie »Das Röcheln im Nebel« und »Die grausame Rache der schönen Elvira« nicht eben verbessert hat.

Aber Jan Brauns größter Fehler ist nicht seine Sympathie für mich, sondern mein Behagen an dieser Sympathie.
Sie folgen mir stumm, doch mit spürbarer Abneigung durch den rohen Aufbau.
»Diese Anrichte wird fortan als kleines Wohnzimmer bezeichnet werden und eine Eßnische erhalten«, erkläre ich meiner stummen Begleitung. »Besagte Nische ist unter der eben fertig gewordenen freischwingenden Treppe gedacht, auf der wir uns jetzt – hoppla, Hänschen, nicht stolpern! – in den oberen Stock begeben. Wenn die Herrschaften mir, bitte, folgen wollen? – So. Wir betreten jetzt die erste Etage. In diesem Augenblick bimmelt die Schiffsglocke am Tor. Wir beugen uns alle drei über das mäßig verbogene Balkongitter.
»Wer sucht uns denn jetzt noch heim?«
»Vielleicht Herr Braun, der bestellen will, daß heute die Kindermöbel gekommen sind.«
»Piiiiih – was bist du giftig, Philip!«
Ich sehe durch das gelbe Laub der Kastanien rote Haare und ein lindgrünes, prall mit Dame gefülltes Kleid.
»Wer ist das?« fragt Hänschen neugierig.
»Weiß nicht. Vielleicht ein Mannequin für Kleidergröße 48, Phil, hast du –«
Aber da ruft Anna schon von unten: »Herr Philip, kommse runter, 'ne Dame möchte Ihnen schprechen.«
Philip folgt widerwillig der Aufforderung, und wir gucken ihm neugierig vom Treppenabsatz nach. Er stolpert fluchend über einen Eimer, dann schließt sich die Tür zum Kaminzimmer hinter ihm.
Übrig an Geräuschen bleibt nur Annas schwerer Briefträgerschritt. Auch das Radio ist verstummt.
»Anna – Anna!« zischele ich die Treppe hinunter.
»Wer ist denn das?«
»Trautchen von nebenan«, sagt sie.
»Ach nee.«

»Hat die mir vielleicht ausgeschümpft vom wegen dem lauten Radjo. Konnt ja schlecht sagen, diß wär unsre Revangsch für ihr Gesinge bei offenes Fenster.«
(Hier muß ich eine Bemerkung einflechten: Bitte, versuchen Sie nicht, Annas Dialekt zu identifizieren. Er ist eine phonetische wie grammatikalische Eigenproduktion, an die deutsche Sprache angelehnt.)
»Wie se nu Herrn Philip ankuckt, isse mit'm Mal wie umgetauscht – so hahaha –« Und Anna imitiert das zuckersüße Lächeln unserer Besucherin.
»Wollen wir nicht auch runtergehen?« überlegt Hänschen, der von Natur aus neugierig ist.
»Nein.« Für eine Frau, mit der wir in Streit leben, ist mein Kleid zu schäbig.

Eine Viertelstunde später bringt Philip seinen Besuch zum Gartentor. Wir verfolgen sie vom Balkon aus. Ab und zu bleibt er stehen und zeigt einmal nach rechts in den Garten und einmal nach links.
»Jetzt macht er Trautchen darauf aufmerksam, wie gut bei uns das Unkraut steht«, flüstere ich.
Die beiden haben das Gartentor erreicht. Es schnurrt auf, klappt zu, aber kein Philip kommt zurück.
»Paß auf, den nimmt sie gleich mit rüber.«
Wir laufen zum anderen Ende des Balkons. Aber so hoch wir auch hüpfen, die Büsche und Bäume zwischen unseren Grundstücken sind höher und noch zu sehr belaubt, um einen Durchblick in Trautchens Garten zu gewähren.
»Hol die Trittleiter und den Opergucker, er liegt in der Dielenkommode!«
Hänschen rennt und findet beides überraschend schnell. Zuerst steigt er hinauf.
»Kannst du was sehen?«
»Ach, ach, ach«, seufzt er, nachdem er eine Weile begierig an dem Glas gedreht hat. »Sie sitzen auf einer großen

Veranda, und Trautchen bringt eine runde Flasche, einen hübschen kleinen Bocksbeutel, auf den Hans Fichte so viel Appetit hat. Sie stoßen an.«
»Laß mich mal rauf.« Ich zupfe an seinem Hosenbein, bis er von der Leiter steigt. »Schön ist das da drüben. So gepflegt. – Jetzt machen sie Licht an.«
Die Dämmerung vertieft sich immer mehr, und wir gehen auf den Hof hinunter, um die Kindermöbel in den Schuppen zu stellen.
»Findest du sie hübsch?« frage ich Hänschen.
»Mein Typ ist sie nicht. Du weißt ja, ich schwärme für rassige Frauen, die einen Kopf größer als ich und bereits verheiratet sind.«
Gegen zehn Uhr betritt Philip schlüsselklappernd und nachdenklich wiegend das Kaminzimmer, in dem wir uns böse gewartet haben. Er beachtet uns gar nicht.
»Guten Abend«, sage ich kühl.
Da wendet er sich eiskalt um. »Frau Nessler ist eine reizende Dame, und ich wünsche nicht, daß ihr noch einmal das Radio zu einer so pöbelhaften Lautstärke aufdreht.«
»Hei!« sagt Hänschen.
»Hei! Hei!« sage ich.
»Abgesehen davon macht es einen sehr unerzogenen Eindruck, wenn ihr mit dem Opernglas in fremde Gärten stiert.«
»Hat Trautchen das auch gesehen?«
»Sie machte mich sogar darauf aufmerksam. Es war mir verdammt peinlich.«
Und was da krachend hinter Philip zufliegt, ist die Schlafzimmertür.
Ich muß weinen. Ich denke an mein armes, ungeborenes Kind und weine.
Da legt sich Hänschens warme Rechte auf meine Schulter. »Laß man, Tine«, tröstet er, »das tritt sich schon wieder fest.«

Bitte, beanstanden Sie meine durcheinanderne Zusammenstellung der vergangenen Ereignisse nicht.
Um zumindest einen schwachen Eindruck von dem Gewesenen wiederzugeben, müßte ich nicht nur durcheinanderschreiben, sondern dazu noch meine Hauptsätze auf den Kopf und die Nebensätze kreuz und quer dazwischenstellen.
Denn – genauso war es, als die Maler die Ruine überfielen. Sie begannen nicht in einem Raum, sondern schwärmten gleich am ersten Tag mit ihren Eimern, Töpfen, Besen, Pinseln, Farbtüten, Leitern, Spachteln und was sie sonst noch haben, worüber man stolpern kann, über die ganze Ruine. Von innen und außen.
An allen Orten begannen sie zugleich, abgesehen vom Bad und Kaminzimmer, die erst vor zwei Jahren ein neues Kleid erhielten.
Im Kaminzimmer türmten sich die Möbel von Küche, Diele, Schlafzimmer und Anrichte. Im Bad malte ich nach Vorlage Bauernmuster auf die Kindermöbel und empfing auch hier meine Besuche. Anna und die Hunde hatten sich in der Waschküche eingerichtet.
Trautchen bot uns durch ihren liebenswürdigen Nachbarn Philip Marschall an, bei ihr zu wohnen und zu speisen, aber ich lehnte ab. Wo ich mich erst einmal blamiert habe, fühle ich mich nicht gern auch noch zu Dank verpflichtet. Nur für Dickie nahm ich die Einladung an.
Jeden Mittag zogen wir in die nächste Gastwirtschaft und bestellten »Zweimal Stamm auf den Tisch (für Anna und mich) und zweimal Stamm untern Tisch (für Boogie und Eliza).« Die feine Anette fraß mittags mit Philip bei Kempinski.
Ach, ich habe ganz vergessen, vom Anbringen der Heizkörper zu erzählen. Übrigens, die Heizungsinstallateure – sehr saubere Leute! Sie haben nur einen handgroßen Fleck in den Fußboden der Anrichte gelötet.

Aaaaber – ihre Bombe! Ich glaube, Sauerstoff und Gas waren drin, und sie schleiften sie immer mit sich herum. Mir gefiel sie nicht.
Ich fragte einen Installateur, was geschähe, wenn –? Da sei keine Gefahr, versicherte er. »Aber wenn sie nun wirklich –?« Na, dann ginge ein Teil Haus in die Luft. »Ist das schon mal passiert?« Doch, sagte er, er habe vor Jahren von einem Fall gehört. Zwei Tote.
Nachts trugen sie die Bombe in den Heizungskeller.
Am Morgen waren die Maler gekommen, ich schlief bereits auf Matratzen über dem langgelegten Küchenschrank und Philip – durch einen Sesselturm von mir getrennt – ebenso ungewöhnlich. Das heißt: er schlief. Ich nicht. Weil ich an die Bombe denken mußte.
Als er sich einmal im Schlaf herumwarf, rief ich: »Phil!«
»Hm.«
»Die Bombe!«
»Na und?«
»Sie tickt.«
»Laß sie ticken.«
»Wenn sie aber explodiert?«
»Ich bin sehr müde!« Das klang streng und unwiderruflich.
»Es wäre doch schade um uns, findstu nich, Phil?«
Keine Antwort.
»Und der Junge! Hat dann überhaupt nichts von der Welt gesehen.«
Nichts.
»Und das schöne neue Haus, das sooo viel Geld gekostet hat.«
Das saß. Hinter dem Sesselturm rappelte es, dann kamen ein Bums und ein Fluch. »Du kannst einen schwach machen, Tine. Hast du eine Taschenlampe?«
Die Taschenlampe lag links neben meiner Schlafstatt, ich wußte es genau. Aber jetzt war sie nicht mehr da.
Philip fand sein Feuerzeug und eine Kerze und turnt freihändig über das Möbelgebirge zur Tür.

Es dauerte fast zehn Minuten, bis er – eingehüllt in flackernden Lichtschein, unheimliche Schatten um sich werfend, wiederauftauchte. Stumm bis auf ein paar Flüche, balancierte er sich in sein Nachtlager zurück.
»Na«, fragte ich gespannt, »hat sie getickt?«
Er antwortete nicht.
Ich überlegte, ob ich ihn durch Schluchzen zum Sprechen bringen sollte, aber es gibt Momente, da rührt auch das jämmerlichste Frauenweinen kein Männerherz.
Das war die Geschichte von der Bombe.
Zwei Tage später brach der Streit um die Tapeten aus.
Ich wollte Blümchen für alle Räume, Philip dagegen breite, antike, rotweiße Streifen für die Anrichte, Uni für Kinder- und Schlafzimmer und ein blaues Muster mit ländlichen Szenen, das wie eine Wandbespannung wirkte, für den oberen Flur und das Fremdenzimmer.
Hänschen stimmte selbstverständlich und ohne hinzugukken für meine Wahl, aber obgleich zwei laute Stimmen gegen seine vornehme leise standen, siegte Philip.
Ach, und dann das Drama mit der pulverisierten Ockerfarbe, die in einem Eimer an der Stelle in der Küche abgestellt wurde, wo sonst Emmas Sandkiste stand.
Woher sollte die arme Katze wissen, was Ocker ist und was Sand?
Hänschen studierte mit Hingabe und Taschenlampe die alten Zeitungen, die unter der abgerissenen Tapete in der Anrichte zum Vorschein kamen. Er las uns Frontberichte vor und Auszüge aus stolzen Reden.
Er fiel uns gründlich auf die Nerven.
Das war an dem Abend, an dem ich nach all der anstrengenden Bauarbeit zusammenklappte und ins Bett mußte.
Die beiden Männer hockten bei mir. Philip hielt meine Hände, und Hänschen lag auf einer meine provisorische Lagerstatt begrenzenden Boulekommode und streichelte

hilflos dort über die Bettdecke, wo sich unter ihr meine Füße abzeichneten.
Von diesem Tage an übten sich beide in Aufmerksamkeit und gutem Betragen. Ich möchte fast sagen, sie stolperten über sich selbst vor lauter Zartgefühl. Das war rührend anzusehen und verbesserte mein Dasein in der Ruine bedeutend. Ich stieg vom Güterwagen in die feine Polsterklasse um.
Jetzt ist nach einwöchigem Schrubben die letzte Handwerkerspur getilgt worden, und die Räume sind bis auf einen fehlenden Wandleuchter hier und einen Sessel da eingerichtet.
Ich finde unser Werk so schön, daß ich Sie am liebsten alle einladen möchte. Aber kommen Sie lieber erst im Mai, wenn die Kastanie vor dem Balkon rot blüht und – wenn Philip II. eingezogen ist. Ach so, ja, unsere Adresse: Marschall, Stendhalstraße 7–9, Berlin-Grunewald.
Wir stehen übrigens im Telefonbuch.

4. Kapitel

in dem Sie Philip als Hausfrau kennenlernen

Heute geben wir unsere erste Gesellschaft in der neuen Ruine. Es ist zwar jetzt wieder ein komplettes Haus. Aber Ruine klingt gemütlicher (ob Sie's glauben oder nicht). Weil aber ein Unterschied sein muß, sagen wir »neue Ruine«.
Heute abend geben wir also unsere erste Gesellschaft in der neuen Ruine. Eingeladen sind Herr und Frau Erksen, Textilbranche, Herr Modeschöpfer Peter Monier, Herr

Dr. Fichte und Fräulein stud. met. vet. Ruth Bäumer, Herr Jan Braun und Frau Nessler – alias Trautchen. Sie gehört seit kurzem zu unserem engeren Bekanntenkreis, denn Philip ist ganz entzückt von ihr. (Aber ich wittere nichts Besorgniserregendes. Wegen ihrer Brünhildenfigur. Rose von Stambul wäre gefährlicher.)
Trautchen zeigt sich in jeder Weise als freundliche, hilfsbereite Nachbarin. Auch das Singen betreibt sie jetzt hinter geschlossenen Fenstern – schon wegen der rauhen Wintertemperatur. Sie besorgt uns Steuerkarten für die Oper, und Dickie, der zu Anfang der Bauarbeiten mit seinen persönlichen Schätzen – Halsband, Körbchen und einem ollen Schuh von Anna – bei Trautchen in Pension ging, Dickie hat sich an ihre Heroinenfigur, an ihren Gesang und ihre Küche so sehr gewöhnt wie Demoiselle an Jan Braun. Jeden Morgen kommt er durch das Loch im Zaun – durch das auch wir Erwachsenen kriechen – zu einer Visite auf unseren Hof, mehrere Male am Tag besuchen ihn Eliza und Boogie in Trautchens Haus, und gestern sah ich zu meinem Schrecken, wie Gustav mit einigen seiner Damen durch das Loch stolzierte. Auch Gustav will die Beziehungen zu Trautchens Küche aufnehmen.
Wie Sie sehen, hat sich meine Familie eng mit dem Wagnergesang verbrüdert.
Aber ich will ja von unserer ersten Gesellschaft berichten.
Wie bei allen anderen Ereignissen in der Ruine zeigt sich Hans Fichte am aufgeregtesten von uns. Er hat heute schon zweimal wegen unserer Gesellschaft angeläutet, und eben wollte er wissen: »Ich mache gerade Toilette, Tine. Und stelle fest, daß der schöne Schlips, den ihr mir geschenkt habt, vorne einen Fleck hat. Jetzt muß ich eine grüne Krawatte umbinden. Kann ich zum blauen Anzug eine grüne...?«
Ich gebe den Hörer an Philip weiter. Er löst spielend Hänschens Modesorgen und ermahnt ihn anschließend:

»Wirf beim Heimgehen laut klingend ein Fünf-Mark-Stück in die Zinnschale auf der Diele. Die Leute vergessen zu gern, ein Trinkgeld zu geben. Da muß man schon ein bißchen nachhelfen. Wie bitte? Ja doch, du kriegst den Fünfer wieder.«
Philip denkt an alles. Er spielt den maître d'hôtel wie ein Gelernter, und ich folge ihm überall hin, um ja keine seiner Anordnungen zu übersehen. Zum ersten Male bin ich froh, daß er in meine Hausfrauenrechte eingreift, denn ich verstehe so wenig von den kleinen und großen Finessen, die aus »Leute zu Besuch« erst eine »Gesellschaft« machen.
Bei uns in Klein-Toppel gab es bloß »viel Besuch«.
Jetzt ist es acht Uhr. Philip legt noch ein paar Scheite auf das prasselnde Kaminfeuer, und ich erhalte die letzten Anweisungen.
»Zieh keinen Gast dem anderen vor, hörst du?«
»Nein, Phil.«
»Gieße Hänschen aus lauter Freundschaft nicht zu viel ein. Sein Glas ist von Natur aus leer. Ich möchte nicht, daß er bereits um elf Uhr den Kaiser Wilhelm mit Bart singt.«
»Natürlich nicht, Phil.« Wenn Hänschen doch schon da wäre! Er ist zwar in der höheren Gesellschaftsführung genauso unbewandert wie ich, aber seine Unbekümmertheit trägt ihn sicher über alle prekären Situationen hinweg – auch über das Essen von Artischocken.
»Was machst du da?« fragt Philip streng, als er mich an der Bar erwischt.
»Ich trinke mir Mut an. Jaja, ich weiß schon, was du sagen willst. Wenn eine Frau während ihrer Schwangerschaft säuft, wird ihr Sohn vielleicht ein Krimineller. Prost!«
Ehe er seine Stimme zu einem passenden Kommentar sammeln kann, bimmelt die pensionierte Schiffsglocke am Gartentor, und unsere ersten Gäste werden von der feierlichen Anna eingelassen.

»Herr und Frau Erksen.«
Na, denn...

Es gibt Erinnerungen im Leben eines Mannes, die soll man nicht mit Eifersucht bewerfen. Der Name Dagy Erksen steht in der Vitrine von Philips Herzen, und ich werde mich hüten, daran zu rücken.
Dagy ist seit zehn Jahren mit Karl Erksen verheiratet, und ab und zu erinnert sie sich auch daran. Sie ist gar nicht hübsch, sie sieht nicht einmal gut aus, und sie hat sich mit ihrem Gesicht genauso abgefunden wie mit Karl Erksens Gleichgültigkeit. Ja, sie kokettiert sogar mit ihrer Häßlichkeit. Sie sagt: »Ich kann sie mir leisten«, und damit hat sie völlig recht. Dagy hat Wichtigeres und Sympathischeres aufzuweisen als ein hübsches Gesicht. Sie ist Frau im Superlativ, mit einer makellosen Figur, einem makellosen Geschmack und erstaunlichem Verstand ausgestattet. Und es gelang ihr, all die Mädchen, die während ihrer Freundschaft mit Philip auf der grünen Couch in seinem Kaminzimmer Kognak tranken, zu überdauern. Alle Männer beneideten Phil um sie. Alle Männer – außer Karl Erksen. Vielleicht liegt das daran, daß er mit ihr verheiratet ist. Frauen wie Dagy sind ideale Freundinnen, aber oft minderbegabte Ehefrauen.
»Wir verstehen es beängstigend gut, unsere Liebe füreinander zu zügeln, aber wir richten auch keine Blumentöpfe und Vasen gegeneinander«, pflegt Dagy zu sagen, wenn sie von ihrer Ehe spricht, und sie lacht dabei so federleicht, daß niemand auf die Idee käme, sie wäre nicht restlos zufrieden mit ihrem Karl.
Sein einziger Beitrag zu unserer Unterhaltung besteht darin, einen Kleiderstoff mit fachmännischem Augenblinzeln zu fixieren oder unser Porzellan nach seinem Stempel auf den Kopf zu stellen. Das heißt, ich tue ihm unrecht. Er hat mich schon zweimal etwas gefragt: erstens, in welchem

Monat ich bin, und dann, wieviel der Umbau der Ruine gekostet hat.
Ich habe mich schon oft gewundert, wie die lebhafte, geistreiche Dagy dazu kam, diesen Block zu heiraten. Philip meint: »Als sie sich kennenlernten, wird er wohl anders gewesen sein.«
Nicht nur Philip, auch Jan Braun ist von Dagy begeistert. Ich muß dringend geistreich werden, damit sie mich auch vergöttern können.

2 Uhr morgens.
Große Füße sind ein Kreuz. Meine Schuhnummer ist in Anbetracht meiner Länge so gewaltig ausgefallen, daß ich bisher noch nicht den Mut hatte, sie einem Mann zu gestehen. Meinen Schuhschrank schließe ich vor Philip immer ab, weil ich fürchte, daß meine leerstehenden Elbkähne seine sparsamen lyrischen Gedankenspinnereien um meine Person rasch und restlos zertrampeln könnten.
Aber solche Menge Fuß verletzt nicht nur ständig meine Eitelkeit, ich bin überzeugt, daß sie auch eine größere Leidensfläche besitzt. Dagys zierliche 36 können bestimmt nicht so schmerzen wie meine Größe 41 in dieser Nacht.
Ich kühle sie auf den Fliesen des Badezimmers. Durch den Spiegel über dem Waschbecken sehe ich die geöffnete Schlafzimmertür und jetzt auch meinen Philip, wie er, den Schlips vom Hals ziehend, ins Bad tritt. »War ein gelungener Abend, nicht? Ich glaube, es haben sich alle amüsiert.«
»Ja.«
»Nur Ruth Bäumer gefiel mir nicht. Sie ist so verkrampft. Muß mal mit Hänschen reden. Von Hündinnen mag er was verstehen, aber nichts von Frauen.« Er dreht die Hähne der Badewanne auf und hält prüfend die Hand unter.
»Du verstehst eine Menge von Frauen, nicht wahr?«
»Was soll der ätzende Unterton, Tine Marschall?« fragt er

dagegen und stellt sich neben mich an den Spiegel, sein Gesicht nach einem Mitesser absuchend.
»Du glaubst, ich bin eifersüchtig auf deine Vergangenheit mit Dagy, aber das bin ich nicht.«
»Nein?«
»Es kränkt mich nur, daß du dich ihr gegenüber – ich meine, du behandelst sie gleichberechtigter als mich. Du nimmst sie für voll, während ich immer Vatis kleine Tochter vom Lande bleiben werde. Ihr habt da« – ich zeige gegen seine Stirn – »viel mehr Kontakt als wir beide.«
Er vergißt die Mitessersuche und legt seine Hand sehr intensiv auf mein Herz. »Und da haben wir mehr. Ich glaube, das ist wichtiger.«

5. Kapitel

in dem eine Menge geschieht, wovor man eine werdende Mutter bewahren sollte

»Mein Liebling!
Was sagtest Du noch, als Du nach Düsseldorf fuhrst? Ich soll mich schön schonen. Ich schone mich wunderschön! Gestern früh kam ein reizender Brief von unserer werdenden Omi aus Hannover. Sie schrieb: ›Als Philip unterwegs war, scheute ich alle häßlichen Anblicke. Ich las nur heitere Romane, besuchte Kunstgalerien und hörte Mozart – nichts Atonal-Modernes. Du solltest Dich jetzt auch nur mit hübschen Dingen beschäftigen, mein liebes Mädchen.‹ Ich beschäftige mich mit wunderhübschen Dingen. Ich schone mich wunderschön...

Um Dir zu schildern, wiiie wunderschön, muß ich zuerst von Annas Hexe erzählen. Sie schießt schon wieder. Und wie sie schießt. Und das Rheuma auch! Es kam so plötzlich beim Wäschewaschen, daß ich sie nicht mehr die Treppe hinauf ins Fremdenzimmer verfrachten konnte, sondern in unser Bett legen mußte. Gott sei Dank habe ich ja Frau Kallweit, die mir Dagy beim ersten Hexenschuß besorgte.

Die Kallweiten kommt jeden Morgen um sieben Uhr. Ich – die im Augenblick in unserem Fremdenzimmer schläft – werfe den Mantel über, ergreife eine Schneeschippe und einen schwappvollen Eimer Wasser und eile durch einen furchtbar kalten Morgen zum Gartentor. Dort steht Frau Kallweit zwischen fünf bis sechs – manchmal auch mehr – Heiratskandidaten unserer Anette, die sich gerade in einem interessanten Zustand befindet. Ich reiche der Kallweiten den Schneeschipper durch das Gitter, öffne das Tor um einen Spalt und bringe den Eimer in Ausgießstellung. Frau Kallweit beginnt nun, immer um sich herumzuschippen – nicht etwa Schnee, nein, Hunde schippt sie, süchtige, beißfreudige, rücksichtslose, große, kleine, knurrende, minnejaulende, kläffende. (Einer war heute dabei, der brachte an einer langen Kette ein Stück Gartenzaun mit. Jaja, die Macht der Liebe!) Aber das sind keine Hunde, das sind Bumerangs. Kaum hat Frau Kallweit sie in den Rinnstein geschippt und jagt erleichtert auf den Türspalt zu, um sich zu mir in den Garten zu zwängen, sind sie schon wieder da, stoßen sie beiseite, drängen ihre Schnauzen in den Spalt... Jetzt spiele ich Wasserfall. Das scheucht wenigstens die Sensiblen für Sekunden zurück, und die Kallweit huscht keuchend und klitschnaß – so genau kann ich nicht zielen – in unser Besitztum.

Es folgen das Frühstück und die Morgenstänkereien der Frau Krieger. Anna geht's bedeutend besser. Der Arzt hat ihr eine flüssige, weiße Einreibe verschrieben, die ich auf ihre schlimme Stelle – die Hexe und einmal nicht ihr

Mundwerk ist damit gemeint – papierdick auftragen muß. An dem geschilderten Morgen muß ich wohl die Papierdicke etwas stärker im Gedächtnis gehabt haben. Auf jeden Fall lief der einbalsamierte Körperteil sofort purpurrot an. Die Anna schrie wie am Spieß.

Jetzt schaut sie mich nicht mehr an. Ich bin bei ihr noch untendurcher als die ›Schlampe‹ Kallweit, die gar keine Schlampe ist. Ich habe Anna verbrannt, Philip, nicht so sehr arg, aber immerhin sichtbar genug, und sie würde es bestimmt der Kallweiten zeigen, wenn sie mit der nicht Krach hätte, und Hänschen zeigte sie es auch, wenn sie nicht so ›schenant‹ wäre.

An diesem denkwürdigen Tage nun, der mit dem Schippen und Löschen von Anettes Kavalieren begann und mit der teilweisen Verbrennung unserer Anna fortgesetzt wurde, an diesem Tag kam der Gasmann zum Ablesen und Kassieren. Er bimmelte in Frau Kallweits einzigem geistesabwesenden Augenblick. Sie drückte in der Küche auf den Surrer wie in normalen Zeiten, wenn kein Feind unsere Tore belagert. Der Gasmann trat ein, und mit ihm stürmten neun Kavaliere das Haus und die geschlossene Krankenstation. Es war nämlich ein Schäferhund dabei, der verstand sich auf die Handhabung von Türklinken. Kannst Du Dir vorstellen, was geschah, Philip Marschall? Nein, Du kannst es nicht. Dafür reicht Deine Phantasie nicht aus.

Ich sitze auf eine Zigarettenlänge im Wohnzimmer.

Plötzlich Bumsen, Hecheln, Tapsen, Boogies wütendes Bellen, dann ein weiblicher, ein markerschütternder Schrei. Ich erblasse. Bestimmt bin ich erblaßt. Stürze in Richtung ›Geschlossene Station‹, finde statt dessen ein öffentliches Haus vor. Oh, unser bildschönes, gepflegtes Schlafzimmer! Von Anna und Anette, die bei ihr auf dem französischen Bett lag, ist nichts mehr zu sehen, nur eine bewegliche Steppdecke mit Buckeln und Dellen und Fingern, die sie von innen festzuhalten versuchen. Ängstliches Winseln und Annas dumpfer Schrei ›Pollezei! Pollezei!‹, gemischt mit Schlachtenlärm. Neun Köter aller Größen und Rassen, völlig von Sinnen, tummeln sich in unserem Schlafzimmer, toben, rasen rauf aufs Bett, schnüffeln unters festgehaltene Bettdeck, legen Annas knöcherige, strampelnde Füße frei. Auf dem Schrank – mit gesträubtem Fell, fauchend, deiviertel tot vor Angst – unsere Emma.

Die Kallweiten drückt mir einen Ausklopfer in die Hand, sie selbst hantiert mit dem Besen. Boogie beißt wahllos und jähzornig in Kavalierswaden.

Ich stiebe mit dem Ausklopfer Pudel, Dackel, Boxer und anderes vom Bett. Sie verkriechen sich darunter. Kallweit kehrt sie vor. Obgleich körperlich etwas behindert, springe ich todesmutig aufs Bett und dresche auf alles ein, was sich diesem nähert.

Nach zehn Minuten haben wir fünf Köter aus dem Zimmer, die anderen lassen sich nicht kriegen. Plötzlich wirft Frau Kallweit ihren Besen fort und krümmt sich heulend über ihre Hand. Ein Hund hat sie gebissen. Sie weiß nicht, welcher es war. (Ich weiß es, aber ich sag's ihr nicht. Er hat's ja nicht mit Absicht getan.)

Und dann sehe ich den Gasmann. Mit plattgedrückter Nase an der Fensterscheibe. Ich reiße das Fenster auf. Da hängt er mit den Ellbogen auf dem Sims, seine Schuhspitzen schurren den neuen rosa Putz von der Hauswand, und er kräht. Herrgott, hat der Mann vor Vergnügen gekräht!

›Mensch, Mann, so helfen Sie uns doch!‹ Am liebsten hätte ich Boogie auf ihn gehetzt, damit er ihn auch beißt.

Nach weiteren zehn Minuten hatten wir alle Kavaliere verjagt – bis auf einen Dackel. Den fanden wir erst später. Er hatte sich im Kleiderschrank versteckt.

Was ich von der geschundenen Kriegern zu hören bekam,

als sie mit hochrotem Kopf unter dem Deckbett hervortauchte, das war nicht schön.
Frau Kallweit habe ich zum Arzt geschickt. Er hat ihr gegen den Hundebiß eine Tetanus-Spritze gesetzt, nach der ist sie nun richtig krank geworden. Boogie hat tiefe Löcher im Nacken und einen Triangel im rechten Behang, Hänschen mußte ihn verarzten.
Als ich das Bett frisch überzog, verdammte mich Anna (und die Kallweiten natürlich auch) und schwor, ihren Lebensabend der Vergiftung aller Hunde zu widmen. Keine Töle sollte ihr entkommen, jede, aber auch wirklich jede wollte sie kaltlächelnd abmurksen. Und während sie also drohte, hielt sie die zitternde Anette fest im Arm und beruhigte sie mit rauhem Streicheln.
Meine Arme sind lahm vom Dreschen und Halsbandzerren, meine Stimmbänder total abgenutzt. Im Schlafzimmer hat Anna Wünsche, auf der Couch im Kaminzimmer bespricht sich Frau Kallweit mit ihrem Tetanus. Boogie liegt auf Deinem Sessel und leidet so theatralisch, wie außer einem Dackel nur ein Spaniel leiden kann. Und ich laufe mir Ballen an die Füße, um die Lebendigen und die Halbtoten in unserem gepflegten Heim zufriedenzustellen.

Freundliche Grüße
Oberschwester Valentine
Lazarett Villa Marschall

P. S. Zu Oberschwester paßt mein Name eigentlich recht gut.«

An jedem ersten Sonnabend eines Monats gibt Trautchen ein Hauskonzert, zu dem außer ihren reizenden Nachbarn Marschalls auch Dirigenten, Musikkritiker, Sänger, Nerzstolas und Namen eingeladen werden, die einmal eine große Vergangenheit hatten.
Was mich immer wundert, ist die Tatsache, daß die meisten Musiker in einem Alter, in dem andere Männer längst

verbittert um ihren schwindenden Haarwuchs kämpfen, noch immer über beachtliche Mähnen verfügen.

Ich äußerte diese Beobachtung einmal vor Hänschen Fichte. Seitdem hat er beschlossen, Blockflöte zu lernen, denn alle noch so kostspieligen Haarwuchsmittel nützen nichts mehr bei ihm.

An diesem Sonnabend, dem ersten, an dem es Anna wieder gutging und an dem ich Philip von einer Hamburger Reise zurückerwartete, besuchte ich ein Hauskonzert bei Trautchen. Jan Braun begleitete mich.

Vor den Fenstern des Kaminzimmers waren die Laden noch nicht geschlossen, als ich gegen sechs Uhr nach Hause kam. Das Licht glitt lang bis zu den beschneiten Kastanienästen hinauf und über die verödete Terrasse mit den nackten, geköpften Putten.

Anna empfing mich, zum Ausgehen umgekleidet, in der Tür. Sie wollte heute abend ein Unternehmen starten, das sie schon den ganzen Tag von der Hausarbeit abgelenkt hatte: ins Kino gehen.

Für Anna ist jeder Film- und Verwandtenbesuch mit Vorbereitungen verbunden, die auf eine längere Reise schließen lassen. Auch badet sie gründlich vorher, zieht sich von Haut auf neu an, denn es könnte ihr unterwegs etwas zustoßen, und wenn sie dann ins Krankenhaus eingeliefert würde und die Schwestern riefen: »Pfui, was ist die Anna Krieger für eine Schlampe!« – also, das wäre nicht auszudenken.

Die Vorstellung begann erst um acht Uhr, aber Anna meinte, »sie wolle man schon so langsam losmachen. Hetze hättse in unsre Ruine die Woche über genuch«.

»Gedeckt is, das Essen brauchense bloß warmzumachen, und Herr Schmidt weiß über alles Bescheid.«

Herr Schmidt ist der Vater, von dem ich die zu großen Füße und den Hang zum Tagträumen geerbt habe, eine Beschäftigung, die sich ein Landwirt nur leisten kann,

wenn er eine nüchterne, tatkräftige Frau wie meine Mutter Auguste besessen hat.
Seit mehreren Jahren lebt er nun schon bei seiner Schwester auf einem kleinen Hof in Westfalen. Mit seinen Gedanken aber weilt er im uckermärkischen Zuhause, das wir verlassen mußten. Und vor lauter Nachdenken um das verlorene Früher kommt er nicht dazu, sich eine neue Existenz zu schaffen. Er ist auch nicht mehr jung genug dazu, und außerdem fehlt ihm seine Antreiberin Auguste.
Nachdem meine Schwiegermutter Lieschen vierzehn Tage lang unser Fremdenzimmer als Hauptquartier für ihre Feldzüge gegen Anna Krieger benutzte, wohnt jetzt Mathias Schmidt bei uns. Vati versteht sich gut mit Anna. Sie spielen zusammen Sechsundsechzig und erzählen aus früheren, aus »ihren« Zeiten. Er nimmt ihr die Hühner ab, schippt Schnee und sorgt mit stundenlangen Waldspaziergängen dafür, daß unsere zur Molligkeit neigenden Spaniels bei Figur bleiben. Abends sitzt er bei uns am Kamin und liest.
Anne sagt, er sei ein feiner Mann, genau wie der selige Herr Marschall einer gewesen sei. Die beiden hätten sich was gut verstanden, sagt sie, und es sei schon ein Jammer, daß immer die wertvollen Menschen zuerst sterben müssen.
Anna Kriegers Gedanken mochten bei dieser Bemerkung in eine ganz bestimmte Richtung eilen – nach Hannover, meine ich. Aber deshalb wird unser kapriziöses Lieschen doch hoffentlich noch eine Reihe von Jahren leben – schon, um Anna zu ärgern.
Um sieben Uhr etwa wollte Philip zurück sein, und ich erwarte jeden Augenblick seinen Anruf vom Kontrollpunkt Dreilinden, der den Abschluß all seiner Reisen und für uns das Startsignal zum Kartoffelaussetzen bedeutet. Um acht Uhr warten wir noch immer vergebens. Ich stehe am Fenster, und Vati sitzt am Kamin, in kurzen Abständen

blauen Zigarrenrauch ausstoßend und ihm andächtig nachblickend, so als ob es Weihrauch wäre.
Um neun Uhr lasse ich die Hunde noch einmal in den Garten. Im Winter schlafen sie nämlich nicht im Zwinger, sondern in der Küche.
Ich bleibe in der Tür stehen und blicke auf den lautlos fallenden Schnee, der den ganzen Hof überzogen hat und alle Geräusche dämpft. Boogies und Elizas Pfoten zerreißen pietätlos seine weiße, ebenmäßige Decke.
Vielleicht sind Schneeverwehungen auf der Autobahn, die Philip aufhalten. Scheußlich, dieses Warten.
»Boogie, Eliza – beeilt euch!«
Als ich die Tür hinter uns dreien schließen will, höre ich ein Motorrad vorm Gartentor halten. Hänschen!
Er sieht aus wie ein Schneemann und bittet mich um einen Handbesen, mit dem er sein Äußeres fegen kann.
Und er ist so entsetzlich fröhlich.
»Hast du etwas von Philip gehört?« frage ich ihn.
»Nö. Wieso?« Er schält sich aus seinen vielen steifen Sportlerhüllen, trägt sie in die Küche und putzt seine Schuhe ab (Anna hat ihn gut erzogen!). Er tut dies alles mit einer Bedächtigkeit, die mich nervös macht.
»Ich bin bloß auf ein kleines Plauderstündchen zu dir gekommen«, sagt er.
»Hans!«
»Ja?« Er blinzelt scheu an mir vorbei wie Boogie und Eliza, wenn sie ein schlechtes Gewissen haben.
»Du gebrauchst doch sonst nicht so niedliche Ausdrücke für deine Besuche bei uns. Was ist los?«
Er nimmt meinen Arm, führt mich zu einem Sessel, begrüßt Vati mit lautem, unnatürlichem Lachen und dramatischem Blick darüber und zieht sich einen Stuhl zu mir heran.
»Nun setz dich man schön bequem hin, Tine«, beginnt er bedrückend vorsorglich. »Du mußt es ja doch erfahren, und es ist überhaupt nicht schlimm.«

»Was ist nicht schlimm? Wovon redest du?« Mir wird plötzlich heiß vor Angst. »Es ist doch nicht etwa was mit Phil – um Gottes willen, ist irgend etwas passiert, Hans?!«
»Nö, das heißt doch«, stottert er, »aber Phips hat irres Glück gehabt.«
(Dieses blödsinnige Manöver ist typisch für die Art meiner Männer, mir etwas »schonend« beizubringen. Oh, ich wünschte mir manchmal eine Freundin. Frauen zerwerfen nicht einen Porzellanladen, wenn sie eine Tasse schützen wollen.)
»Zum Kuckuck, so rede endlich!« schreie ich ihn an.
»Phips ist mit dem Wagen verunglückt.« Hänschen zuckt, als ob er gleich eine Ohrfeige erwartet, und Vati macht ein Gesicht, als ob er bereits eine erhalten hätte. Und beide starren mich ängstlich an.
»Er lebt, ich schwöre es dir, wir haben eben zusammen telefoniert!«
»Ja, wenn sie telefoniert haben, kann es nicht so schlimm sein.« Vier Männerhände streicheln hilflos an mir herum, ihr Mitgefühl ist ensetzlich.
Ich muß sie noch einmal beide anschreien, und dann erfahre ich endlich – ohne schonende Umschweife –, was passiert ist. Heute mittag, bei der Ausfahrt aus Hamburg, lief ihm ein Kind vor den Wagen. Phil konnte ihn im letzten Augenblick noch zur Seite reißen, kam auf dem Glatteis ins Schleudern und prallte gegen einen Baum.
»...drauf trat er einen Augenblick geistig ab und kam erst wieder zu sich, als sich etwas Naßkaltes in seine Augen bohrte: Anettes Schnauze.«
»Ist er schwer verunglückt?«
»Nein, zwei Rippen gebrochen, das Nasenbein auch und 'ne leichte Gehirnerschütterung. Na, und Prellungen. Aber davon sprach er am wenigsten. Er erzählte vor allem von Anette, die die Leute vom Unfallkommando nicht an ihn heranlassen wollte und einen Polizisten gebissen hat. Übri-

gens soll sie bei dem Anprall gegen das Armaturenbrett geflogen sein und stark aus der Schulter bluten. Phil flucht, daß man sie nicht bei ihm im Krankenhaus beließ, sondern in eine Hundeklinik brachte. Und der Wagen sähe vorn wie'n Schrotthaufen aus. Aber sonst sei nichts passiert.«
Mir reicht es.
»Warum rief er mich nicht selbst an?«
»Er meinte, es wäre besser, wenn ich es dir beibrächte –.«
Und er blickt diskret auf meinen ungeborenen Sohn. Einen Gewandteren als Hänschen hätte Phil sich wirklich nicht zum Überbringer von Hiobsbotschaften aussuchen können.
»Hat mir Phil nichts bestellen lassen?«
»Doch. Schönen Gruß, und du möchtest dich schonen und bloß an unsern Jungen denken. Und niemand etwas von seinem Unfall erzählen. Auch Monier nicht. Obgleich die Ärzte ihn eine Woche dabehalten wollen, hofft er doch, noch rechtzeitig zu den Schauen hier zu sein. Er sagt, wenn seine Konkurrenz erführe, daß er diesmal vielleicht nicht mitknipsen kann, dann besäufe sie sich vor Glück über sein Pech.«
»Hänschen, gieß uns mal einen Kognak ein.« Ich kann das Fliegen der einen Hand nicht länger mit der fliegenden anderen beruhigen und gehe ins Schlafzimmer hinüber.
Phil!
Was kümmern mich im Augenblick die Ruine, unsere Tiere und die Tatsache, daß, wenn Philip nicht die Frühjahrskollektion fotografiert, wir recht arme Leute sind; ja, selbst das Kind ist unwichtig.
Phil...
Ich hole den kleinen Koffer aus dem Schrank und werfe ein paar Wäschestücke hinein.
Im Nebenraum höre ich Vati besorgt zischeln: »Wir dürfen sie jetzt nicht allein lassen. Schwangere Frauen schnappen leicht über.«

Zusammen betreten sie das Schlafzimmer.
»Wo willst du hin?« ruft Vati erschrocken. »Willst du in Hamburg entbinden?«
Hänschen naht sich mir mit energischen Schritten, nimmt den Koffer aus meiner Hand und stellt ihn in den Schrank zurück.
»Du bleibst hier. Was willst du in Hamburg? Phips wäre bestimmt böse, wenn du kämst.« Er streicht tröstend über meinen Arm. »Komm, sei hübsch brav, Tinchen. Und – danke Gott, daß du nicht Witwe geworden bist.«
Es gibt Wörter, die treffen den Nagel genau auf die Tränendrüse, und dazu gehört der trübe Begriff »Witwe«. Bisher bin ich verhältnismäßig ruhig gewesen, jetzt muß ich mich aufs Bett setzen und heulen.
Hänschen wühlt den Wäscheschrank nach Taschentüchern um, und Vati massiert meinen Kopf mit hilflosem Streicheln.
Boogie steigt zu mir aufs Bett, legt mir von hinten zwei Pfoten um den Hals und wäscht zärtlich meinen Nacken. Von vorn stubst Eliza meine Hände von den Augen. Sie hält ein Staubtuch, das wir schon lange vermissen, vor mein Gesicht.
»Danke, Eliza.« Aber als ich danach greifen will, wird es ihr leid, und sie steigt mit dem Tuch vom Bett hinunter.
Ich gehe ins Bad, wasche die Tränenspuren ab und Boogies Tröstungsversuch von meinem Nacken und überlege beim Anblick der beiden hilflos-bedrückten Männer, ob ich nun sie trösten soll, weil sie mich zum Heulen gebracht haben.
»Tine, es ist noch etwas«, beginnt Hänschen, seine Daumen knetend.
»Doch nichts Ernsthafteres mit Phil?«
»Nein, nein, nein, bestimmt nicht«, beteuert er eifrig und dann in seine Bedrückung zurückfallend, »nur – «
»Ist Anette tot?«
»Beißen Tote Polizisten?« fragt er dagegen.

Auf einmal weiß ich, was er hervorzudrucksen im Begriff ist.
»Philip war nicht allein im Wagen, nicht wahr? Es war eine Frau dabei.«
»Ja, ein englisches Mannequin, das er in Hamburg abholte. Er ist vom Modemagazin für diese Saison verpflichtet worden. Eine rein berufliche Sache, Tine, bestimmt!«
»Hans Fichte, du Erztrottel!« sage ich. »Es ist nichts Außergewöhnliches, daß Phil Mannequins bei sich hat. Aber durch dein schonendes Beibringen machst du mich erst mißtrauisch.«
Wenn ich auf Mannequins eifersüchtig sein müßte, hätte ich gewiß keinen Modefotografen geheiratet. Ich fürchte nur die Dagy Erksens mit Geist.
Trotzdem bin ich eifersüchtig.
Ich fürchte ganz einfach jede schöne, leichtfüßige schlanke Frau, mit der Philip jetzt zu tun hat. Das wird wohl an meinem Zustand liegen.
Vielleicht hat er das englische Mannequin schon an den vorangegangenen drei Tagen in Hamburg gesehen!?
Vielleicht ist er mit ihm ausgegangen und...
Auf einmal läßt die Sorge um Phils gebrochene Rippen merklich nach, und sowie ich mir dessen bewußt werde, schäme ich mich.
Um eine treue gebrochene Rippe sorgt es sich gefühlvoller als um eine untreue...
»Ist die Frau verletzt worden?« frage ich Hänschen.
»Nein, sie kam mit dem Schrecken davon.«
Ich schicke ihn nach Hause und Vati auf sein Zimmer. Eliza und Boogie bleiben in dieser Nacht bei mir. Aber sie benutzen ihre hereingeholten Körbchen nur zwei Minuten, dann steigen sie in mein Bett um. Boogie lähmt meinen Protest mit Handküssen, und Eliza bringt zur Bestechung ihr Staubtuch mit.
Ich habe in dieser Nacht kein Auge zugetan.

Philip lag mit gebrochenen Rippen im Krankenhaus. Anette in der Tierklinik. Ich erwartete ein Kind, und mein Mann hatte mich vielleicht betrogen. Unser Bankkonto hatte der Ausbau der Ruine verschlungen, und wenn Philip die Frühjahrskollektion nicht fotografieren konnte, dann bestand die nächste Zeit aus Sorge und Margarinestullen für uns. In dieser Nacht wäre ich beinahe erwachsen geworden, aber nur beinahe.

Anna macht betont große Bogen um mich, und Vati bleibt auf seinem Zimmer, wenn er zu Hause ist. Sorge und Mißtrauen haben ein rechtes Ekel aus mir gemacht. Am liebsten ginge ich mir selbst aus dem Wege.
Zwei Tage sind seit dem Unfall vergangen, ohne daß wir etwas Neues von Philip erfahren haben. Vielleicht geht es ihm schlechter. Ich beschimpfe Hänschen, daß er sich nicht den Namen des Krankenhauses sagen ließ.
»Wenn wir bis übermorgen nichts von ihm gehört haben, schwinge ich mich auf meinen Untersatz und fahre nach Hamburg, um alle Krankenhäuser so lange abzuklappern, bis ich ihn gefunden habe«, verspricht er mir gerade am Telefon.
»Das mußt du tun«, sage ich, worauf er seufzt.
Sicher malt er sich jetzt die leichtsinnig versprochene Motorradfahrt auf der vereisten Autobahn bei acht Grad Kälte aus.
»Oder wir rufen das Hamburger Polizeipräsidium an.« Er sucht bereits nach einer unkomplizierten Lösung. »Die wissen bestimmt, wo Phips hingekommen ist.«
»Warte mal, Hänschen, es bimmelt gerade.« Ich lege den Hörer hin und laufe ans Fenster. Im Winter kann man vom Haus aus bis zum Tor gucken. Ich sehe ein schwarzes Taxi und davor, die Augen Richtung Ruine, Phil und Anette.
Zumindest trägt der große Verband Philips Kamelhaarmantel und der kleine Anettes lange Behänge.

Sie sind noch immer da, nachdem ich mir ungläubig die Augen gerieben habe.
Die Terrassentür klemmt beim Öffnen, und daß man mit einem dicken Bauch so schnell rennen kann, hätte ich nie geglaubt.
Sie humpeln im Gleichschritt auf mich zu, und ich weiß nicht, ob ich heulen oder lachen soll. Ich glaube, ich tue beides.
Philip hat einen Verband um den Kopf und ein Pflaster quer über der Nase, das sein halbes Gesicht verdeckt. Seine Augen tränen aus dunkelroten Bluterguß-Polstern.
»Hallo, Tin, da sind wir«, näselt er, und das, was sein verschwollenes Gesicht jetzt in die Breite zieht, soll ein Grinsen sein. (In den nächsten Wochen brauche ich bestimmt keine Sorge zu haben, daß mein Mann einer anderen Frau gefährlich wird.)
»Du mußt uns beim Schofför auslösen«, sagt er. »Wir haben keinen Pfennig mehr bei uns.«
Einen Augenblick lang stehen wir unschlüssig voreinander, dann hebt er seine Arme um wenige Grad und ich lege meine Arme um seinen mächtigen Brustkorb – aber so vorsichtig, als ob ich ein geknicktes, rohes Ei anfasse.
»Phil!«
»Tinchen!«
»Wo, bitte, darf ich dich küssen?« frage ich, sein Gesicht absuchend. Er duftet nach Krankenhaus, und wo er sonst strahlend und elegant war, da ist er jetzt bloß lädiert. Und ich muß ein bißchen weinen, weil ich ihn so lieb habe.
Jetzt kommen »Nein, so was!« rufend und »Du Grundgütjer – nun kucken Se bloß den Herrn Philip und diß Nettchen an!« Vati und Anna angerannt.
Boogie und Eliza vergessen vor lauter Staunen über Anettes schmuddeligen Verband, aus dem nur Kopf, Pfoten und Schwanz hervorschauen, ihren Hausherrn zu begrüßen. Und man sieht Anette deutlich an: dieser große

Augenblick, da ihre Verwandtschaft, die zwei- und vierbeinige, sie mit staunender Bewunderung umringt, ist ein heilender Bonbon (ich meine natürlich: Knochen) für all die Schmerzen und Aufregungen, die sie durch den Unfall erlitten hat.

»Aber freiwillig ist sie seitdem in kein Auto gestiegen«, erzählt Philip mit näselnder Stimme. »Ich mußte sie mit Gewalt in jedes Taxi bugsieren, denn das arme Mädchen fürchtet, daß es noch einmal so was Furchtbares durchmachen muß.«

Einen Augenblick lang wird mir schwarz vor Augen. Ich stelle mir vor, die beiden wären nicht wiedergekommen.

Lieber Gott, ich dank' dir schön. Und wenn mich Philip in Hamburg betrogen hat – mir ist es schnuppe, wirklich. Ich bin bloß froh, daß ich ihn wiederhabe.

Vati bezahlt das Taxi, und wir führen unsere beiden Heimkehrer in langsam humpelndem Triumphzug in die Ruine.

»Eigentlich wollten sie mich noch im Krankenhaus behalten, wegen meines Döskopps«, erzählt Phil, als ich ihm den Mantel ausziehe. »Aber ich habe gesagt – kommt gar nicht in Frage, ich muß nach Haus und –« Auf einmal setzt er sich hin. Die unverbundenen Stellen in seinem Gesicht werden blaß. »Was sich – die Konkurrenz ärgern wird – «

»Marsch ins Bett!« Ich binde ihm den Schlips ab –

»Der Wagen sieht doll aus.«

– und knöpfe sein Hemd auf –

»Kriege ihn erst nächste Woche. Werde wohl mit'm Fahrrad zu den Schauen fahren – au!«

– und ziehe ihm so vorsichtig wie möglich das Hemd aus.

Er versucht, mit immer schwächerer Stimme den komplizierten Hergang des Unfalls zu schildern, aber ich verbiete ihm den Mund.

»Es war ein Leichtsinn von dir, schon heute zu kommen. Wenn du unterwegs ohnmächtig geworden wärst!«

»Na, und? Hatte doch Anette bei mir.«
Auf so viel männliche Logik weiß ich allerdings nichts zu erwidern.
Ob ich seinen Leukoplastverband um die Rippen auch schön fände? Und die farbenfrohen Quetschungen überall? Au – nicht so doll ziehen! Auf einmal schwankt er, und ich muß Vati rufen, damit er mir hilft, unseren schweren Helden ins Bett zu bringen.
Nein, *bloß* nichts essen. Einen Kognak bitte, Tine. Du bist gemein, Tine, warum keinen? Vater – du gibst mir einen –? Siehst du, Tine!? Für Anette ein Kotelett. Uhhh, sein Kopf, sein armer, armer Kopf! Kein Licht, das blendet! Und wenn Miß Hilton anruft, soll ich sagen, es ginge ihm glänzend und er melde sich morgen bei ihr im Hotel.
»Ist sie denn schon in Berlin?« frage ich.
»Heute früh geflogen. Hatte kleinen Nervenschock. Will nie mehr Auto fahren, bloß Panzer. Konnte nicht mit ihr fliegen – wegen Anette.«
»Diese Miß Hilton –«, ich zupfe an seiner Steppdecke, »ist sie nett?«
»Schön und dumm«, murmelt er, schon im Einschlafen.
»Hat sich aber rührend um uns gekümmert. Muß ihr morgen großen Blumenstrauß…« Aus. Phil ist für heute abgemeldet.
Ich stehe auf und verlasse auf Zehenspitzen das Schlafzimmer. Aus der Küche höre ich Anna in ungewohnt zärtlichen Tönen mit Anette schäkern. Und dann höre ich noch etwas anderes. Ein schrilles Pfeifen vom Schreibtisch her. Mit einem Aufschrei fällt mir ein, daß ich Hänschen an der Telefonstrippe vergessen habe.
»Lieb von dir«, sagt er, seine musikalische Selbstunterhaltung unterbrechend, »wirklich sehr lieb, daß du noch mal wiederkommst, Tine.«

6. Kapitel

in dem das wichtige Ereignis erzählt wird

»Liebste Valentine!
Ich bin untröstlich, daß ich gerade jetzt, wo mein Enkel jeden Tag einpassieren kann, mit dieser dummen Grippe ans Bett gefesselt bin. Dabei hatte ich mir fest vorgenommen, die Geburt bei Euch in Berlin mitzuerleben.
Philip ist doch hoffentlich bei Dir? Welche Frage! Natürlich wird er Dich in Deiner schweren Stunde nicht allein lassen. Und bitte – aber das schreibe ich ihm noch selbst –, Ihr *müßt* in den ersten Wochen eine Säuglingsschwester engagieren. Ich hatte nach seiner Geburt auch eine. Wenn ich mir vorstelle, Anna Kriegers grobe Hände berühren meinen Enkel, dann friert's mich im Rücken.
Sowie ich gesund und bazillenfrei bin, eile ich zu Dir, mein liebes Kind.

Es küßt Dich Deine
in Gedanken mit Dir leidende
Mutti

P. S. Hoffentlich hast Du eine leichte Geburt. Wenn es sehr weh tut, dann schrei. Es ist gesünder, dem Schmerz freien Lauf zu lassen, als ihn zu unterdrücken.
Ich habe damals die Klinik zusammengebrüllt.

P. S. Philip soll mich *sofort* (dreimal unterstrichen) anrufen, sowie die Wehen einsetzen.

P. S. Hoffentlich hat der Kleine nicht den dicken Kopf seines Vaters. Der hat mir damals sehr zu schaffen gemacht.

P. S. Und vergiß nicht, Dich rechtzeitig nach einer guten, zuverlässigen Säuglingsschwester umzusehen.«

Eine Schwester! Liebe Mutti Lieschen, wir sind keine Nabobs, und der Krankenhausaufenthalt wird schon mehr kosten, als wir uns im Augenblick leisten können.
Was Anna Kriegers grobe Hände anbelangt – ich vertraue ihnen vollkommen. Sie haben seit Jahren Welpen, Kätzchen, Küken und Hasen unbeschadet aufgezogen und werden den Sohn Marschall ebenso sicher anzupacken wissen wie das Kleintier.

Ja, und was Philips Sohn anbelangt – der wird seinen herrlichen Erzeuger erst kennenlernen, wenn er ein paar Tage alt ist.
Philip war noch nie zu Hause, wenn »etwas los« war. Aber das ist nicht seine Schuld. Er reist nicht zu seinem Vergnügen, und diesmal ist er besonders schwer fortgefahren.
Wir hatten uns bereits verabschiedet, da kam er noch einmal vom Wagen zurück ins Schlafzimmer, um mir das zu sagen, was schon etliche Male besprochen worden war: »Tin, ich rufe bestimmt jeden Abend an und hinterlass' außerdem im Hotel, wo ich telefonisch zu erreichen bin.«
Einen Augenblick artete seine Umarmung in einer Umklammerung aus. (Wahrscheinlich erinnerte er sich an ein beliebtes Romanthema aus Lieschens Jugendzeit: Die Mutter starb bei der Geburt.)
»Tin«, murmelte er in mein Haar, »du bist mir wichtiger als das Kind, hörst du?«
»Ja, mein Liebling.«
Er sah wirklich sehr bedrückt aus. Mir fiel nichts Tröstlicheres ein als Hänschens sinnige Redensart ›Halt dir senkrecht, Orje, kommt 'ne Kurve‹.
»Halt dir senkrecht, Phil«, sagte ich, und er lächelte wehmütig: »Du dir auch, Tin.«
Ich fühlte mich sehr einsam, als er vom Hof fuhr.
Gemeinsam mit seiner Unwissenheit, was das Kinderkrie-

gen anbelangt, hätte sich meine eigene Unwissenheit fast sicher gefühlt.
Ich wünschte, meine Mutter lebte noch, oder Lieschen wäre jetzt hier. Anna ist ganz dumm, was betont weibliche Fragen anbelangt, Dagy Erksen und Trautchen Nessler wissen nur aus Erzählungen, wie eine Geburt vor sich geht, und wenn ich mit Hänschen auf dieses Thema zu sprechen komme, verfällt er in einen veterinärmedizinischen Jargon, der mir nicht behagt.
Jetzt nähe ich Hemdchen. Mit Lochstickerei oben rum. Aber ich fürchte, es werden unterste Unterhemdchen. Die Muse der Nähkunst hat mich immer zu küssen vergessen, und in »Handarbeit« hatte ich ständig eine »Vier«.
Wieder ist es Hänschen, der einen passenden Trost zur Hand hat. Er sagt: »Laß man, Tine, ich könnte es auch nicht besser«, und dann nimmt er mir meine Knüterei aus der Hand, hält sie an langen Armen von sich und sinnt: »Mächtig klein, wenn man bedenkt, daß Anna Krieger in so ein lüttes Hemdchen gepaßt hat. Also wenn man *das* bedenkt, dann kommt einen das heilige Wundern an.«
Anna schwingt ihren roten Stopfpilz wie eine Keule, aber Hänschen geht vor ihr in die Knie und hebt abbittend die Hände. Und da kann sie natürlich nichts machen.
Im allgemeinen verläßt sie gegen acht Uhr dic Ruine, um drei Straßen weit nach Hause zu gehen.
Jetzt findet sie abends noch immer eine dringende Arbeit, die nicht bis zum nächsten Tag aufgeschoben werden darf. Zum Beispiel Socken stopfen, Silber putzen, Gläser polieren oder mit Vati und mir Rommé spielen. Kurz, Anna fürchtet, die Präliminarien »unserer« Geburt zu verpassen.
Jeden Abend ruft Philip an. Auch heute. »Noch nichts, Tin?«
»Nein.«
»Thh«, macht er, und ich sehe sechshundert Kilometer weit, wie er nicht verstehend den Kopf schüttelt. Dann sagt

er noch, ich soll mich ja schonen und, sowie ich die erste Wehe verspüre, sofort den Arzt anrufen, in dessen Klinik ich angemeldet bin.
Der Arzt hat Philip versprochen, mich abholen zu lassen, und Philip hat ihm dafür zugesagt, seine Kinder gratis zu fotografieren.
In der ehemaligen Anrichte waren Vati und Anna mit den Rommékarten, als ich vom Telefon komme. Sie sitzen in der Eßnische unter der schwebenden Treppe, und sie sitzen nur vornean auf ihren Stühlen, um bei einem eventuellen verdächtigen Knacken in der Treppe sofort aufzuspringen und in Sicherheit stürzen zu können. Memmen!
»Ich habe schon für dich gemischt und gegeben, Tine«, sagt Vati.
Die Katze Emma hockt auf dem Tisch. Wer auflegen will, muß erst ihren seidenweichen Schwanz beiseite schieben. Sie schaut uns aus grünen, unergründlichen Augen an, und es ist ihr genauso egal wie mir, ob Vati und Anna um die Wette mogeln.
Gerade kneift Anna das bißchen graubraune Lippe zwischen die Zähne, schnauft erregt durch die Nase, und ich ahne, daß sie, sowie sie jetzt an der Reihe ist, »Handrommé« kreischen wird – da spüre ich etwas Seltsames.
»Was hast du denn?« fragt Vati, der mir gegenübersitzt. »Du machst ja so ein erschrockenes Gesicht.«
»Ich glaube, wir müssen den Doktor anrufen«, sage ich und stehe auf.
»Anna, rufen Sie sofort den Doktor an!« ruft Vati.
Sie wirft noch einen letzten, bedauernden Blick auf ihre schönen Karten, dann läuft sie ins Kaminzimmer zum Telefon.
Eigentlich sollte ich mich bei ihm melden, wenn die Wehen alle Viertelstunde kommen, aber es kommen keine Wehen, und mir ist sehr unheimlich zumute.
»Der Doktor ist nich zu Hause, aber es wird ihm be-

schtellt, dasser gleich kommt«, höre ich Anna durch die angelehnte Schlafzimmertür sagen und: »Was is denn, schpieln wer nich weiter?«
»Nein«, sagt Vati, »meine Tochter hat sich zurückgezogen.«
Eine Stunde später ist der Arzt noch immer nicht da und hat auch keinen Wagen geschickt. Vielleicht hat man vergessen, ihm meinen Anruf auszurichten. Wir müssen uns noch einmal in der Klinik melden.
Vati steht am Fenster im Kaminzimmer. Er hat einen Laden geöffnet und blickt unentwegt zum Gartentor. Der Regen drischt auf die Terrasse, und der Sturm klappt mit den losen Fensterladen.
Wie selten ein Auto in die Stendhalstraße einbiegt. Und alle fahren vorbei.
»Daß es jetzt öfters siamesische Zwillinge gibt, soll an die Atombomben liegen«, sagt Anna über ihren Stopfpilz hinweg.
»Blödsinn«, brummt Vati böse.
»Neenee, meine Schwägerin sacht, da soll was Wahres dran sein.«
»Anna!« So scharf habe ich ihn noch nie einen Namen aussprechen hören.
Ich hocke auf der Couch und starre seinen breiten, langen, eckigen Rücken an, der so viel Ruhe und Geborgenheit ausströmt. Aber die schreckliche Unruhe in mir kann er auch nicht verjagen. Irgend etwas stimmt mit mir nicht. Sicher muß ich sterben. Philip werde ich nie wiedersehen. Er wird furchtbar traurig sein, wenn ich tot bin, aber in ein, zwei Jahren heiratet er eine andere Frau, weil er sich an das Verheiratetsein gewöhnt hat. Bis dahin werden ihn Dagy Erksen und Trautchen trösten. Und eines Tages bin ich nur noch eine Fotografie auf seinem Schreibtisch wie Butler, den Anette in Philips Herzen voll ersetzt hat. Armer Butler, arme Tine.

Ich fühle mich bereits als Fotografie mit einem welken Blumenstrauß daneben. Wenn Philip telefoniert, wird er mich anschauen; vielleicht streicht er mit dem Zeigefinger über das Glas vor meinem Gesicht, und an der Staubschicht, die an seinem Finger haftenbleibt, erkennt er, wie lange er mein Foto nicht mehr intensiv betrachtet hat – und wie schlecht die Neue Staub wischt. Die Neue – sie wird in dem breiten französischen Bett neben ihm schlafen, ihr Kind in mein mit so viel Eifer, Liebe und Danebengekleckse gemaltes Jungenzimmer legen...

»Vati! Ruf sofort den Taxistand an! Ich fahre allein ins Krankenhaus. Ich will nicht sterben!!!«

Alarmiert durch meinen dringenden Schrei schiebt er seine zwei Meter im Zimmer umher, nach dem Telefonbuch suchend. Es liegt nicht an seinem vorgesehenen Platz – ob die Neue auch so unordentlich sein wird? Aber es gibt keine Neue, es gibt keine Neue, es gibt...

Die Schiffsglocke!

»Jetzt kommt der Doktor!«

Vati rennt zur Tür, die Anna bereits aufgerissen hat, und herein stürmt ein triefendes – Hänschen.

»Tine, tut mir leid, konnte nicht eher kommen. Mußte zu zwei Stuttgarter Fällen, und als ich nach Hause kam, lag ein angefahrener Schäferhund auf dem Tisch. Sage dir, sooo eine Wunde. Was guckst du mich denn so komisch an? Ich konnte wirklich nicht eher – «

»O Anna!«

Mehr kann ich nicht sagen.

»Was woll'nse denn? Ich sollte doch dem Doktor anrufen«, verteidigt sie sich, ihre Wahnsinnstat begreifend. »Der Doktor is noch immer Herr Fichte, und wo wir ihm doch immer holen, wenn...« Ihre Stimme wird kleinlauter und verstummt ratlos.

Vati klärt Hänschen auf, er hört nickend zu. »Und keine Wehen?«

»Nicht eine bisher.«
Zehn Minuten später ist ein Taxi da. Hänschen steigt vorn zum Schofför und Vati mit mir in den Fond.
»Fahren Sie zu!« befiehlt Hänschen. Er hat mein Musterköfferchen auf dem Schoß und trommelt nervöse Rhythmen auf den Lederdeckel.
Das Taxi rast die Stendhalstraße hinunter, biegt um die Ecke in die Allee ein. Die Scheibenwischer summen. Auf einmal schleudern sie vor meinen Augen hin und her, dann dreht sich die Straße. Es ist wie im Karussell, und wir sitzen eisern still.
Es gibt einen Schubs, ich fliege gegen Vati, und die Karussellfahrt ist beendet.
Hänschen und der Schofför springen aus dem Taxi und laufen rundherum.
»Reifenpanne hinten links«, höre ich noch und krampfe mich an Vati, denn plötzlich ist ein Schmerz da, der den Rücken zerreißt und das Bewußtsein für Minuten betäubt. Aus weiter Ferne höre ich streitende Männerstimmen. Wir fahren wieder. Bei jedem Stoß des humpelnden Wagens muß ich stöhnen.
Jetzt halten wir. Ich sehe undeutlich das Glashaus einer Tankstelle. Hänschens Fäuste bummern dagegen. Es wird sehr hell. Alles ist ein entsetzlicher Alptraum. Ich möchte sterben. Keine Schmerzen mehr, bitte, lieber Gott, keine Schmerzen mehr…
»Schnell, die Nummer vom nächsten Taxistand«, schreit Hänschen mit sich überschlagender Stimme. »Wir kriegen jede Minute ein Kind! Verdammte Schweinerei, da meldet sich keiner. Warte mal –« Ich verkrieche mich in Vatis Mantel, bohre die Fingernägel in seine Hände…
Alarmgeheul. Überfallkommando. Ein Mercedes stoppt mit Bremsenkreischen neben uns.
»Entschuldigen Sie, daß ich Sie alarmiert habe«, blabbert Hänschen im Düsentempo, »sah keinen anderen Ausweg.

Hatten Reifenpanne. Haben Hochschwangere im Wagen. Befürchte Sturzgeburt. Bringen Sie sie an diese Adresse. Schicken Sie mir meinetwegen Strafanzeige, brumme gern, aber – bitte – die Dame –«

Eine Menge Arme greifen nach mir. Mein Kopf stößt gegen die Wagentür. Dann sitze ich neben einem Uniformierten.

»Mein Köfferchen, bitte –«

»Hier, Tine.« Ein Kuß von Hans Fichte. »Und – hörst du – ? Halt dir senkrecht!«

Vatis und Hänschens trostlos lächelnden Gesichter gleiten an der Türscheibe vorbei, bleiben zurück, mit Sirenengeheul fahren wir aus der Tankstelle.

Die Polizisten sind rührend. Ob mir warm genug sei? oder ob ich lieber frische Luft hätte? So – zieht es auch nicht? Und beim nächsten Baby sollte ich doch etwas zeitiger ins Krankenhaus fahren.

Ich quäle mir ein Lächeln ab. »Sie – sind – freundlich. Ich bin – Frau Marschall. Stendhalstraße 7. Sie müssen – uns – besuchen. Mein Mann knipst – Sie alle – umsonst.«

Eine halbe Stunde später ist das Baby da.

Und mein Fall sei schon ein seltsamer Fall gewesen, sagt der Arzt.

Wenn früher ein Kälbchen oder ein Fohlen zur Welt kam, bedeutete das für mich eine feierliche Handlung. Aber ich schaute ja auch nicht auf die schwitzend schuftenden Geburtshelfer, sondern nur in die Augen des gebärenden Tieres. Sie waren sanft, duldend, und in ihrem stummen Schmerz lag Würde. Sie hatten Heiligenaugen, die ich nie vergessen konnte – ebensowenig wie die schallenden Ohrfeigen meiner Mutter, wenn sie mich bei einer Geburt im Stall erwischte.

Ich glaube kaum, daß ich Heiligenaugen machte, als ich im

Kreißsaal lag, auch bediente ich mich keiner stummen Würde im Umgang mit Arzt und Hebammenschwester.
Aber jetzt ist alles vorüber.
Daß eine Schmerzlosigkeit so fühlbar sein und ein Glück so glückselig machen kann!
Mein Glück ist schrumpelig und rot, es hat flaumige schwarze Haare auf dem länglichen Kopf, und ich kann nicht begreifen, daß die Schwester mein kleines Wunder als das sechste in dieser Woche in dieser Klinik entbundene Würmchen bezeichnet. Aber sooo ein Kind wie meins war bestimmt nicht dabei.
Der Arzt steht vor mir und gibt mir seine Hand, die noch ganz kalt vom Waschen ist. »Na, sind Sie nun nicht doch zufrieden, daß Sie's geboren haben?«
»Ja. – Wieso?«
»Sie sagten unterwegs einmal: ›Ach Gott, Herr Doktor, wenn's zu schwierig ist, dann lassen wir's doch lieber.‹«
Ich erinnere mich nicht daran, jemals solchen Unfug vorgeschlagen zu haben.
Er strich mir väterlich über die Wange. »Jetzt schlafen Sie tüchtig, und morgen...«
»...möchte ich, bitte, Leber mit Kartoffelbrei und Apfelmus.«
Die Schwester verspricht mir, in der Ruine anzurufen und ein Ferngespräch anzumelden.
Jetzt halte ich Philips Stimme in der Hand. Sie schält sich nur langsam aus dem tiefen Schlaf im weit entfernten Hotelbett und verstummt ganz, als ich »Pappi« zu ihm sage.
»Hallo, Phil, bist du noch da?«
»Ja –«, sagt er, »spürst du nicht, wie sehr?«
Und dann will er alles auf einmal wissen. Ob ich eine leichte Geburt hatte und wie ich mich fühle. Ob ich rechtzeitig in die Klinik gekommen sei und –
»Im Namen unseres Kindes bin ich beleidigt. Du fragst gar

nicht nach ihm. Dabei ist es acht Pfund zehn Gramm schwer, hat schwarze Locken – «

»Richtige Locken?« fragt er interessiert.

»Na, es werden aber noch welche, wenn sie wachsen. Und vierundfünfzig Zentimeter ist es lang.«

»Donnerwetter«, sagt Philip, obgleich ich überzeugt bin, daß er bis zu dieser Minute genauso wenig wie ich wußte, wie lang ein neugeborenes Kind im allgemeinen zu sein hat und ob vierundfünfzig Zentimeter viel sind oder wenig.

»Hast du ihn bei dir, Tin? – Laß ihn mal brüllen.«

»Die Schwester hat es mir fortgenommen, aber es läßt dich herzlich grüßen.«

»Grüß ihn wieder. Und ich dank' dir schön, Tin«, sagt er zärtlich.

»Phil!«

»Ja?«

»Wenn Philip II. nun aber aus Versehen eine Philine geworden ist, was dann?«

»Ach – « Es entsteht eine Pause, ein Loch, das sich bis zum Rand mit Bangen anfüllt, und ich merke auf einmal, daß ich sehr schwach bin.

Dann sagt Phil: »Ich dank' dir ebenso schön für Philine, Tin.«

Ich bin schon am Einschlafen, da höre ich draußen einen Lärm, wie er sich nachts nicht vor einem Krankenhaus gehört. Mehrere Stimmen rufen durcheinander; was, kann ich nicht verstehen.

Dann ist es ruhig. Meine Tür öffnet sich um einen Spaltbreit.

»Schlafen Sie, Frau Marschall?«

»Nein, was ist denn?«

»Sieben nahe Verwandte von Ihnen begehrten stürmisch Einlaß. Ich habe sie selbstverständlich wieder fortgeschickt.«

»Danke, Schwester.«

Sieben nahe Verwandte? Mit wem – außer Vati – war ich denn noch zur Zeit in Berlin verwandt. Hänschen? Anna? Aber die anderen vier, die ihnen geholfen haben, arme Kranke zu wecken? Wer mochte das sein? Vielleicht Philines nagelneue Onkel und Tanten Nessler, Erksen, Monier und Braun?
Und dann denke ich nur noch an Philip, der gewiß nicht wieder zu Bett, sondern in Ermangelung eines anderen Wachen, dem er sich mitteilen konnte, zum Hotelportier hinuntergestiegen ist, um mit ihm auf das Wohl seiner Tochter anzustoßen.
»Schwarze Locken hat sie und ist vierundfünfzig Zentimeter lang. Stellen Sie sich das vor! Prost!«

Eben kam ein riesengroßer rotweißer Nelkenstrauß für mich und ein kleiner aus zärtlichen, pastellfarbenen Frühlingsblumen in einer Spitzenmanschette für Philine. Durch die Fleurop. Von Philip. Und Lieschen hat auch schon überschwenglich telegraphiert.
Aber von meiner nahen Verwandtschaft, die heute nacht so stürmisch in die Klinik einbrechen wollte, läßt sich niemand sehen.
Ich bin enttäuscht, denn im weiten Umkreis ist keiner mehr, dem ich mit Philines vierundfünfzig Zentimetern eine Neuigkeit berichten könnte. Ich brauche frisches Publikum, aber man scheint uns vergessen zu haben.
Um ein Uhr mittags endlich erscheinen »Opa Schmidt« und – die pyramidenförmige Figur ganz in feierliches Schwarz gekleidet – unsere Anna. Sie vergißt, sich nach meinem Befinden zu erkundigen, aber im Vergleich zu den Aufregungen, die sie in der vergangenen Nacht hatte, war Philines Geburt ein Pappenstiel.
»Also – wie der Dokter un Herr Schmüdt heut nacht per Fuß angewandert komm'n und Gesichte machen, wie wennse Ihnen ebend zu Grabe getragen haben, und denn noch

erzähln von die Panne und dem Überfallkommando, wo Sie mit nach die Klinik gemacht sind, da glaub ich, mir trifft der Schlach! – Wir ha'm uns mit die Köters ums Telefon gesetzt – Eliza und Boogie pennen den ganzen Tach, weilse nachs nich zu gekommen sind – und die beiden Herrn haben sich einen anjeholfen. Ich sollt auch, aber Se wissen ja, ich mach mir aus das Zeuch nischt. Und wie denn ziemlich bald der Anruf kam, daß'n Mädchen da is, da ha'mse alle zusammengetelefeniert. Trautchen kam gerade von 'ne Prömjerenfeier, Herr Monier und Herr Braun war'n noch auf. Sie kamen mit ihre Wagen und brachten Frau Erksen mit, und denn sind wir alle hierher. Eliza und Boogie auch.«

»Und Emma? Die Hühner? Habt ihr die etwa zu Hause gelassen?« frage ich.

»Ja, wo se doch nich so gern Auto fahrn«, antwortet Anna ernsthaft und streicht, mehr aus Gewohnheit als mit Bewußtsein, meine Bettdecke glatt. »Se wollten uns nich reinlassen, da sind wir alle bei Trautchen und haben Philinchen begossen. Bis sie'me früh. Es war furchtbar, Frau Marschall, der Dokter hatte 'nen Zacken wech wie noch nie und Ihr Vater auch – woll, Herr Schmidt, leugnense nischt ab.«

Vati, der gelbsüchtig aussieht, stellt seinen Protest folgsam ein, und Anna erzählt weiter.

»Der Doktor hat in einem fort Frau Nessler abjeknutscht und sachte Trautchen zu ihr, und se wollte nu unbedüngt wissen, warum Trautchen, un darüber mußte der Herr Braun so furchtbar lachen, und da is der Doktor böse gewor'n und wollt ihm fordern, weil er dachte, der Braun lacht über ihm. Und denn hat er sich im Teppich jerollt, und da drin schläft er wohl noch, denn wo Frollein Bäumer vorhin nach ihm telefenierte, war er nirgens zu schprechen. Ja, Frau Marschall, so war das. Ich hab' Trautchen noch ihre Gläser abjewaschen und bin gegen achte mit die Hunde rüber bei uns.«

Aus ihrer großen Einholtasche zieht sie eine Torte, auf der in ihrer ungelenken Handschrift und in Butterkrem »Philip« steht.
»Wo wir doch mit'n Jungen rechneten«, entschuldigt sie sich. »Zeit zum Umbacken hatt' ich nich mehr, sie is schon fünf Tage alt.«
Anna läßt sich »unser Kleines« zeigen, kommt noch einmal zurück, ermahnt Vati: »Kommse man nich zu schpät zu Hause, Herr Schmüdt, wir essen gegen dreie Mittach« und entfernt sich mit den langen, festen, gleichmäßigen Schritten eines alten Landbriefträgers.
Anna mit der eckigen Seele, aber immerhin Seele, hat Dagy Erksen einmal von ihr gesagt.
Ihre Haare sind in der Ruine grau geworden, aber ohne die Ruine wären sie sicher schon weiß. Es gibt Menschen, die können nicht ohne Aufregungen und viel Arbeit leben – und wenn sie diese auch nur brauchen, um über sie zu schimpfen. Zu ihnen gehört Anna.
Bis zum Abend sind sie alle bei uns gewesen – außer Hänschen, dem nahesten und glühendsten Verwandten, der noch immer im Teppich oder auf Eis liegt.
Monier bringt eine Puppe mit Teenager-Haarschnitt, karierten Dreiviertelhosen und roter Popelinjacke mit und einen ganzen Puppenkoffer voll »Monier-Modellen« mit passenden Unterröcken, Schuhchen und Mänteln.
Ein herrliches Geschenk, mit dem Philine in einigen Jahren spielen darf und ihre Mutter sofort.
»Sie heißt Josefin!« strahlt Peter.
»Aber wo hast du so schnell die süßen Sachen nähen lassen? Wir haben doch einen Sohn erwartet!«
»Und ich eine Patentochter. Übrigens habe ich als Junge wahnsinnig gern mit Puppen gespielt.«
»Ja«, sage ich, weil mir nichts Klügeres einfällt, aber ich glaube, ich hätte es nicht gern gesehen, wenn unser Junge mit Puppen spielte.

Dagy Erksen und Jan Braun sind die ersten, die der Puppe Josefine die Hosen aus- und ein gepunktetes Sommerkleid anziehen. Danach gruppieren sie sich um mein Bett. Dagy setzt sich erfrischend kühl und gepflegt duftend zu mir, Trautchen auf einen Stuhl, der ihr im Rücken nicht behagt, und die beiden Männer lümmeln sich mit freudig-verlegenen Gesichtern auf dem Fußgitter.
Jeder für sich ist ein gutmütiger, ernsthafter Mensch, alle zusammen sind sie eine vergnügte Horde und mir im Augenblick ein bißchen zu viel.
Die Schwester führt sie hinaus, um ihnen Philine zu zeigen, nur Dagy Erksen bleibt bei mir. Ich glaube, sie möchte sich Philips Tochter nachher allein ansehen.
Einmal habe ich sie sehr beneidet, damals, als ich noch bei Friedmanns in Untermiete wohnte und nur die äußeren Annehmlichkeiten ihres Lebens sah. Ihre schönen Kleider und Pelze. Die Mittelmeerbräune ihrer Haut, wenn sie von einer ausgedehnten Reise zurückkam. Die finanzielle Sorglosigkeit. Ach, um so viel beneidete ich sie.
Und dann nahm ich ihr das einzige fort, woran sie wirklich gehangen hatte: Philip.
Heute beneide ich Dagy Erksen nicht mehr. Heute weiß ich, daß man nur reich ist, wenn man etwas zum Liebhaben hat.
»Das kleine Sträußchen hat Phil für Philine geschickt. Aufmerksam, nicht wahr?« sage ich.
Es ist immer eine leichte Befangenheit zwischen uns, die trotz der Sympathien, die wir füreinander haben, kein rechtes Gespräch zustande kommen läßt.
Einmal las ich in einem Roman, daß zwei Frauen, die sich gefielen, einander umarmten, »Laß uns Freundinnen sein« sagten und das »traute Du« tauschten. Aber so einfach geht das nicht, wenn man bei einer strengen, kühlen Mutter in Klein-Toppel groß geworden ist, und es geht erst recht nicht mit einer Frau wie Dagy Erksen.

Hänschen kam gegen acht Uhr abends – auf moralischen Krücken.

»Der durchgefallene Onkel, guck mal an!«

»Haben die anderen gepetzt?« fragt er, im Näherkommen seinen Strauß auswickelnd. Er hat weißen Flieder mitgebracht, dessen Blüten schon braun werden. (So etwas kann man auch nur unserem Hänschen andrehen!)

»Tine«, sagt er, in Gefühlen der Rührung schwimmend, »es blubbert in mir.«

»Dann sprich nicht weiter.«

»Aber ich muß, Tine. Ich muß dir sagen, ich freu' mich ganz schrecklich über unser Kind und erzähle jedem, *jedem*, Tine, daß ich eine Nichte bekommen habe. Ist das schlimm?«

»Nein, gar nicht.«

Er küßt sorgfältig meine Stirn. »Wenn du wüßtest, was ich heute nacht um dich erleiden mußte! Bloß darum habe ich mich so betütert. Anna sagt, ich sei ein Schkandal gewesen. Aber ich verspreche dir, ich will nie wieder einer sein. – Und jetzt möchte ich Finchen sehen.«

Auf dem Flur hascht er sich eine junge Schwester und bittet sie mit unwiderstehlicher Dringlichkeit, ein bestimmtes Baby sehen zu dürfen.

Zuerst weigert sie sich, aber es gibt nur eine Möglichkeit, Hans Fichte loszuwerden, wenn er etwas unbedingt will, und das ist, ihm seinen Willen zu erfüllen.

»Wie ist denn der Name?« fragt sie endlich, besiegt seufzend.

»Fichte«, sagt er eifrig, und dann geht die Tür zu meinem Zimmer zu.

Ich liege hilflos da und kann es nicht verhindern, daß die arme Schwester jetzt verzweifelt nach einem Baby sucht, das Fichte heißt.

Zwei Tage später kam Philip zurück.

Wenn ich glücklich an ihn denke, so an den Augenblick, als er auf mich zukam und sich über mich beugte.
Ich spüre ihn dann ganz deutlich – seine Haut, so frisch wie der Märzwind draußen, seine mächtigen Schultern unter dem Homespun, ein Hauch D'Orsay und die Stimme kellertief von Zärtlichkeit ...
Das war nicht der Philip Marschall, mit dem ich Meinungsverschiedenheiten über Erziehungsmethoden, Geschmack, Wirtschaftsgeld und fremde Frauen hatte; das war der Mann, den ich so sehr liebte, daß ich nachts halb krank vor Schrecken aufwachte, weil ich träumte, ich hätte aus Versehen einen anderen geheiratet.

7. Kapitel

das von Philine und anderen lieben Verwandten handelt

Seitdem ich das letztemal von unserem Leben in der Ruine erzählt habe, sind zwei Jahre vergangen. Jahre mit mehr Unkraut als Edelrosen, aber das Unkraut gedieh prächtig und mit ihm das kleine Biest Philine.
»Krischan Füerhoak« sitzt im Baum und stellt sich ununterbrochen vor, und der Rauch von brennenden Laubhaufen frißt die lieblichen Maiendüfte auf.
Philip, Anna und »Onkel Fichte« arbeiten im Garten. Anna harkt unermüdlich zwei Jahre altes Laub und trockene Äste zusammen, von denen die Hunde die besten Stöcke wieder abtragen, ehe Philip mit Hilfe einer Zeitung die Haufen in Brand setzt.
Dann steht er da, auf eine Wäschestütze gelehnt, und sinnt in die knisternden Feuer, und Hänschen ruft ihm anzügli-

che Sachen mit Ausrufungszeichen dahinter zu. Hänschen ruft: »Faultier, Mensch! Bist ja bloß Feuerwerker, weil du nicht arbeiten willst. Guck uns mal an, Mensch!«
Er hat gerade den trockenen Rasen in Brand gesetzt, harkt die winzigen Flämmchen in breiter Front vom Haus herab zur Gartenmauer, und ich warte nur auf den Augenblick, in dem er statt »Tine! Bier! Wir kauen Watte!« – »Hilfe! Tine! Feuer!« brüllt.
Und Philine liegt winzig klein in ihrem viel zu großen blauen, buntbemalten Bauernbett und hält Mittagsschlaf. Er möge noch eine Weile andauern, denn wenn sie erwacht, komme ich nicht mehr dazu, von ihr und der Ruine zu berichten.
Philine sieht aus wie eine neapolitanische Straßengöre, dunkelbraun, schwarzgelockt, und ist ständig von einer Patina überzogen, die nüchterne Beobachter als Dreck bezeichnen. Es gibt eben Kinder, die haben ein intimes, weder durch Seife noch durch Ermahnungen zu lösendes Verhältnis mit dem Schmutz, und zu ihnen gehört unsere Tochter. Leider, sage ich. Phil dagegen findet es bezaubernd – selbst wenn sie erwähnte Patina auf seine Anzüge überträgt.
Er fotografiert sie in jeder freien Minute – auch farbig – und verkauft die Bilder en masse an Frauenzeitschriften, Illustrierte und Zeitungen. Redakteure wie Leser reißen sich um den Anblick des verwahrlosten Kindes mit der Beethovenstirn unter ungekämmten Locken, an dem nichts hell, rosig und lieblich ist und das den Betrachter durch seine schmutzigen Backen rührt und durch triefendkomische »Gesichtsausdrücker« (sagt Anna) zum Lachen reizt.
Manchmal fotografiert Philip sie auch mit den Spaniels. Aber das wirkt irgendwie falsch. Denn Spaniels, obgleich meiner Philine recht wesensverwandt, was Gefräßigkeit, Temperament, Zärtlichkeit, Bellfreude und Abneigung ge-

gen das Ohrenwaschen anbelangt, sind zumindest äußerlich vornehme Hunde.

Zu Philine paßte eher eine struppige Straßenmischung, deren Urahnen bereits die Zufälligkeit im Wappen trugen.

Ich weiß, so etwas dürfte eine Mutter niemals zugeben. Aber es gibt Situationen, da wird man gezwungen, auch öffentlich ehrlich Stellung zu nehmen, und das wurde ich an dem Tag, an dem ich meine Tochter in zerrissener Spielhose mit klagenden braunen Augen von allen Litfaßsäulen blicken sah. Als dringender Aufruf zur Sammlung von Spenden für die Waisen in aller Welt.

Das war zuviel.

Bäcker, Kaufmann, Fleischer, Nachbarn, alle fragten mit so einem undefinierbaren Unterton in der Stimme: »Ist das nicht Ihre Philine, Frau Marschall?«

Ich kam zorntränend heim.

»Was sollen die Leute von uns denken, Philip! Die schikken uns ja die Jugendfürsorge ins Haus, weil unsere verwahrloste Tochter ...«

»... bereits im Alter von einem Jahr und zwei Monaten an das Mitgefühl ihrer Mitmenschen appelliert?« brach er lächelnd in meinen Zorn ein.

»Aber das ist doch eine Lüge!« (So schnell gebe ich mich nicht geschlagen.) »Philine hat alles, sogar eine Puppe mit Modellkleidern, sieben Paten, Eltern, zwei Großelternteile, die sie verwöhnen, und du verkaufst sie an die Litfaßsäulen als armes Waisenkind. Ich finde das geschmacklos!«

»Ich habe nichts gegen schlechten Geschmack, solange er einen guten Zweck erfüllt. Philines Foto wurde von Hunderten von Kinderbildern als das zugkräftigste ausgewählt, und ich bin stolz darauf, daß ...«

»... sie dir wieder einmal Geld eingebracht hat.«

»Himmelarmundzwirn!«

Ich sah Philips Schultern drohend in die Breite wachsen und hielt es für besser, das Thema zu wechseln.

Hübsch ist Philine auf gar keinen Fall, aber zweifellos eine kleine Persönlichkeit. Sehr begabt für das, was sie nicht tun soll, und beängstigend eigenwillig.
Diesen Eigenwillen hat sie von ihren Großmüttern geerbt.
»Die reine Auguste!« sagt Vati von ihr, und Philip antwortet darauf im Namen seines verstorbenen Vaters: »Nein, die reine Elisabeth.«
Wir hätten ihr nicht einen aus Philip und Valentine zusammengezogenen Namen geben, sondern sie treffender »Elisauguste« taufen sollen, meint Hänschen, der unsere Tochter übrigens »Fifi« ruft.
Es erfüllte mich mit Kummer, daß die ersten Worte, die Philine mit dunkler, heiserer Stimme von sich gab, »Papa«, »Apa« (Opa) und »Anga« (die lieben Onkels) waren. Erst dann gab sie sich Mühe, »Mama« zu lernen.
»Das liegt am M«, tröstete mich Philip, »sie kann das M nicht aussprechen.«
Aber ich mache mir nichts vor. Philine ist ein Männerkind. Sie mag weder ihrer Großmutter noch Anna oder den Tanten zulächeln. Frauen bedeuten für sie: Seife, Bettchengehen, Klapse und Spinat.
Männer dagegen: Lala (Erwachsene außer Philip und den vernarrten Onkels sagen Schokolade dazu), ungestraft in Modder pantschen, Hoppereiters und bedingungslose Unterwerfung unter ihren ausgeprägten Elisauguste-Willen.
Verstehen Sie, daß ich mich nach einem Jungen sehne, der zuerst »Mami« sagt und dann noch einmal »Mami« und dann noch – und gar keine sprachlichen oder gefühlsbedingten Schwierigkeiten mit dem Buchstaben M hat?

In der Zwischenzeit mußte ich löschen helfen, denn der vorausgeahnte Schrei »Hilfe! Tine! Feuer!« bellte – allerdings in »Hilfe! Tine! Wasser!« umgeändert – zweistimmig durch den Garten.
Eine trockene Tanne war in Flammen. Ich griff die beiden

Futtereimer, die auf dem Hof standen, füllte sie und erreichte keuchend die Feuerstelle, als sich die Tanne bereits nackt gebrannt hatte.
Und die beiden Eimer waren auch leer. Sie haben im Boden ein Loch.
Das Wissen um diese beiden Löcher und eine bekömmliche Lichtung unseres Gebäums sind die einzigen Vorteile des Brandes. Ansonsten gab es einen angesengten Boogie, ein Hänschen mit weißen Krisseln statt Wimpern und nachbarliche Drohungen mit Polizei – wegen fahrlässiger Brandstiftung.
Am nächsten Sonntag wollen meine Männer einen morschen Ahorn umlegen, und ich weiß schon jetzt, wie das vor sich gehen wird. Zuerst ein Bier. Dann ein bißchen geschlagen und gesägt. Und dann den Flaschenzug angeschlossen. Und dann wieder ein Bier. Und dann das Auto vorgespannt und so lange gezogen, bis zum Ächzen, Krachen, Splittern und nachfolgendem dumpfem Aufprall der Ahorn zu Boden oder über die Reste des Gewächshauses fällt.
Dies ist der Höhepunkt ihres Vorhabens, der mit einem Bier und einem ausgedehnten Mittagessen gewürdigt werden muß. Danach beginnt die eigentliche Arbeit, das Sägen und Aufräumen. Das heißt, sie sollte beginnen. Aber es ist kein Philip und auch kein arbeitswilliges Hänschen im weiten Umkreis der Ruine mehr zu finden – und Ende des Sommers bestelle ich zwei Männer, die für Frühstück, Bier, Mittag, Bier und Stundenlohn das Ahornwrack kamingerecht zersägen. Dabei macht sich unser Kamin gar nichts aus Ahorn.
Aber ich wollte ja, ehe Philine aufwacht, von den vergangenen Jahren erzählen.
Als ich damals aus dem Krankenhaus mit ihr zurückkam, werkelte Schwiegermutter Lieschen in der Ruine. Sie desinfizierte das ganze Haus und die Hunde und die bitterbö-

se Anna. Sie verbannte alle vierbeinigen Bazillenträger auf den Hof und machte uns das Leben zur desinfizierten Hölle, bis sie sich darin selbst nicht mehr wohl fühlte und die von ihr aufgestellten Hygieneregeln ein wenig lockerte. Wenn ich heute bedenke – all dieser kronprinzeßliche Umstand für ein Waisenhausplakatkind, das am liebsten barfuß durch das Haus watschelt, eskortiert von seinen Spießgesellen Eliza und Boogie, die ihm in unbewachten Augenblicken den Keks aus der Hand klauen, sonst aber mit unnachgiebiger Strenge Philine zwingen, alle meine ihrem Hundehirn verständlichen Befehle einzuhalten.

Ach, und dann ihre Haustaufe im vorigen Juni! Der Kamin war mit blattlosem Jasmin bis zur Unsichtbarkeit überschneit. Darin leuchteten rosa und blutrote Tuffs von Hecken- und gelben Moosröschen. Rechts und links davor reckten sich alle Blaunuancen des Rittersporns in Delfter Vasen.

Jan Braun hatte uns ein altes Kruzifix und zwei Barockleuchter geliehen, aus der Kirche kam das Taufbecken, und Trautchen gab ihr Harmonium herüber.

Wir arbeiteten eine Nacht lang an Philines Taufaltar, und er sah einzigartig schön aus. Sonst aber ging manches schief – wie stets in der Ruine.

Da war zum Beispiel die Geschichte mit der Bibel. Lieschen teilte uns aus Hannover mit, daß sie zur Taufe die alte Marschallsche Hausbibel mitbringen würde, und ich gab dieses Wissen an den Pfarrer weiter, den gleichen übrigens, der uns getraut hatte.

Lieschen änderte indessen ihren Entschluß und kaufte eine sehr schöne, neue und handlichere Bibel.

Wir vergaßen, den Pfarrer davon in Kenntnis zu setzen, und so kam es, daß, als er »Ich ergreife jetzt die alte Hausbibel« sagte, diese sich partout nicht öffnen ließ. Der neue Goldschnitt klebte.

Die Folgen dieses kleinen Zwischenfalles waren zumindest

stimmungstötend. Trautchen und Monier verließen fluchtartig den Raum, Hänschen weinte still auf seine Schuhspitzen, und selbst Anna Kriegers Gesicht nahm eine unnatürliche Röte an und zuckte nach allen Richtungen.
Einzig Philip hatte nichts davon gemerkt. Er hielt seine Philine im Arm, lächelte stolz auf sie herab – und wußte nichts mehr davon, daß er sich einen Sohn gewünscht hatte.
Während Trautchen nach dem Abendessen eine halbe Stunde lang am Harmonium aus der verfutterten Stimmung unserer Gäste eine besinnliche schuf, saß Ruth Bäumer allein im Garten. Hans Fichte, der, auf das Harmonium gestützt, still, satt und elegisch vor sich hin seufzte, bemerkte ihr Fehlen nicht einmal.
Ich fand Ruth auf unserer »morschen Bank aus Holz« unter dem Jasmin, mit einem Stöckchen traurige Kringel in den verunkrauteten Kiesweg malend.
Sie trug graue Honanseide, sie hatte sich mit teurem Aufwand nicht nur für den Täufling, sondern für ihren Chef schön gemacht, und ich wäre Hänschen beim Anblick ihres gebeugten Rückens am liebsten in die Besinnung getreten.
»Aber Ruth – ?«
»Es hat ja doch alles keinen Sinn«, sagte sie, und ich setzte mich neben sie.
»Doch hat es Sinn ...«
»Ruth, bleiben Sie bei Hänschen. Er hat Sie lieb, nicht nur als Sprechstundenhilfe.«
»Er hat mich sooo lieb, daß er einmal in der Woche mit mir ins Kino geht. Die übrige Zeit sitzt er bei Ihnen, bei seiner Familie!«
Ah, daß man das Wort Familie mit so viel Bitterkeit aussprechen kann, selbst wenn es sich nicht um Erbschaftsangelegenheiten handelt! »Und stolz ist er auf seine ›Familie‹, stolz darauf, von ihr ausgenutzt zu werden, ihr Hänschen für alles zu sein.«

Ich war so benommen, daß ich nichts erwidern konnte.
»Sie sind egoistisch! Sie haben Ihren Mann, Ihr Kind, Ihre Freunde – wozu brauchen Sie noch Hans für sich?«
Tadel ins Klassenbuch, Toppel-Schmidt! Setzen.
Ruth hatte ja so recht. Wir verbrauchten Hänschens Liebe und Freizeit für uns, ohne an sie zu denken. Gewiß redeten wir ihm manchmal zu: »Du solltest Ruth heiraten« – aber wir sagten das im gleichen flauen Tonfall wie etwa: ›Du solltest mal wieder zum Haarschneiden gehen.‹ Es lag uns ja gar nichts daran, Hänschen mit jemand anderem zu teilen. Er gehörte zu uns. Wir brauchten seinen Optimismus und seine Hilfsbereitschaft und ...
»Was soll ich tun?« fragte ich kleinlaut. »Ihm sagen, daß er uns weniger besucht? Würde Ihnen das helfen, Ruth?«
»Nein«, sagte sie nach kurzem, traurigem Überlegen. »Er liebt mich eben nicht genug.«
»Soviel wie Hans Fichte lieben kann, liebt er Sie!«
»Oh, Hans kann viel mehr lieben. Sie, zum Beispiel, Frau Marschall, Sie liebt er wirklich, und die Einsicht, daß es eine sinnlose Liebe ist, hält ihn nicht davon ab.«
Auch damit mochte Ruth recht haben, aber ich durfte es nicht zugeben.
»Hans liebt nicht mich, sondern meine Einstellung seinen geliebten Dummheiten gegenüber.« Ich wollte meinen Arm um ihre Schulter legen, brach aber mitten in dieser Geste ab. Man verträgt nicht das großmütige Mitgefühl der Besitzenden.
»Haben Sie mehr Humor mit ihm, Ruth. Lachen Sie, wenn er Ihnen mit seinen scherzhaften Überraschungen das Leben versalzt, und er wird dankbar, folgsam und lieb wie sein Dackel Erwin sein.«
Dieser Vergleich haute zwar nicht hin, löste aber eine erschreckende Wirkung bei Ruth aus: Ihre Tränendeiche brachen.
»Der – Er – fh – win«, verstand ich undeutlich, »ich –

fh – hänge – so fh – an dem – verda-dammten Köter.«
Trautchen spielte gerade ein Impromptu von Schubert, und ich konnte nicht anders, ich mußte mit Ruthchen mitheulen.
Wenn ich mir die himmlische Junggesellenwirtschaft bei Hans Fichte vorstellte, seinen komischen, herzhaften Dakkel Erwin ... wenn ich mir vorstellte, ich wäre Ruth und müßte den geschmacklos-gemütlichen Privatbau Hänschens mit dem einen Sofakissen, das seine ganze bürgerliche Wohnlichkeit ausmachte, und vor allem den immer vergnügten, rosigen Hans verlassen, so ergab das mit Schubertscher Untermalung und mehreren Glas Sekt im Blut schon einen Grund zum Heulen.
Fünf Minuten später knöpfte ich mir Hans Fichte vor.
»Heirate sie, heirate sie bald, Hans. Du findest keine bessere Frau für dein Seelenheil, die Praxis und Erwin!«
Hänschen gab sein freundlich-harmloses Grinsen nicht auf.
»Für Erwin und die Praxis wohl nicht, aber für mein Seelenheil?« Er nahm meine Nase zwischen zwei Finger, was ich gar nicht mag und nur damit entschuldigte, daß er sich selbständig an der Bar bedient hatte. »Tine«, sagte er, »du bist ein reizendes Wesen. Aber was weißt du schon von meinem Seelenheil, hm?«
Ich entwand meine Nase mit bösem Ruck seinen Fingern, und dann konnte ich ihm nicht mehr böse sein.
An diesem Abend und überhaupt nie mehr sprach ich mit ihm über Ruth. Denn über Ruth sprechen hieß ein anderes Thema wecken: seine Liebe zu mir.

Dieser Bericht handelt von Philip. Nicht von meinem Mann, Philines Vater oder dem Ruinenvorstand. Er handelt von dem im In- und Auslande bekannten und immer geschätzten Modefotografen, bei dem plötzlich – seinem

früheren Schimpfen auf die verdammte Knipserei zum Trotz – eine Art Berufsbesessenheit ausgebrochen ist.
Er klettert Stufe für Stufe die Erfolgsleiter hinauf. Ich muß unten stehenbleiben und die Leiter halten und mich um Philine, das Viehzeug und die Ruine kümmern.
Aber ich bin noch nicht abgeklärt oder besser: noch nicht abgestumpft genug, um mich protestlos mit dem eintönigen Kreislauf eines Hausfrauendaseins abzufinden.
Ich möchte so gern dabeisein, wenn Philip in Paris, Italien oder in dreitausend Meter Höhe fotografiert. Ich möchte nicht nur Postkarten von dort und kurze Berichte vom Turnierball in Wiesbaden, der großen Fath-Modenschau München, der Gardenparty in Düsseldorf ... Ich möchte auch einmal bei seinen »lieben« Freunden, den Großindustriellen Schulz-Schultz, in Ascona ein Wochenende verbringen und zu ihrem Diener »Danke, für mich keine Suppe« sagen.
Und ich könnte es ja auch, wenn ich sein Fotomodell geblieben wäre, wenn ich nach Philines Geburt eine Kinderfrau engagiert und Anna Krieger die Ruine überlassen hätte... Nein, ich könnte es nicht. Denn das Wesen, das mit Anna länger als einen Tag friedlich ausgekommen wäre, hätte erst geboren werden müssen. Anna hat in den letzten zehn Jahren kein weibliches Wesen – außer mir – anerkannt und neben sich geduldet. Auf meine Schwiegermutter soll sie sogar einmal mit der Bratpfanne losgegangen sein – sagt Lieschen. Anna dagegen behauptet, die alte Frau Marschall habe sie vergiften wollen.
Ein Kindermädchen liefe spätestens nach vier Stunden davon, und Frau Kallweit hat es abgelehnt, noch einmal in der Ruine zu helfen. Sie sagt, sie erinnere sich lieber an ihre Flucht aus Ostpreußen als an die paar Tage mit Anna Krieger unter einem Dach. Und wenn wir ihr Filmgagen bieten würden, sie käme nicht wieder zu uns.
Und somit bin ich gezwungen, zu Hause zu bleiben und

still zuzusehen, wie Philip sich immer mehr von unserer kleinen Welt entfernt.

»Die Frau eines bekannten Mannes muß eben Opfer bringen«, belehrte mich Lieschen neulich am Telefon, als ich zu seufzen wagte. »Freu dich an Phils Erfolg, Kind! Erst gestern schrieb mir Tante Lucie, daß er alle Damen auf einer Gesellschaft in Düsseldorf mit seinem Charme bezaubert hat.«

Aber was nützt *mir* das! Zu Hause läßt er seinen Charme gründlich ausruhen. Zu Hause ist er vor allem müde. Philines Gebrüll stört ihn. Er verträgt kein Hundebellen mehr. Seine Nerven! Unserem Gustav möchte er für jedes Morgenkikeriki den Hals umdrehen, und seine Zärtlichkeiten für mich sind zerstreute Zärtlichkeiten. Ich spür's, ich bin endgültig Ehefrau geworden. Ich bin nur noch ein Teil seines lärmenden Zuhauses, das ihm auf die Nerven geht, und wenn ich ein neues Kleid anhabe, fällt's ihm kaum noch auf.

Aber für all das hat Lieschen kein Verständnis. Jahrelang nagte die Tatsache, bloß einen Fotografen zum einzigen Sohn zu haben, an ihrem wohlausgebildeten Geltungsbedürfnis. Sie hätte viel lieber »Mein Sohn, der Diplomat« oder was anderes Feines gesagt. Seitdem er aber zu *dem* Modefotografen geworden ist und dazu noch die Düsseldorfer Damen bezaubert hat, ist sie völlig mit seinem Metier ausgesöhnt. Seitdem ist Philip vollkommen, und ich bin nicht mehr ihre reizende Schwiegertochter, sondern das arme Mädchen aus der Uckermark, das das große Glück hatte, ihren Philip heiraten zu dürfen. Und wer solches Glück hat, darf über sein Glück nicht klagen.

Einzig Hänschen Fichte und Jan Braun fühlen mit mir. Es ist wirklich gut, Freunde zu haben, die, da sie sich einmal Freund nannten, nun auch geduldig stillhalten müssen, wenn ich mich bei ihnen ausjammere.

Gestern war ich bei Hänschen. Sein Privatbau hinter der

Praxis zeugt von seinem fehlenden Geschmack, aber er ist ganz erfüllt von Hänschens und seines Rauhhaardackels Heiterkeit.
Ich saß auf seiner Ofenbank, nieste meinen Heuschnupfen in die Gegend und rührte etwas ratlos in dem gutgemeinten Kaffee, den Hänschen vor lauter Gastfreundschaft bis zum Ekeln versüßt hatte. Ich rührte und nieste, und er sagte geduldig immer wieder »Prost«, und das war anfangs unsere ganze Unterhaltung.
Schließlich fragte er: »Phips hat sich noch immer nicht bekobert?«
»Nein.«
»Spielt noch immer den Geschäftsmann und Salonlöwen und hat keine Zeit für euch?«
»Ja.«
»Sag mal, Tine, diese Jou – prost! – also diese Jou – noch mal prost! – « Er blickte gespannt auf meine gekräuselte Nase, bis ich abwinkte, weil kein dritter Nieser zu erwarten war. »Also mit der kann das nicht irgendwie in Zusammenhang stehen.«
»Ich weiß nicht, Hänschen. Phil hat sie mir noch nicht vorgestellt. Im allgemeinen ist er unempfindlich gegen Mannequins, aber – es ist natürlich alles möglich.«
Seit zwei Monaten hat Phil ein neues Modell, die Jou. Bürgerlich heißt sie natürlich viel bürgerlicher, aber alle nennen sie Jou.
Jou ist ein Fotomodell-Phänomen, sozusagen eine Offenbarung, und Peter Monier brach über ihren Fotos in Begeisterungsschreie aus. »Was für ein Wesen! Meinen letzten Groschen würde ich hergeben, um sie für eine Durchreise zu gewinnen. Diese tierhafte Grazie! Diese Dynamik der Bewegungen! Wie die Kleider an ihr leben! Einfach göttlich!«
Ja, göttlich. Je irdischer ein Ding, um so göttlicher wird es bezeichnet. Wie bitte, Phil? Nein, ich sagte nichts. Ich sage

überhaupt nichts mehr. Nur manchmal – seufze ich. Und wünsche mir einen Beamten zum Mann, umgeben von ältlichen Sekretärinnen, mit festen Arbeitsstunden und freien Abenden und einem längeren Urlaub im Jahr, den er mit seiner Familie verbringt. O ja, das wünsche ich mir.
»Prost«, sagte Hänschen, denn mein Heuschnupfen...
»Danke schön.«
»Ich könnte Phips umbringen«, sagte er. »Eine Frau wie dich unglücklich zu machen!«
»Ja.« Ich begreife auch nicht, daß man eine Frau wie mich unglücklich machen kann!
»Einmal«, sagte Hänschen, und seine Augen schwammen plötzlich in Elegie. »Einmal –« Und in seine Stimme mischte sich ein blubberndes Geräusch: ein selten bewegtes, dickflüssig gewordenes Gefühl wurde in Bewegung gesetzt und schlug Blasen. »Einmal war das Hänschen hoffnungslos in eine bezaubernde Frau namens Valentine verliebt, die seinen Freund liebte und das Hänschen ob seiner Verehrung nicht laut, sondern bloß ganz leise auslachte und die er immer noch – ja – immer noch... jetzt verliere ich lieber den Faden!« Er grinste mit hochrotem Kopf. Er nahm seine Gefühle furchtbar ernst und kam sich so blöd dabei vor. »Donnerwetter, das war 'ne Zangengeburt. Welpen tot. Mutter gerettet. – Komm, Erwin, hilf deinem Pappa aus seiner Verlegenheit. Such das Mäuschen. Na, wo ist denn das Mäuschen?«
Erwin fegte aus tiefem Schlaf vom Besuchsstuhl runter, sprang auf die Ofenbank, schlug mir die Kaffeetasse aus der Hand und erlöste mich somit von der qualvollen Gastpflicht, Hänschens Elixier austrinken zu müssen. Wir sammelten gemeinsam die Scherben auf. Und hatten alle Mühe, Erwin wieder zu beruhigen. Dackel bellen doch bedeutend schriller als Spaniels.
»Mach die Klappe zu, Erwin!« schrie Hänschen, und dann fiel ihm ein: »... Ich muß noch irgendwo einen Rest

Brandy vor mir selber versteckt haben.« Wir fanden ihn in der Ofenröhre.
»Auf dein Wohl, Tine, ganz und gar auf deins! Und falls mit der Jou was nicht stimmt, das finde ich schon raus, glaub mir!« Unsere beiden verschiedenen Schnapsgläser, versehen mit den Fusseln des gleichen Küchenhandtuches, stießen aneinander. »Und wenn Phil morgen von der Reise zurückkommt, dann mach kein langes Gesicht. Wir Männer mögen keine maulenden Frauen, vor allem Phil nicht. Ich erinnere mich da noch an einen Fall...« Man merkte ihm an, er hieb sich selbst eins auf den vorlauten Mund und sagte schnell: »...aber der Fall lag lange vor deiner Zeit, Tine, und ist überhaupt nicht wichtig.«
Beide, Hans und Erwin, brachten mich zum Autobus.
Wenn ich bloß nicht diesen Heuschnupfen hätte. Mit Heuschnupfen kann man noch so lieblich lächeln, man sieht aus, als ob man ununterbrochen die engsten Familienmitglieder beerdigte. –
»Ach wo, ist gar nicht so schlimm«, versuchte Hänschen zu trösten, und dann kam der Bus.
»Kühle deine Augen heute nacht«, rief er, neben dem anfahrenden Wagen herlaufend. »Nimm deine Medizin, setz dich morgen in die Sonne und...« Und dann stolperte er über etwas Unvorhergesehenes und fiel der Länge nach aufs Pflaster. Erwin an der Leine machte einen Luftsprung.
»Erwin«, schrie ich, so laut ich konnte, »mach Herrchen einen Gipsverband!«

8. Kapitel

in dem Hänschen was in die Wirtschaft steckt

Neben mir erhebt sich eine Mauer aus Fleisch, Muskeln, dunkelblauem Tuch und einer Nervosität, die sich in nichts äußert und dennoch spürbar ist. Phil sitzt auf halber Backe und nur aus Höflichkeit hier, um Trautchen nicht durch ständige Absagen zu verärgern.

Er ist mit seinen Gedanken weit fort, das spüre ich. Er ist immer gleichbleibend freundlich und abgelenkt – und das kränkt mehr als Angriffe.

Jetzt muß ich – oh, lieber Gott, bloß nicht! – doch. Ich niese. Gleich siebenmal hintereinander. Aber es guckt niemand her, weil alle klatschen. Sie werden noch so lange klatschen, bis sich die Streicher zu einer Zugabe entschließen. Ich will aber keine Zugaben. Ich will nach Haus. Zu Philine und den Tieren und zu meinem mitfühlenden Freund Hänschen, der heute bei uns den Babysitter spielt, weil Anna Ausgang hat.

Wir hören schon von weitem sein »Tüüt! Alles einsteigen! Diiie Türen schließen! Ab! Sch-sch-sch-sch...«

Zum erstenmal seit Wochen sehe ich ein zärtliches Lächeln auf Phils Gesicht – das aber nicht mir, sondern Philine gilt. Wir gehen beide schneller, wehren die Freude der Hunde ab und schleichen zum Kinderzimmer hinauf. Phil öffnet die Tür um einen Spalt, und wir schauen beide auf ein herzrührendes Bild. Dr. med. vet. Fichte mit verschwitztem Hemd als Lokführer des fahrplanmäßigen Drei-Waggon-Zuges Berlin – Hamburg. Aber was heißt Lokführer – Hänschen ist Schaffner, Lokomotive, Signal und Bahnhofsvorstand in einer Person.

In Philines Sportwagen – dem ersten Waggon – sitzen

Puppen, Affe, Gackeente und Teddy. Im zweiten – dem Puppenwagen – reisen zwei Plüsch-Boogies. Es folgt das hölzerne Lastauto mit Ach-der-armen-kleinen-Alma, unserer lebendigen Schildkröte (einem Geschenk von Trautchen), und hintenan zuckeln an ihren Strippen die beräderten Hottehüs. Zuckeln von Berlin um den Tisch herum zum Balkon nach Hamburg und zurück.
»Schsch-sch--sch! Hauptbahnhof! Alles aussteigen!«
In ihrem Bett sitzt Philine mit hochroten Backen und zerzaustem Haar und befiehlt: »Mal!«
»Aber der Onkel – kann – nich – mehr, Fifi«, stöhnt Hans, den Schweiß von der Haut ins Taschentuch befördernd.
»Mal!« schreit sie wütend.
»Fifichen!« seine Stimme klingt weinerlich. »Der Onkel muß erst einen Schluck Himbeersaft trinken.«
Er streckt die Hand nach seiner Bierflasche aus. Philine trommelt mit den Fäusten auf die Bettdecke und brüllt Befehle, die Hänschen nicht versteht, und sie weint fast vor Ärger, weil er sie nicht versteht.
»Möchte Fifi auch Himbeersaft?« rät er mit hilflosem Gesicht und nähert sich ihr mit der Flasche.
Jetzt geht ein Ruck durch die Schulter, über die ich ins Zimmer gelinst habe. »Untersteh dich, ihr Starkbier zu geben!«
»Papi!« schreit Philine. »Papi! Papi!«
Sie krallt sich um seinen Hals – winzig klein in seinen mächtigen Armen.
»Ein Glück, daß ihr kommt«, seufzt Hänschen. »Lokomotive is' doch'n verdammt harter Beruf.«
Auf weichen Knien steigt er hinter uns die Treppe hinunter. Philine – auf Papis Arm – erzählt dabei in ihrem Baby-Chinesisch von der herrlichen Fahrt. Sie hat zwar keine Ahnung, was ein Zug ist, aber das Spiel gefiel ihr ausnehmend gut. Und ich weiß nicht, ich weiß nicht, was

aus dieser Tochter einmal werden soll, wenn sie bereits im Babyalter mit ihrem unerbittlichen Elisauguste-Willen die Männer bis zur totalen Erschöpfung hetzt...

Ich gehe in die Küche, um einen Espresso für die Lokomotive zu kochen. Als ich mit dem vollen Tablett das Kaminzimmer betrete, höre ich von der Terrasse her Hänschens aufgebracht zischelnde Stimme:

»...ein Salonlöwe bist du geworden, Phips, jawoll. Das steht dir aber nicht. Deiner Mutter magst du so gefallen und den feinen Pinkels, mit denen du verkehrst. Mir kommst du hoch – hoch kommst du mir, so, wie du jetzt bist! Wenn dir noch was an unserer Freundschaft liegt, dann ändere dich. Aber hurtig!«

»Hans Fichte, du gehst mir schon lange auf die Nerven.«

»Macht nichts«, schreit Hänschen.

»Brüll nicht so. Wenn Tine hört...«

»...was Tine längst weiß und worunter sie leidet? Daß du nämlich ein Großkotz mit Allüren geworden bist und darüber ganz vergessen hast, daß deine bezaubernde Frau auch noch was anderes sein möchte als dein Dienstmädchen. O Phips, Mensch –«

»Du sollst nicht brüllen, verdammt noch mal!« Jetzt ist Phils Stimme auch nicht mehr fein.

»Weil wir gerade so schön mitten drin sind: Was ist mit dieser Jou oder wie die Puppe heißt? Warum führst du sie uns nicht vor? Hast du was mit ihr?«

Jetzt klirren die ineinander gestellten Tassen auf meinem Tablett so gefährlich aneinander, daß man es auf der Terrasse hört und abrupt seinen Zorn abbricht.

»Euer Kaffee.« Es fällt schwer, harmlos zu tun.

Phil beschäftigt sich grimmigen Auges mit Philine, die auf seinem Schoß turnt, und Hänschen zupft mit fahrigen Fingern welke Blüten aus den Geraniekübeln. Und nicht nur welke...

Es ist ein Glück, sozusagen ein Regieeinfall des Schicksals,

daß ich in diesem Augenblick niesen muß. Hänschen springt auf mich zu und rettet das Tablett, wobei er seinen Ärger vergißt, Phil hat Grund, seinen grimmigen durch einen mitleidigen Blick zu ersetzen, und meine Augen dürfen tränen, ohne daß jemand fragt: »Warum weinst du denn?«
Seit diesem Abend kommt Hans Fichte nur noch zu uns, wenn Phil abwesend ist, und Phil wundert sich mit keinem Wort, daß Hans Fichte nicht mehr kommt. Ihre große Freundschaft hat einen Riß – zum erstenmal seit fünfundzwanzig Jahren.

Heute abend bringt Philip das Wunder Jou zu uns nach Haus. Es blieb ihm nichts anderes übrig, er mußte sie einladen, wenn er unseren Verdacht nicht verstärken wollte. Übrigens hat Jou ihn selbst darum gebeten, seine Familie kennenzulernen.
Ich rufe meinen »Hausarzt für alles« an! »Hänschen, heute kommt die Göttliche, und mir ist ganz schlecht vor Angst.«
»Nimm Brom, Tine, das beruhigt.«
»Wenn du hier wärst, fühlte ich mich bestimmt viel sicherer.«
»Nein, mein Kind«, sagt er entschieden, »ich komme nicht. Ich mische mich niiie mehr in eure Angelegenheiten.« Und nach einer Schweigesekunde: »Soll ich den Sonntagsanzug anziehen?«
Die Ruine wird gründlich gebohnert und mit Blumen dekoriert, meine kreischende Tochter aufs peinlichste geschrubbt, und ich selbst zwänge mich in ein von Monier billig erstandenes Vorführkleid, das mir in der Taille das Atmen verbietet, ansonsten aber eine Dame aus mir macht. Diese Jou soll von der Ruine und ihren Bewohnern geblendet werden.
Hänschen erreicht unseren Hof vor Philip und der Wunderdame.

»Frau Marschall! Nu kuckn Se, nu kuckn Se, unsern Doktor!«
Es fährt ein frischgebügelter Volkswagen vor. Ihm entsteigt in Gala und so, als ob er es gar nicht anders gewohnt ist, der Hans Fichte.
»Jeder Zoll ein Mister, wa?« ruft Anna entzückt.
»Tja«, er plustert sich, »unsereiner läßt sich seine wichtigen Unternehmungen was kosten. Den Wagen habe ich übrigens bloß gepumpt. Von einem ehemaligen Schulfreund, der jetzt eine Autovermietung hat. Diese dumme Kröte soll nicht denken, wir wären ein Garnix.«
Aber die mitgebrachten Blumen reicht er mir trotzdem in Papier.
Wir gehen auf die Terrasse, gefolgt von der sprachlosen Anna. Boogie küßt ihm die Ohren, und Eliza bringt ein plissiertes Hemdchen, das sie im Schlafzimmer geklaut hat.
»Anna, dem Phips wollen wir's heute zeigen. Der is so vornehm geworden. Wissen Sie, Anna, der hat einen Flitz gekriegt.«
»Ja, Herr Dokter«, nickt sie, »und was er für einen hat! Sacht er neulich: ›Anna, rülps nich so laut, man denkt ja, man is'n Zoo.‹ Dabei weiß er, daß mit mein' Magen nich alles stümmt, und daß ich dis manchmal beweisen muß.«
Philips Wagen!
Hänschen breitet seine rosige Fülle weltmännisch im Sessel aus, Anna singt »Auf in den Kampf, Therese, nimm den Schürm, denn wir türm'...« und verschwindet im Haus.
Ahnen Philip und die göttliche Jou, daß sie nicht eine gesellige Ruine, sondern eine vornehme Festung betreten? Sie kommen gleich durch den Garten zu uns herauf. Voran geht Philip, und ihm folgt –
»Hei!« sagt Hänschen.
»Hei hei!« sage ich.
»Des de bunter, desdemona!« sagt er.
– und Philip folgen ein gelbes Kostüm über einem

biegsamen Körper, und die Auslage eines Bijouteriestandes aus dem Warenhaus, diagonal über das ganze Mädchen verteilt.
»Eine Konfektionsausgabe von Lia de Putti – aber wo bleibt der Weißfuchskragen?« wundert sich Hänschen, und ich bitte mich flehentlich, nicht zu lachen.
Dieses leuchtend aufgezäumte Schlittenpferd ist also die göttliche Jou mit Privatgeschmack. An Philips schmalen Lippen sehe ich, daß ihm diese Art von Jou aber gar nicht behagt – oder setzte sein Mißmut erst in dem Augenblick ein, da er den unerwarteten Fichte sich vornehm neben mir räkeln sah?
Jous flaches Gesicht fotografiert sich viel bedeutender, als es in Wirklichkeit ist, aber ihre tierhafte, erregende Grazie hat sie mitgebracht. Noch ehe Philip uns vorstellen kann, fühle ich meine Hand männlich ergriffen und herzhaft geschüttelt.
»Freue mich sehr, Sie kennenzulernen, Frau Marschall. Wirklich angenehm – Sieglinde Knopf.«
Ohne ihn anzuschauen, ahne ich, wie Hänschens Augen vor Vergnügen aus dem Kopf quellen. Philip klappert nervös mit dem Schlüsselbund.
»Ich freue mich auch, Fräulein – Knopf.«
Und auf einmal begreife ich, warum Philip sein neues Fotowunder der Öffentlichkeit so selten in natura präsentiert: Sieglinde Knopf trampelt das Wunder Jou tot.
»Ihr Wesen ist bei ihrer Erschaffung aus Versehen in einen falschen Körper gesetzt worden –«, meint Hänschen später, bis in die tiefsten Tiefen ergötzt.
Jetzt hält sie eine teuflisch lange Zigarettenspitze und pustet ab und zu hinein – eine passionierte Raucherin scheint sie nicht zu sein. Ihre Blicke wandern immer wieder forschend zu Philip, man spürt, sie ist ihm völlig ergeben. Auf eine bedrückende Weise. Sie betrachtet ihn als Abgott, Schulmeister und Seelsorger zugleich.

Und es will keine Unterhaltung zustande kommen. Das liegt an dem Mann, der die Düsseldorferinnen mit seinem Charme bezaubert hat. Er hängt in seinem Sessel, in der einen Hand ein Whiskyglas, in der anderen eine Zigarette, und schüttet Mißmut über uns. Nicht einmal der teure Whisky wagt eine vergnügte Wirkung in uns auszulösen. Selbst der Whisky ist eingeschüchtert.
Ich hole Philine aus ihrem Bettchen, um einen Gesprächsstoff und für Phil eine Möglichkeit zu finden, sich menschlicher zu betragen. Sie steht (noch immer blütenfrisch, obgleich ihre gründliche Waschung bereits vor zwei Stunden erfolgte) vor unserem Gast und zeigt in den breitgezogenen Mundgrübchen viel schamlose Kritik. Und die süße, kleine Patschhand will sie auf gar keinen Fall geben.
Ein seltsames Baby, die Philine. So gar kein kindliches Zutrauen Fremden gegenüber, so bar jeglicher Liebenswürdigkeit.
»Also was die niedlich ist?« ruft Sieglinde Knopf.
Jetzt hebt Philine sehr ruhig die Hand, packt mit energischen Wurstfingern Sieglindes Kriegsschmuck und... Hunderte von Glasperlen klirren über die Terrasse.
Zehn Minuten lang liegen wir zu viert auf den Knien und sammeln sie wieder ein.
Hänschen kriecht zur mir heran. »Fifi hat den guten Geschmack ihres Vaters geerbt, nur vertritt sie ihn radikaler. – Du, Tine, ich kann mir einfach nicht vorstellen, daß Phips und sie – wenn das jetzt sein Geschmack ist, denn schadet's ihm gar nischt.«
Ehe ich antworten kann, krabbelt er weiter, auf eine rote Perle zu.
Jetzt nähert sich mir Philip. »Warum hast du den Kerl eingeladen?« knurrt er. »Ich kann sein blödes Biedermannsgrinsen nicht mehr ertragen.«
»Und mich auch nicht, ich weiß.«
»Red keinen Quatsch!«

»Es stimmt trotzdem.«
»Valentine!« Einen Augenblick lang hat er Ähnlichkeit mit einem gereizten Stier. Bin ich ihm wirklich schon zum roten Tuch geworden?
Ich möchte ihn anschreien, schütteln – aber eine Aussprache beim Suchen von Glasperlen, die noch warm sind von Sieglindes Hals!?
»Heißa, da liegen schon wieder welche!« jubelt Hänschen, und Jou hält ihm den Aschenbecher hin, in den wir die wiedergefundenen Juwelen sammeln.
Im Laufe des Abends verliert sie ihre Befangenheit und wird gesprächig. Sie findet es so gemütlich bei uns, und später möchte sie auch mal ein Häuschen mit Garten haben und Kinder und einen guten Mann. Am liebsten einen mit Pensionsberechtigung. Ihr Vater sagt, nichts sei wichtiger als eine gesicherte Altersversorgung. Und sie dürfe ihm auf keinen Fall mit einem reichen Freund kommen. Es bleibe selten bei einem, und mit dem Reichtum sei das auch so eine Sache. Der kann über Nacht alle sein, und am nächsten Morgen ist nix geblieben, bloß die eigene Gewöhnung an das Geldausgeben.
»Sie haben einen sehr vernünftigen Vater.« Und Hänschen pustet eine Perle über den Glastisch, im letzten Augenblick einen Finger vorschiebend, um sie vorm Heruntertrudeln zu schützen.
Philip blickt irritiert und böse auf Hans Fichtes harmloses »Pielerchen«, aber Sieglinde stört es nicht. Sie kennt überhaupt keine Nervosität – die wichtigste Eigenschaft für ein Fotomodell, das Philip Marschall vor der Kamera zerknetet.
»O ja, mein Vater ist sehr klug, und er hat viel von der Welt gesehen. Zwanzig Jahre ist er als erster Koch auf einem Luxusdampfer gefahren. Dabei lernte er die reichen Leute ganz genau kennen. Natürlich gibt es auch gute unter ihnen«, fügt sie rasch hinzu.

»Das brauchten Sie bei uns nicht zu sagen«, beruhigt Hänschen, mit rotem Gesicht unter dem Tisch auftauchend. (Er hatte zu spät den Finger vor die gepustete Perle gelegt.) »Wir fühlen uns nicht angesprochen, wenn von reichen Leuten die Rede ist.«

»Sie sind nett«, sagt Sieglinde von Herzen. »Bei Ihnen muß man sich richtig wohl fühlen.«

Um elf Uhr hilft er ihr in das gepumpte Auto. »Ich bringe Fräulein Knopf in ihre Bleibe.« Er zwinkert mir beruhigend zu, so: diese Dame ist es nicht, und wenn doch, dann werde ich es schon herausfinden.

Ich räume Gläser und Aschenbecher in die Küche, schließe die Fensterläden. Philip liegt bereits, als ich das Schlafzimmer betrete.

»Jou ist nett, so natürlich«, sage ich. »Warum hast du sie mir so lange vorenthalten?«

Er holt seine Gedanken langsam von der Zimmerdecke zurück und sieht mich an. »Findest du, daß ›vorenthalten‹ der richtige Ausdruck ist? Mir geht sie auf die Nerven.«

»Du erträgst Hänschen nicht mehr. Jou geht dir auf die Nerven. Anna darf nicht mehr rülpsen, Gustav nicht krähen und ich – ich habe keinen Mut, zärtlich zu dir zu sein. Du bist mir so fremd geworden. Was ist los mit dir, Philip Marschall? Ist es wirklich nur Überarbeitung, oder hast du uns ganz einfach satt?«

Er antwortet nicht, liegt da – sehr dunkel zwischen den weißen Laken, ich glaube, er sah nie so gut aus, und es tut mir weh, ihn anzusehen.

»Komm mal her, Tin«, sagt er endlich.

Mein Hals ist trocken vor Erregung, und jedes Wort zittert.

»So geht das nicht weiter, Phil. Zuerst dachte ich, Jou wäre der Grund für unsere Entfremdung, aber...«

»Jetzt glaubst du es nicht mehr?« lächelt er.

»Nein. Ich nehme an, *eine* naive Frau reicht dir. Ich habe

mehr Angst vor den Dagy Erksens. Und – manchmal fürchte ich, du möchtest wieder frei sein.«
Warum sagt er nichts? Warum hilft er mir nicht!
»Es ist ja auch meine Schuld, ich weiß. Das Fotografieren hat mich nie interessiert, und ich mache kein Hehl daraus. Ich habe mir keine Mühe gegeben, klug und raffiniert zu werden, und – und – als ich dir neulich im Brief die tote Spinne schickte – das war bestimmt eklig – aber ich wollte dir beweisen, daß ich mutig geworden bin. Dir zuliebe.«
Wieviel Unsinn man stottert, wenn das Herz in Aufruhr ist. Seine Finger schieben sich in mein Haar. »Tin, ich mache dir Kummer, aber es wird schon vorübergehen, bestimmt.«
Diese teilnahmslose Freundlichkeit. Die Einsicht: ich mache dir Kummer. Der Trost: es wird schon vorübergehen. Ob sich andere Ehemänner auch solcher rohen Sanftmut bedienen?
Beim Waschen sehe ich mein Gesicht im Spiegel. Es ist gar nicht mehr hübsch, weil es nicht mehr froh ist.
Was ist es denn, wovon Philip sagt, daß es vorübergehen wird? Diese »Ehe-Krise« oder – eine neue Liebe?
Ich bin kein Fighter. Ich möchte Philine und die Hunde nehmen und davonlaufen. Am liebsten Südsee. Oder Bauernhof. Oder wieder zehn Jahre alt sein und zu Hause. Noch nichts von unglücklicher Liebe und Betrug wissen.
Schrecklich, diese Sentimentalität und Selbstbemitleidung, wenn man sich betrogen glaubt.
Hänschen hat einmal gesagt: »Phips kann nichts für seine polygame Ader. Er hat die Frauen nicht erfunden und auch nicht das verflixte Knistern, das alle Dummheiten und alle Lieben einleitet. Phil hat bestimmt die besten, treuesten Absichten, aber wenn es knistert...?«
All das geht mir beim Zähneputzen durch den Kopf.
Gewiß, Philip hat mich lieb und gute Absichten, aber vielleicht knistere ich nicht mehr für ihn.

Und dann liege ich in der Dunkelheit, nur durch die Scheu, meine Hand auf seinen Arm zu legen, von ihm getrennt.
Er wirft sich auf die Seite. O ja, ich weiß, wie das ist, Phil. Ich habe auch einmal nächtelang wach gelegen und mich nach einem Mann gesehnt. Jetzt liegt dieser Mann neben mir und sehnt sich vielleicht nach einer anderen Frau.
Auf einmal bin ich so wütend, so sinnlos wütend...
Auf meinem Nachttisch tickt der kleine Wecker mit dem Leuchtzifferblatt seine letzte Minute. Er fliegt klirrend in die Dunkelheit – aber es erleichtert nicht.
Philip zieht mich in seinen Arm. »Bitte, Tin, hab etwas Geduld mit mir. Es ist bestimmt nichts...«
Und dann schlafen wir so ein wie früher, aber es ist überhaupt nicht wie früher.

Sie müßten einmal Eliza sehen, wenn sie eine Last mit sich herumschleppt und verzweifelt nach einem sicheren Ort sucht, an dem sie sie abladen kann.
Genauso geht es mir. Ich habe im Augenblick niemanden, zu dem ich meinen Kummer tragen kann. Dagy Erksen, Monier und Trautchen schreiben Postkarten aus der Erholung, Lieschen hat kein Verständnis für mich, Vati will ich nicht beunruhigen, und Hänschen ist beschäftigt.
Seine Praxis floriert wie noch nie, und dabei »schwöre ich dir, Tine, daß ich nachts keine Krankheitsbazillen an die Stammbäume schmiere. Ich glaube, ich komme in Mode.«
Lieber Himmel! Mir reicht ein Mann in der Familie, der »in Mode« ist. Wenn Hänschen auch noch – dann fühle ich mich ganz verlassen. Aber: »Ich werde immer für dich da sein, Tine, immer!«
Nun, seit drei Wochen ist Hans Fichte es nicht mehr. Und dabei brauche ich sein vergnügtes »Biedermannsgrinsen« und seine unbedingte Verehrung jetzt nötiger denn je.
Heute früh kam von Philip, der mit Jou verreist ist, eine

Karte. »Bleibe voraussichtlich noch eine Woche länger fort. Neuer Auftrag. Rufe in den nächsten Tagen an.«

Vielleicht ist es wirklich ein neuer Auftrag, vielleicht aber auch etwas anderes.

Ich habe jetzt alles versucht. Stundenlanges Auf- und Abtigern. Kinobesuche. Gründlichen Hausputz. Zigaretten. Schlafmittel. Aber nichts hilft gegen die quälende Unruhe. Heute mittag hielt ich es einfach nicht mehr aus. Ich bin zu Hänschen gefahren.

Er öffnete selbst die Tür und zeigte sich über meinen unerwarteten Besuch längst nicht so begeistert, wie ich gehofft hatte.

Hänschen führte mich in seinen Privatbau, und einen Augenblick stand ich geblendet.

Statt der violetten Trübe-Gedanken-Tapete leuchteten seine Wände sonnenhell. Das Sofa hatte einen vergnügten Chintzbezug mit Volant erhalten, auf dem Fensterbrett standen – wenn auch bedenklich welk – so doch immerhin zwei Blattpflanzen. Und sein Sofakissen mit der mehrfarbigen Häkelschnecke war einem blausamtenen gewichen.

»Hänschen!« stotterte ich, sekundenlang meine Sorgen vergessend.

»Naja, mußte doch mal was in die Wirtschaft stecken. Ist aber ganz gemütlich so, nich?«

»Seehr! Und wie du selbst aussiehst!«

Er zupfte verlegen an seiner Brust. »Du meinst die Weste?« Genau die gleiche, wie Philip sie zu tragen pflegte.

Außerdem bewegte er sich auf gelben Schuhen mit Sohlen, die ihn zwei Zentimeter wachsen ließen.

Zum erstenmal betrachtete ich Hänschen mit weiblichen Augen, und es schien ihm sehr daran zu liegen, so betrachtet zu werden.

Im gleichen Augenblick aber spürte ich mit einem feinen, eifersüchtigen Stich, daß dieser Hans Fichte begonnen hatte, ein Eigenleben zu führen. Er gehörte mir nur noch bedingt.

Ich freute mich für ihn über diese Wandlung, aber es wäre mir lieber gewesen, er hätte damit noch ein bißchen gewartet, so lange wenigstens, bis Phil zu mir zurückgefunden hatte.

»Da steckt doch eine Frau hinter, Hans! Beichte!«

»Was soll ich denn beichten?« Er beugte sich, ablenkend, zu Erwin.

»Na, hast du der Tante schon gezeigt, wo dein Balli liegt?«

»Bestimmt hast du dich verliebt!« bohrte ich.

»Vielleicht.« Er schien nicht bereit, von sich aus zu erzählen. Aber als ich taktvoll (und eingeschnappt) das Thema wechseln wollte, kam er von allein darauf zurück.

»Weißt du, Tin«, sagte er, vor Erwin kniend und seinen stacheligen Bauch kraulend, »ich habe sie durch Zufall kennengelernt. Sie ist anders als Ruth, überhaupt nicht erwachsen. Vielleicht würde sie dir gar nicht gefallen, aber für sie bin ich was zum Hochgucken. Und das hat ein Mann nun mal verdammt gerne. Sie will nichts Imponierenderes aus mir machen, als ich bin – das war Ruths Fehler. Und sie behandelt mich auch nicht als brauchbares, nettes Neutrum – so wie du.«

»Denkt sie zuerst an den Blumentopf und dann an den Tisch, auf dem er stehen soll?«

Diese Frage, die an unser damaliges Gespräch auf dem Hof anschloß, beschäftigte ihn einen schweigenden Augenblick lang.

»Ich glaube, sie denkt zuerst an mich, und das ist ja wohl das Wichtigste.«

»Ja, Hans, das ist das Wichtigste.«

Wir knieten jetzt beide vor Erwin und kraulten ihn, und es gefiel ihm wundervoll.

»Warum hast du sie mir noch nicht vorgestellt?« fragte ich.

»Wir kennen uns erst kurz – aber heftig, Tine. Kam ganz

plötzlich. Weiß auch nicht, wie. – Ich hab' dir noch nichts davon erzählt, weil – nachher magst du sie nicht.«

»Ich mag sie bestimmt, Hänschen.«

»Na?« Er sah mich skeptisch an, um gleich darauf wieder glücklich grinsend die Unterlippe vorzuschieben. »Sie ist verdammt hübsch – und mit Erwin versteht sie sich bestens.«

Nach Philip fragte er mich nicht, und ich sagte auch nichts. Hänschen führte jetzt ein glückliches Eigenleben, das ihm keinen Platz für fremde Sorgen ließ. Philip führte auch ein Eigenleben. Und ich – Ich habe ein kreischendes, bellendes, gackerndes Haus. Ich habe wohl eine reizende Tochter, die mich täglich nach ihrem geliebten Pappi fragt, und zwei kleine Spaniels mit sehr viel Zärtlichkeit.

Aber niemals zuvor war ich so allein.

9. Kapitel

vor dem mir sehr angst ist

Es war reiner Zufall, daß ich das Foto sah.

Im allgemeinen überblättere ich den Teil mit den Gesellschaftsnachrichten in den Modejournalen. Meine bäuerliche Herkunft wehrt sich gegen die Zurschaustellung einiger durch Geld, Glück oder Geburt ausgezeichneter Mitleute.

Aber was liest man nicht alles, wenn man beim Frisör unter der Haube schwitzt! Und so fand ich das Foto: Ein Tisch in einem Hotelfoyer, an dem ein paar festlich gekleidete Leute vor Sektschalen saßen.

»Sie sehen von li. nach re. die bekannte Turnierreiterin Fräulein von XY., den Modefotografen Ph. Marschall,

Maria S.-K., Gattin des Düsseldorfer Architekten...« Und vorn rechts lachte aus dem Foto das halbe Gesicht des Architekten persönlich.
Es war nichts Besonderes an dem Foto, aber ich guckte es noch an, als man die Trockenhaube hinter mir abschaltete, zur Seite schob und die Wickler aus meinem Haar nahm.
Auf dem Heimweg kaufte ich mir das Modejournal, blätterte das Foto auf und betrachtete es, Schritt für Schritt. Bis zur Stendhalstraße.
Die Turnierreiterin und der halbe Architekt interessierten mich nicht. Aber seine Frau. Maria hieß sie und sah gepflegt und intelligent aus. Philip reichte ihr gerade Feuer für ihre Zigarette, warum sollte er nicht. Aber sie guckte nicht auf ihre Zigarette und er nicht auf seine Flamme. Sie sahen sich darüber hinweg in die Augen... und dann sah ich Sterne. Ich war mit dem Kopf gegen einen Laternenpfahl gerannt.
Anna legte sofort ein Messer auf die Beule auf meiner Stirn, aber das tangierte die Beule nicht.

Es ist kein Zufall, daß ich Jan Braun anrufe und ihn bitte, mich am gleichen Abend zu besuchen.
Es ist auch pure Absicht, daß ich Phils liebsten Mosel, den moussierenden 1936er Piesporter Goldtröpfchen, aus dem Keller hole und beim Aufkorken in der Küche gleich zwei Glas hintereinander austrinke. Denn ab heute beginne ich ein neues Leben. Ein gelockertes Leben, Prost.
Anna, die sich gerade zum Heimgehen umzieht, guckt mich kopfschüttelnd an. »Diß muß an dieses Haus liegen«, sagt sie. »Der selje Herr Marschall soff, die alte Frau Marschall säuft gern heimlich einen, Herr Philip sowieso und nun Sie auch!«
Ich gehe – ein wenig benebelt von dem teuflisch raschen Mosel und ohne zu antworten – ins Schlafzimmer hinüber, um mich zurechtzumachen. Aber kaum schaue ich in

die Spiegelwand, ist auch Annas Gestalt darin zu sehen. Schwarz. Wuchtig. Unerschütterlich. Wie ein weiblicher Pastor steht sie da – so ein Luthertyp mit Flammenschwert. Und so störend für die, die locker werden wollen...

»Frau Marschall, es stimmt doch hier alles nich.«

»Nein, Anna.«

»Aber diß kann man mit Saufen nich beibiegen.«

»Nein, Anna.«

»Isses wieder eins von die verdammichten Weibers?« Sie setzt sich auf die Bettkante, sehr steif und vornean. Ich habe Anna noch niemals bequem sitzen sehen.

Ich antworte nicht, denn ich weiß nichts Genaues, was ich antworten könnte. Da kratzt sie mit nachdenklichem, rissigem Finger einen imaginären Fleck von ihrem Rock und sagt: »Wissense, ich mach nu seit bald dreißich Jahre männliche Anzüge rein. Der selje Herr Marschall ließ immer Kleingeld für mich drin. Und denn fand ich die Zettel mit Adressen und die Billjetts von Räwüen ebend, bevor Frau Marschall sie finden konnte. Und hab'se verschwünden lassen. – Der Appel fällt nich weit vom Stamm, sacht man. Aber der Appel – mit Reschpekt: Herr Philip – is vorsichtjer wie der Stamm. Und knausriger. Und er weiß, daß ich auf Ihre Seite bin, Frau Marschall. Und läßt nischt in seine Taschen. Aber ich komm' noch hinter. Ich bin immer hinterjekomm'n so oder so. – Warum pinseln Se sich die Wimpern, Frau Marschall?« fragt sie plötzlich streng. »Ham'se heute noch was vor?«

»Aber nein, Anna.« Ich werde rot. »Das heißt – doch. Vielleicht gehe ich noch zu Frau Nessler.«

»Und wegen die pinseln Se sich die Wimpern und lacken Ihre Nägels?«

»Ja«, sage ich mit dem Trotz der Ertappten.

»Frau Marschall – «, sie guckt mich prüfend an.

»Soll ich vülleicht hierblei'm?«
»Aber nein, Anna, warum?«
Da erhebt sie sich. Ihre Bewegungen sind eckig wie die einer Kasperlepuppe, nur schwerer – so, als ob man Gewichte an ihre hölzernen Glieder gehängt hätte. »Denn geh' ich also...«
Ich stehe am Schlafzimmerfenster und schaue ihrem schwarzen Rücken nach, und plötzlich ist mir so, als ob da nicht Anna Krieger, sondern meine Mutter ginge. Und ich habe sie fortgeschickt.
»Anna!« schreie ich. »Anna!« Aber sie hört mich nicht mehr. Das hohe schmiedeeiserne Gartenportal fällt hinter ihr zu. Auf der Straße verstummt der Kinderlärm. Jetzt flüstern sich die Gören gewiß »Achtung, da kommt der olle Besen!« zu, ein Ausdruck, den sie von ihren Eltern im Zusammenhang mit der Kriegern gehört haben.
Und ich hab' den »ollen Besen« so lieb!

Eben ist der letzte müde Amselruf verstummt. Die Kastanie über uns raschelt sanft und ein wenig melancholisch – so, als ob sie wüßte, daß es bald Herbst und mit der Raschelei endgültig aus sein wird...
Ich habe mich auf der Liegekarre ausgestreckt. Jan Braun lehnt in einem Bambussessel neben mir, reicht mir Feuer für die Zigarette, reicht mir das Weinglas, stellt das Radio auf gedämpften Tschaikowsky, und als er merkt, daß mich Tschaikowsky traurig macht, auf Richard Strauß. »Don Juan...«, sagt er, und ich nicke.
Wie hinreißend seine Abenteuer musikalisch klingen! Ich möchte auch ein hinreißendes Abenteuer. Eins, das mich Philips Gleichgültigkeit vergessen und das eintönige Hausfrauendasein leichter ertragen läßt.
Jan Braun wäre der Richtige dafür. Aber ich fürchte, er ist zu beseelt für einen Don Juan. Ihm fehlt das »hinreißende« Feuer dazu wie mir die innere Überzeugung zum Betrügen.

Das muß an meinem mütterlichen Erbteil liegen. Meine Mutter war wie ihr Name – Auguste. Vielleicht fiel's mir leichter, wenn sie Yvonne oder ähnlich beschwingt geheißen hätte...

»Bitte«, sage ich und reiche Jan Braun mein geleertes Glas. Der Mosel soll die Auguste wegspülen... –

Aber er spült nichts fort. Er macht mich nur blau. Nicht Yvonne-bleu, sondern Auguste-blau... und das vermaledeite Foto im Modejournal ist stärker als die kastanienraschelnde warme Sommernacht.

»Jan«, sage ich mit ziemlich schwerer Zunge – wenn ich betrunken bin, was selten vorkommt, spreche ich nicht hochdeutsch, sondern noch hochdeutscher, »was halten Sie eigentlich von der mondänen Gesellschaft?«

Er sieht mich durch die samtene Dunkelheit forschend an, dann betrachtet er seine gefalteten Hände. »Wissen Sie, Valentine, mich kümmert weder die Gesellschaftsschicht noch die Konfession, weder die politische Einstellung noch die Nationalität eines Menschen und schon gar nicht seine Rasse – solange er ein *Mensch* ist.« Er beugt sich vor, und ich habe nichts gegen seine kühle, schmale Hand auf meinem Arm.

»Ja, natürlich.« Aber ich will nichts allgemein Wichtiges hören. Ich will wissen, ob eine Frau Maria S.-K., die zur großen, mondänen Gesellschaft gehört, ein ebenso wertvoller Mensch sein kann wie jeder andere. Und darauf gibt mir Jan keine Antwort.

Später tanzen wir.

»Sie sind unglücklich, Valentine. Sie haben Kummer mit Ihrem Mann, nicht wahr?« sagt er so plötzlich, daß ich nicht leugnen kann.

»Sie sind wundervoll, Valentine«, sagt er etwas später.

Ich spüre seinen Arm auf meinem Rücken, so kühl und rücksichtsvoll und voller Achtung. Wir tanzen noch immer. Und dann ist seine Wange an meinem Gesicht. Weich,

duftend und glattrasiert – was ich von Phils nicht immer behaupten kann.
»Valentine –« Wie melodiös er meinen Namen spricht.
Jetzt küßt er mich. Ich halte still und lausche in mich hinein. Und ich bin enttäuscht. Es knistert überhaupt nicht.
Ich betrüge Philip ohne Triumph.
Jan führt mich zu meiner Liegekarre zurück und legt eine von den Karlsbader Decken über meine Beine. Und lächelt still. Das spüre ich, ohne ihn im Dunkeln zu sehen. Und er weiß ganz genau, was ich empfinde, sonst würde er sich jetzt über mich beugen.
»Es hat keinen Sinn, Valentine«, sagt er mit einer Stimme, die so samten wie die Nacht ist, »Sie sind zu echt. Aber gerade deshalb muß man Sie lieben.«
»Glauben Sie, daß meine Echtheit auf die Dauer nicht langweilig wird? Glauben Sie, daß man mich immer lieben könnte, ein ganzes Leben lang?«
Er antwortet nicht gleich. Aber er schaut mich an mit Blicken, die die undurchsichtige Dunkelheit schärfelos durchdringen.
»Ich könnte es«, sagt er endlich.
Jan Braun. Ein zauberhafter, kultivierter, herzlicher, begabter junger Mann. Sogar von Literatur versteht er etwas. Und könnte mich ein ganzes Leben lang lieben... Phil, hörst du? Ein ganzes Leben lang!
Wir sind noch auf der Terrasse, als der Morgen graut. Ich habe die Decke, die über meinen Beinen lag, bis zum Hals heraufgezogen, und Jan hat sich auch eingewickelt. Es ist schneidend kühl, aber herrlich. Über uns, unsichtbar in den fahlen Bäumen, zwitschern Vögel. Hunderte von Vögeln glauben wir zu hören. Es klingt reiner und köstlicher noch als Bachmusik.
Und dann hebt sich aus der Spitze einer Tanne, die zu Trautchen Nesslers Besitztum gehört, mein Pirol. Er gleitet mit gelbem Leib durch die Dämmerung und versteckt sich

im Laub der Kastanie über uns. Und ruft »Kischan Füerhoak«, leuchtend klar und alle Vogelstimmen übertönend, »Krischan Füerhoak« und all die anderen Namen – – – »Bühlow« und »Dumichauch«, die er sich im Laufe des Sommers zugelegt hat.

»Krischan« gehört zu uns wie Anette und Boogie und Eliza und Emma und Gustav und Anna Krieger. Gehört zu *uns* – Philip? Weißt du noch, was »zu uns« bedeutet?

»Aber – wer weint denn?« sagt Jan Braun mit zärtlichem Kopfschütteln.

Und sehen Sie, das war mein erster und total mißglückter Versuch, einen gelockerten Lebenswandel zu beginnen.

Es ist nach Mitternacht. Der D-Zug zerstört mit seinem eintönigen, jagenden Rhythmus den Schlaf der Landschaft. Es ist sehr heiß, und die Türen zum Gang stehen offen. Im Nebenabteil haben sich englische Studenten eingerichtet. Einer von ihnen zupft an seiner Gitarre, und die anderen singen mit schläfrigen, rauhen Stimmen:

»Do not forsake me, oh my darlin'...«

Der Mann mir gegenüber rollt seinen Kopf aus dem Mantelfutter. Er schnarcht beruhigende Bürgerlichkeit ins Abteil. Über ihm im Gepäcknetz liegt ein mächtiges Stullenpaket, und zwischen seinen Beinen ist der Boden klebrig vom Saft überreifer Pfirsiche.

»Daß du dich man bloß nich in den Durchzug setzt, Arthur«, sagt seine Frau auf dem Bahnhof in Braunschweig.

Bei den beiden stimmte alles, das sah man auf den ersten Blick. Das Hochzeitsbild stand auf der Kommode. Die Kinder wuchsen ohne Zwischenfälle heran. Mit dem Geschäft könnte es bessergehen, aber man wollte nicht klagen...

Vielleicht hatte es nie besonders zwischen ihnen geknistert, aber es würde auch niemals außer Haus knistern.

Ich gucke auf den zufrieden schnarchenden Mund und die gefalteten Hände meines Gegenübers und überlege, ob ich seine Frau beneiden sollte.
Mit so einem Mann würde ich gewiß ruhiger leben können als mit meinem »im In- und Ausland bekannten und geschätzten« Modefotografen, aber...
Es ist eben alles relativ, pflegt Lieschen zu sagen, wenn sie sich in einem Gedankengang verheddert hat.
Alles ist jetzt wie ein Traum. Ein Traum zwischen Mitternacht und Morgen, begleitet vom gleichmäßigen Rhythmus des Zuges, vom Summen dösender Studenten und einer gezupften Gitarre. Und die Einsamkeit tut nicht weh.
»Do not forsake me, o my darlin'...«
In einer Stunde werde ich in Düsseldorf sein und weiß nicht recht, was ich da soll.
Hänschen sagte: »Du mußt es auf die elegische Tour machen, die zieht bei Phips am meisten. Du mußt heulen und ihn an euer Kind und all die schönen Stunden erinnern, die ihr zusammen hattet.«
Anna riet: »Ertappen müssen Se die beiden, in frapanti ertappen, und denn müssen Se ihnen orndlich eins ausschmier'n. Und sagen, Se wolln sich scheiden lassen und er müßte zahlen, und wie er zahlen müßte. Diß zieht am meisten bei Herrn Phil und bei alle Männers. So groß wie ihre Liebe zum Geld kann ihre Liebe zu eine fremde Frau ganich sein!«
Ich werde weder die rührselige Tour einschlagen noch Phil eins ausschmieren, ich werde mich überhaupt nicht bei ihm sehen lassen. Denn so peinlich, wie mir dieses ganze Unternehmen ist, zu dem ich von meinen Leuten gezwungen wurde, so peinlich kann es für Philip gar nicht werden.
Ich wünschte, Sieglinde Knopf hätte das, was sie mit diskret abgewandtem Ohr in Düsseldorf belauschte, für sich behalten. Warum fühlte sie sich verpflichtet, mich zu warnen!

»...es ist bestimmt gemein gegen Herrn Philip, wo er doch mein Chef ist. Aber Sie waren neulich so nett zu mir, und da dacht' ich, ich *muß* es Ihnen sagen. Wenn's man bloß so ein kleiner Flirt wär' mit den beiden...«

Die andere von »den beiden« ist Maria S.-K., die Frau des Architekten. Müßte ich doch eigentlich stolz auf meinen guten Instinkt sein, aber ich bin es nicht, o Gott, nein überhaupt nicht.

»Fahren Sie nach Düsseldorf, gnädige Frau. Sprechen Sie mit Ihrem Gatten. Mein Freund sagt auch, Sie müssen hinfahren. Bis auf Herrn S.-K. selber wissen es alle, daß die beiden – ich meine, nun – naja...«

An dieser Stelle unserer Unterhaltung, die recht einseitig verlief, da es mir nicht gelang, ein Wort um den dicken Kloß in meinem Hals herumzuzwängen – an dieser Stelle trat Anna ein und versuchte gar nicht erst zu leugnen, daß sie gelauscht hatte. Sie macht ihr grimmigstes Gesicht – das Gesicht etwa, das sie gemacht haben muß, als sie meine Schwiegermutter mit der Bratpfanne attackierte. Ich war sicher, daß sie eine Unmenge sagen wollte, aber ihr Obergebiß, das sie meistens in der Handtasche trägt, weil es drückt, ihr Gebiß kam ins Rutschen, und darum zischte sie nur das Nötigste in den Raum: »Welchen Koffer nehm' Se mit?«

Eine Stunde nachdem Siegi Knopf gegangen war, rief Hänschen an. »Selbstverständlich fährst du, Tine. Noch heute!« schrie er aufgeregt in mein Ohr, und ich war viel zu durcheinander, um mich darüber zu wundern, daß und woher er es bereits wußte.

Hänschen und Anna brachten mich zum Bahnhof. Und spickten mich mit all den blödsinnigen Ratschlägen, von denen ich zwei bereits erwähnte und keinen befolgen werde. Und warteten eisern, bis der Zug anfuhr. Mit Recht. Ich wäre zu gern wieder ausgestiegen. Hans lief neben meinem Abteilfenster her und machte mir atemlos ein

Geständnis, das mich einen Augenblick lang vor lauter Staunen meinen eigenen Kummer vergessen ließ. Aber davon erzähle ich Ihnen später.

Ich gehe auf den Gang hinaus, um eine Zigarette zu rauchen. Hinter dem regenbespritzten Fenster fliegt tote Dunkelheit vorüber. Ab und zu in der Ferne ein vergessenes Licht. So viel Abwehr strömt eine nächtlich vorüberjagende, fremde Landschaft aus!

Was soll ich in Düsseldorf? Ich will nicht nach Düsseldorf. Man hat mich zu etwas gezwungen, was ich innerlich nicht gutheiße. Man gewinnt seinen Mann weder mit dem Rührtuch, wie Hänschen vorschlug, noch mit kämpferisch erhobenem Regenschirm (Annas Idee) zurück. Vor allem nicht, wenn dieser Mann Philip Marschall heißt.

Und jetzt stampft der Zug in den schlafenden Bahnhof ein. Ich nehme meine Reisetasche mit dem besten Nachthemd, Phils Lieblingsparfüm, Zahnbürste und Annas Schnitten, auf denen die Butter im heißen Zug geschmolzen ist, und steige aus. In einer Viertelstunde werde ich bei meinem Mann sein. Nein, ich werde nicht, denn hier in Düsseldorf ist weder Hänschens noch Annas unerbittlicher Wille hinter mir, der mich zu etwas zwingen könnte, was ich nicht will.

Ich fahre nicht in sein Hotel, sondern in ein ganz bescheidenes, dessen Flur nach Schmierseife riecht, ein Duft, der mich noch niemals aufzuheitern imstande war.

Den Rest der Nacht sitze ich aufrecht in dem altmodischen Bett und zerkaue meine Fingerknöchel. Und bin endlich vor lauter krausem Gedenke und Übermüdung so ausgelaugt, daß ich nichts mehr spüre. Es ist mir alles egal, so sehr, daß ich sogar bereit bin, am Vormittag zu Phil zu gehen.

Gegen Mittag wache ich auf. Und gehe nicht zu ihm. Weil es abends günstiger ist. Der Abend ist die sicherste Zeit, wo

ich Phil nicht im Hotel antreffen werde. (Bin ich feige? Oder klug – ?)
Ich schlendere durch die City, die Kö rauf und runter. Aber so langsam ist noch kein Nachmittag vergangen. Ich studiere die teuren Schaufenster und denke an Philine, an Boogie und Eliza und habe Sehnsucht nach ihnen. Jedem kleinen Mädchen, das mir an der Hand seiner Mutter begegnet, möchte ich die Nase putzen. Jeden Spaniel streicheln. Wenn ich wenigstens einen von meinen Rabauken hier hätte, dann wäre ich nicht so allein.
Und als ich diesen Gedanken in mich hineinseufze, sehe ich einen bildschönen roten Spaniel. Er zerrt genauso unerzogen an seiner Leine wie unsere Hunde. Die Dame, die ihn führt, hat Mühe, ihn zu halten. Und jetzt kann sie ihn nicht mehr halten, er zerrt wie irrsinnig gerade auf mich zu und wedelt und jachelt – und ist unsere: »Anette!« schreie ich zusammenknickend.
»Nettchen, mein Nettchen!«
Die Hündin leckt meinen Hals, meine Handtasche liegt auf dem Pflaster, die Leute bleiben stehen.
»Ach, Sie kennen Anette?« fragt die Dame lächelnd, und ich richte mich langsam auf. Einen Augenblick betrachten wir uns stumm. Unsere Blicke spielen sozusagen Paternoster aneinander. Die Dame sieht gut, sympathisch und intelligent aus, sehr hell und... und da erst schlägt die Erkenntnis in mein Bewußtsein: es ist *sie*!
Danach sieht sie noch immer wundervoll aus. Und das ist viel!
»Bitte, geben Sie mir die Leine«, sage ich. »Anette ist doch unser Hund!«
Ihr Lächeln gefriert. Aber nur einen Augenblick. Dann hat sie sich gefangen. »Frau Marschall? Ich freue mich sehr, Sie kennenzulernen.«
»Ich mich auch«, sage ich, obgleich das Blödsinn ist.
»Ihr Gatte erzählte uns gar nicht, daß Sie in Düsseldorf sind!?«

»Mein Mann – wo ist mein Mann?« Und ich sehe mich suchend um.
»Er hat bei uns zu Mittag gegessen und mußte dann in eine Besprechung, bei der er Anettchen nicht gebrauchen konnte. Ich bringe sie gerade in sein Hotel.«
»Das mach' ich schon«, sage ich schnell und nehme ihr die Leine aus der Hand. Einen winzigen unentschlossenen Augenblick stehen wir noch voreinander. Hänschen würde ihr jetzt schluchzend von Philine erzählen, Anna ihr mit dem Regenschirm über den Kopf hauen. Ich tue gar nichts. Mir ist viel zu elend zumute, um irgend etwas tun oder sagen zu können.
Ich gehe mit Anette in die nächste Querstraße hinein, aber nicht in Phils Hotel, sondern zuerst in meins, dessen Namen ich mir nicht einmal gemerkt habe.
Ich packe meine Wenigkeiten in die Reisetasche – Annas verbogene Stullen mag die Hündin auch nicht mehr essen – und bezahle meine Rechnung. Dann gehen wir zu Phils Hotel.
Aber wir sind niemals dort angekommen.
Wir saßen drei Stunden in der Wartehalle des Hauptbahnhofs, Anette auf einer Zeitung neben mir. Dann kam der D-Zug nach Berlin.
Ich war mir klar, daß ich mich selten in meinem Leben so töricht benommen habe. (Und das will was heißen!)
Ich reiste, von meinen Anverwandten getrieben, nach Düsseldorf, um meine Ehe zu retten. Ich habe nichts unternommen, um sie zu retten, *aber* auch nichts dagegen. Ich habe meiner Rivalin bloß unseren Hund weggenommen und bin mit ihm nach Hause gefahren. Ohne meinen Mann gesehen zu haben.
Hänschen wird mir einen Vogel zeigen, Anna wird mich verachten und nie mehr Respekt vor mir haben. Phil – ja, was wird Phil tun, wenn er erfährt, daß ich in Düsseldorf war und seinen Hund entführt habe? Sie spioniert mir

nach, pfui Teufel, wird er sagen. Und verachten wird er mich auch. Aber Philine und Boogie und Eliza werden sich freuen, wenn ich heimkomme. Sie wenigstens werden sich freuen...

Die Balkontür steht weit offen. Über seinem schmiedeeisernen Gitter hängt eines von Philines Faltenröckchen. Die gelben Dahlien sind aufgeblüht, seitdem ich fort war. Auf dem Geräteschuppen schläft die Katze Emma, und Anna kommt gerade, die Futterschüssel unter dem rotgeschrubbten Arm, vom Hühnerstall, als ich den Hof betrete.
»Frau Marschall!« kreischt sie. »Und Nettchen! Wir dachten schon, Sie hätten sich ein Leid getan, wo Se so plötzlich und stumm aus Düsseldorf verschwunden sind.«
In diesem Augenblick stürzen Boogie und Eliza auf mich zu, aber ich habe keine Kraft, ihre Freude zu erwidern: hinter der halbgeöffneten Garagentür sehe ich Phils Wagen. Er ist also schon hier. Und mir wird so blaß und elend und endgültig zumute wie an jenem Morgen, da Vati an meinem Bett stand und sagte: »Steh auf, mein Kind, es ist soweit. Die Russen sind da!«
Es ist soweit!
»Also, Frau Marschall, ich hab' ihm alles gesacht, wo mir auf der Galle drückte. Alles, Frau Marschall, und denn ha'm wir uns gekündigt. Herr Philip mir und ich ihm erst recht. Drauf rief er Jojo Knopp (ich nehme an, daß es sich um Jou handelt) an und hat ihr aber so was von fertichgemacht, weil se Ihnen was erzählt hat, und gesacht, wenn Sie sich was getan haben, denn schießt er ihr nieder. Und wie er mit unsern Dokter telfenierte und ihm anschiß, weil er Ihnen nach Düsseldorf gehetzt hat, da wurde's so schlümm, daß dis Telefon kaputtging. So – nun wissen Se, wie gemütlich es bei uns zugeht.«
»Wann ist mein Mann angekommen, Anna?«
»Vor'ne gute Stunde, zirka.«

Ich gehe ins Haus. Phil wird bei Philine oben sein, aber ich möchte sie beide noch nicht sehen. Im Schlafzimmer setze ich meine Tasche ab. Die Hunde fallen über sie her und bohren ihre Schnauzen vergebens hinein – ich habe vergessen, ihnen etwas mitzubringen.
Und dann sehe ich Philip. Er steht im Badezimmer vor dem Becken und wäscht sich die Hände. Und schaut mich durch den Spiegel darüber an. Und sagt kein Wort. Nicht einmal »Hallo, Tin« oder so was. Nichts.
»Du – du bist schon hier?« Etwas Klügeres fällt mir nicht ein.
Phil nimmt ein Handtuch und trocknet seine Hände. Und sagt noch immer nichts.
»Anette ist draußen«, stottere ich. »Wir sind mit dem Zug gekommen.«
Jetzt wirft er das Handtuch ins Becken und dreht sich langsam zu mir um –
»Ich wollte sie nicht entführen, Phil. Ich wollte dir auch nicht nachspionieren, bestimmt nicht. Ich schwöre es!«
– und verschränkt seine Arme über der Brust. Sein Gesicht ist glatt und seine Haltung zweifellos dekorativ. Dieser Kerl! knirscht Auguste in mir. So unerschütterlich und selbstbewußt, so – hassenswert in diesem Augenblick.
»Ich halt's nicht mehr aus!« höre ich mich aufschreien, meine Fäuste fahren in die Luft und finden ihr Ziel. Sie hämmern auf seine Brust ein, und er wehrt sich nicht. Da lasse ich die Arme sinken und mache die Augen zu. Es ist keine Kraft mehr in mir. Kein Gedanke. Gar nichts...
»Mein dummes, liebes, kleines Mädchen«, sagt er, und seine Stimme ist ganz tief vor Zärtlichkeit. »War ich ein Idiot?!«
Aber ich kann's ihm nicht bestätigen, weil ich weinen muß. Ich glaube, ich habe eine halbe Stunde lang geheult.
»Das war jetzt das fünfte Taschentuch«, lächelt Phil und wirft ein weißes, klitschnasses Knäuel ans Fußende unseres Bettes. »Brauchst du noch ein sechstes?«

»Nein, ich glaub', jetzt ist aller Kummer draußen.«
Er küßt mein Gesicht und sagt das Wort, das Phil von jeher die größten Sprachschwierigkeiten bereitete, er sagt: »Entschuldige, Valentin.«
»Tu's nicht so bald wieder, nein?«
»Tin, ich verspr...«
Aber da ist schon mein Finger an seinem voreiligen Mund.
»Versprich mir nichts, Phil! Versuche lieber, das Nichtversprochene zu halten.« Und dann muß ich ihn trösten, den Armen! Er hat seit Anettes Entführung seine Nerven aufs äußerste strapaziert und wurde bald verrückt vor Sorge über mein Verschwinden.
»Aber woher wußtest du denn, daß ich hierher zurückkommen würde?«
»Aus Erfahrung, Liebes.« Sein Kinn kratzt über meinen Hals. »Meine ›Kinder‹ pflegen ihren Kummer immer in ihr Körbchen zu tragen«, sagt er.
Mir ist plötzlich so leicht – so leicht wie dem Heinrich im »Froschkönig«. Sie kennen sicher noch die Stelle am Schluß, wo es plötzlich einen lauten Plumps gibt und der Herr ruft: »Heinrich, der Wagen bricht!« – »Nein, Herr«, sagt da der Heinrich, »das war ein Ring von meinem Herzen.«
Und in diesem glück-leichten Augenblick ringe ich mir ein Versprechen ab, das gewiß keiner Frau leichtfällt. Ich verlange von mir: »Du hast ihm eben verziehen, Tine. Verfall nicht in den Fehler, ihm beim nächsten Streit ums Wirtschaftsgeld seinen Seitensprung vorzuhalten!«
Und während ich diesen Schwur stumm in seine warme Schulter spreche, sagt Phil: »Du hast dich wundervoll benommen.«
Ich habe mich gar nicht benommen. Ich bin sogar allen Möglichkeiten, mich irgendwie »zu benehmen«, aus dem Wege gegangen. Aber Phils Lob macht mich stolz, und mein Stolz macht mich ungewöhnlich großzügig.

Ich sagte: »Sie ist wirklich eine Dame. Ich mußte sie – ob es mir behagte oder nicht – sehr sympathisch finden.«
Er nimmt meine Hand von seiner Brust und küßt sie in die Innenfläche. »Die – Dame war ebenso entzückt von dir. Sie fand dich bezaubernd hübsch und liebreizend, doch, das hat sie wörtlich gesagt. Und wenn sie dich vorher gekannt hätte, dann... sie ist nämlich wirklich eine Dame, Tin. Aber niemand kann für sein Herz.«
Nein, dafür kann niemand.
Und dann fällt mir etwas ein. Ich richte mich erschrocken auf. »Unsere Tochter! Jetzt bin ich seit fast zwei Stunden zu Haus und habe sie noch nicht begrüßt. Rabenmutter! Ich hole sie zu uns herunter, ja?«
»Noch nicht.« Phils Arme umschlingen mich von hinten, er küßt ausführlich meinen Nacken, dann sagte er: »Jetzt darfst du gehen.«
Auf der Treppe begegne ich Anna. Sie betrachtet mich prüfend von oben bis unten. Ich ziehe den Morgenrock unwillkürlich fester um mich – sie hat wirklich etwas von einem Pastor! – und lache verlegen. Und dann höre ich es ganz deutlich zum zweitenmal plumpsen: ›Nein, Herr, diesmal war's ein Ring von Annas zerknittertem Herzen!‹
»...aber Se machen's ihm viel zu leicht, Frau Marschall! Sie sollten mehr von so was wie Charakterstolz haben!«
»Charakterstolz ist eine gute Sache, solange er einem nicht selber schadet«, sage ich weise. »Mein Stolz kann mich kaum so glücklich machen wie mein Mann...«
Anna zuckt die Schultern. »Zieh'n Se sich gefälligst was auf die Füße«, brummt sie, »sonst hol'n Se sich was wech!«
Ich bin schon die Treppe heruntergelaufen, da fällt mir noch etwas ein.
»Anna!«
»Ja doch?«
»Die wievielte Kündigung ans Haus Marschall ist das eigentlich, die Sie jetzt zurückziehen?«

Sie schnauzt etwas, das ich lieber nicht verstehe. Und ich hüte mich, sie an ihre Bemerkung über meinen fehlenden Charakterstolz zu erinnern, denn... Sonst hätte sie ja wohl eine ihrer Kündigungen wahr gemacht, nicht wahr?
Vielleicht liegt es an meiner eigenen Glücklichkeit, daß Philine nicht zuerst »Pappi da?« fragt, als ich sie aus ihrem Bettchen hebe, sondern strahlend »Mami da!« kreischt.

Jetzt liegt sie zwischen uns in dem großen Bett und findet es herrlich, daß Phil bereitwillig aufwimmert, sobald sie mit beiden Händen an seinen Brusthaaren ziept. (So erzieht man sein Kind frühzeitig zum Sadismus!)
»Du mußt zugeben, daß sie uns gut gelungen ist?« sagt er.
»Zweifellos. Übrigens hat sie ein Geschenk für dich – einen neuen Zahn.«
»Ach nee – wo denn?«
»Oben rechts.«
Aber Philine sträubt sich energisch, ihn zu zeigen.
»Armes Kind«, seufzt ihr Pappi mitfühlend, »jetzt hast du noch ein Stück mehr, das dir in Zukunft Schmerzen bereiten wird.«
»Wir Menschen leider alle insgesamt haben das Zähne Wehe, und zwar thun uns je und allzeit weh die Zähne, mit denen Adam in den verbotenen Apfel biß«, zitiere ich Abraham a Santa Clara.
»Du wirst schon wieder anzüglich, Tine Toppelschmidt«, seufzt Philip.
Und dann fällt mir etwas schrecklich Wichtiges ein.
»Pfilipf!«
»Ja?«
»Halt dich fest!«
»An dir?«
»Wenn du's gern tust?«
»Ziemlich«, sagt er und: »Was gibt's denn?«
»Hänschen will heiraten!«

»Ach nee.« Dieser Ausruf zeigt mir, daß er keinen Groll mehr gegen seinen ehemaligen Busenfreund hegt, denn sonst hätte er bedeutend distinguierter reagiert.
»Es hat ihn so arg gepackt, daß er seine Wohnung auf freundlich renovieren ließ und sich wie ein Gent kleidet. Nun frag schon endlich, wen er heiratet – oder weißt du es bereits?«
»Keine blasse Ahnung.«
»Also – es ist Siegi Knopf!«
»Nein!« Und dann lacht er ganz laut.
»Warum lachst du?« frage ich streng.
»Ja – warum lache ich? Weiß nicht. Jou ist ein ans-tändiges Mädchen bis auf ihre private Glasperlensucht, aber die kann man ihr abgewöhnen. – Sie wollte doch nur einen Mann mit Pensionsberechtigung!«
»Wer fragt danach, wenn er wirklich liebt!« sage ich.
»Eben. Erzähl mal, wie ist das denn mit den beiden gekommen?«
»Als sie damals bei uns waren, brachte er sie in dem gepumpten Auto in ihre Bleibe. Unterwegs hielten sie an einem Würstchenstand, weil Siegi sich nicht getraut hatte, sich bei uns satt zu essen. Und wie sie das dritte Paar verknackten, kamen sie so ins Erzählen – und ins Verlieben.«
»Siegi und Hänschen, also nein, Tine – verzeih, daß ich noch einmal lache – aber – wie das Leben so spielt, Siegi und Hänschen!!!« Und mein Philip schuckelt vor Lachen, bis nicht nur Philine, sondern auch ich ihn ziepe, und da ruft er laut und zimperlich: »Au!«

Tja, und jetzt sollte ich eigentlich Anna hereinrufen. Und Boogie und Eliza und Anette, Emma, Gustav und all seine Liebsten. Damit sie sich malerisch um unser Bett gruppieren und mit uns den großen, opernhaften Schlußchor singen, bellen und gackern... aber es ist ja noch nicht »Schluß«.

Ich möchte nur meinen Bericht von unserem Ruinenleben an einem glücklichen Tag beschließen, an einem besonders glücklichen...

Morgen geht unser Leben weiter. Morgen gibt es vielleicht neue Gefahren. Masern. Staupe. Finanzielle Pleiten. Eine winzige Unvorsichtigkeit am Steuer. Eine neue Dagy oder Maria. Es ist auch nicht ausgeschlossen, daß mir irgendwann einmal – in drei, vier, sechs Jahren und auf alle Fälle in einem sehr schwachen Augenblick – ein Jan Braun mit dem hinreißenden Temperament eines Don Juan begegnet. Es ist eben alles möglich. Auch das, was man an einem besonders glücklichen Tag nie-nie-niemals für möglich halten würde...